神之子

Lars Petter Sveen

Guds barn

［挪威］拉斯·彼得·斯维恩 著

邹雯燕 译

北欧文学译丛

中国国际广播出版社

"北欧文学译丛"
编委会

主 编

石琴娥（中国社会科学院外国文学研究所）

副主编

徐 昕（北京外国语大学欧洲语言文化学院）

编 委

（以姓氏汉语拼音为序）

李 颖（北京外国语大学欧洲语言文化学院芬兰语专业）
王梦达（上海外国语大学德语系瑞典语专业）
王书慧（北京外国语大学欧洲语言文化学院冰岛语专业）
王宇辰（北京外国语大学欧洲语言文化学院丹麦语专业）
余韬洁（北京外国语大学欧洲语言文化学院挪威语专业）
赵 清（北京外国语大学欧洲语言文化学院瑞典语专业）

绚丽多姿的"北极光"

——为"北欧文学译丛"作的序言

石琴娥

2017年的春天来得特别地早，刚进入3月没有几天，楼下院子里的白玉兰已经怒放，樱花树也已经含苞待放了。就在这样春光明媚、怡人的日子里，我收到中国国际广播出版社文史编辑部主任张娟平女士打来的电话，想让我来主编一套当代北欧五国的文学丛书，拟以长篇小说为主，兼选一些少量有代表性的短篇小说、诗歌等，篇目为50—80部左右。不久之后，中国国际广播出版社的王钦仁总编辑和张娟平主任又郑重其事地来到寒舍，对我说，他们想做一套有规模、有品位的北欧文学丛书，希望能得到我的支持，帮助他们挑选书目、遴选译者，并担任该丛书的主编。

人家知道，随着电子阅读器和智能手机的普及，越来越多的人通过电子设备来阅读书籍。在目前的网络和数码时代，出现了网络文学、有声书和电子书，甚至还出现了人工智能创作的作品，纸质书籍受到极大冲击，出版纸质书籍遇到了很大困难。有的出版社也让我推荐过北欧作品，但大都是一本或两本而已，还有的出版社希望我推荐已经过版权期的作品，以此来节省一些成本。而中国国际广播出版社却希望出版以当代为主的作品，规模又如此之大，而且总编辑又亲临寒舍来说明他们的出版计划和缘由，我被他们的执着精神和认真态度所感动，更被他们追求精神品位的人文热情所感动。我佩服出版社的魄力和勇气。面对他们的热情和宝贵的执着精神，我怎能拒绝，当然应该义不容辞地和他们一起合作，高质量、高品位地出好这套丛书。

大家也许都注意到，在近二三十年世界各国现代化状况的各类排行榜上，无论是幸福指数，还是 GDP 或者是人均总收入，还是环境保护或者宜居程度，从受教育程度和质量、医疗保障到养老、失业等社会保障，还有从男女平等到无种族歧视，等等，北欧五国莫不居于世界最前列，或者轮流坐庄拿冠夺魁，或是统统包圆儿前三名，可以无须夸张地说，北欧五国在许多方面实际上超过了当今世界霸主美国，而居于当今世界发达国家最前列，成为世界现代化发展中的又一类模式。

大家一般喜欢把世界文学比作一座大花园，各个时期涌现出来的不同流派中的众多作家和作品犹如奇花异葩、争妍斗艳。北欧文学是这座大花园里的一部分，国际文学中，特别是西欧文学中的流派稍迟一些都会在北欧出现。北欧的大自然，由于地理位置、自然环境和气候条件，没有小桥流水般的婀娜多姿，而另有一种胜景情致，那就是挺拔参天、枝叶茂盛的大树，树木草地之间还有斑斓似锦的各色野花和大片鲜灵欲滴的浆果莓类。放眼望去，自有一股气魄粗犷、豪放、狂野、雄壮的美。北欧的文学大花园正如自然界的大花园一样，具有一股阳刚的气概、粗豪的风度。它的美在于刚直挺立、气势崴嵬。它并不以琴瑟和鸣般珠圆玉润和撩拨心弦的柔美乐声取胜，却是以黄钟大吕般雄浑洪亮而高亢激昂的震颤强音见长。前者婉转优雅、流畅明快，后者豪迈恢宏、气壮山河。如果说欧洲其余部分的文学是前者的话，那么北欧文学就是后者。正如鲁迅所说，北欧文学"刚健质朴"，它为欧洲文学大花园平添了苍劲挺拔的气魄。以笔者愚见，这就是北欧五国文学的出众特色，也是它们的长处所在。

文学反映社会现实。它对社会的发展其功虽不是急火猛药，其利却深广莫测。它对社会起着虽非立竿见影却又无处不在的潜移默化作用。那么，北欧各国的当代文学作品是如何反映北欧当代社会的呢？它对北欧各国的现代化发展是不是起了推动促进作用了呢？也许我们能从这套丛书中看到一些端倪。

北欧五国除了丹麦以外，都有国土位于北极圈或接近北极圈。北极光是那里特有的景象。尤其到了冬天夜晚，常常能见到北极光在空中闪烁。最常见的是白色。当然有时也能见到五彩缤纷、绚丽多姿的北极光。北欧五国的文学流派众多，题材多样，写作手法奇异多姿，犹如缤纷绚丽的北极光在世界文坛上发光闪烁。

北欧包括5个国家：丹麦、芬兰、冰岛、挪威和瑞典。讲起当代的北欧文学，北欧文学史上一般是从丹麦文学评论家和文学史家勃朗兑斯（Georg Brandes，1842—1927）于1871年末在丹麦哥本哈根大学所作的《十九世纪文学主流》算起，被称为"现代突破"。从19世纪的1871年末到目前21世纪的2018年近150年的时间里，一大批有才华的作家活跃在北欧文坛上。在群英荟萃之中，出现了几位旷世文豪，如挪威的"现代戏剧之父"亨利克·易卜生，瑞典文学巨匠——小说家、戏剧家斯特林堡和荣获诺贝尔文学奖的第一位女作家、新浪漫主义文学代表塞尔玛·拉格洛夫，丹麦1944年诺贝尔文学奖获得者约翰纳斯·维尔海姆·延森和芬兰的批判现实主义作家约翰·阿霍等。"北欧文学译丛"拟以长篇小说为主，间选少量短篇作品，所以除了易卜生，因其作品主要是戏剧外，其他几位大家的作品我们都选编进了本系列。这些巨匠有的是当代北欧文学的开创者，有的是北欧当代文学中各种流派的代表和领军人物，都是北欧当代文学中的重要作家，他们的作品经历了时间考验。

在北欧文坛中，拥有众多有成就有影响的工人作家是其一大特色。有的还获得了诺贝尔文学奖，成为世界级的大文豪。这些工人作家大多自身是农村雇工或工人，有过失业、饥饿或其他痛苦的经历，经过自学成为作家。他们用笔描写自己切身的悲惨遭遇，对地主、资产阶级剥削和压榨写得既具体细腻，又深刻生动。正是他们构成了北欧20世纪以来现实主义文学的主流。在这些工人作家中最突出的有丹麦的马丁·安德逊·尼克索和瑞典的伊瓦尔·洛-约翰松等。对这些在北欧文坛上占有重要地位的工人作家的作品，我们当然是不能忽略的，把他们的代表作选进了这套丛书之中。

除了以上这些久享盛誉的作家外，我们也选了新近崛起的、出生于1970和1980年代的作家，如出生于1980年的瑞典作家乔安娜·瑟戴尔和出生于1981年的挪威作家拉斯·彼得·斯维恩等。他们的作品在北欧受到很大欢迎，有的被拍成电影，有的被搬上舞台。这些作品，虽然没有经历过时间的考验，但却真实地反映了目前北欧的现状，值得收进本丛书之中。

从流派来看，我们既选了现实主义作品，也不忽略浪漫主义、超现实主义和意识流的作品，力求使读者对北欧当代文学有个较为全面的印象。从作家本人的情况看，我们既选了大家公认的声誉卓越的作家的作品，也选了个别有争议作家的作品，如挪威作家克努特·汉姆生，他是现代挪威、北欧和世界文坛上最受争议的文学家。他从流浪打工开始，1920年成为诺贝尔文学奖得主，晚年沦为纳粹主义的应声虫和德国法西斯占领当局的支持者，从受人欢呼的云端跌入遭国人唾骂的泥潭，而他毕竟是现代主义文学和心理派小说的开创者和宗师，在20世纪现代文学中扮演了承上启下的转型角色。我们把他的"心理文学"代表作《神秘》收进本丛书。这部作品突破传统小说的诸多常规要素，着力于通过无目的、无意识的内心独白，以及运用思想流、意识流的手法来揭示个性心理活动，并探索一些更深层次的人生哲理。1978年诺贝尔文学奖得主、美国作家艾萨克·辛格说："在我们这个世纪里，整个现代文学都能够追溯到汉姆生，因为从任何意义上他都是现代文学之父……20世纪所有现代小说均源出汉姆生。"我们把这个有争议作家的作品选入我们的丛书，一方面是对北欧和世界文学在我国的译介起到补苴罅漏的作用，另一方面也可进一步了解现代文学的来龙去脉，以资参考借鉴。

总之，我们选材的宗旨是：把北欧各国文学史中在各个时期占有重要地位作家的代表作收进本丛书。虽然本丛书将有50—80部之多，但是同150年的时间长河和各时期各流派的代表作家和作品之多比起来，这些作品还是不能把所有重要作家的作品全部收入进来。譬如瑞典作家扬·米尔达尔（Jan Myrdal, 1927—　）是20世纪60年代中期出现的一种新兴文学——报道文学的代表人物之一，他的《来自中国农村的报告》（1963）成为当时许多国家研究中国问题的必读参考材料，被译成十几种文字多次出版。尽管他的这本书因材料详尽、内容真实、记载细腻而风靡一时，但在这套丛书中，不得不割爱，而是选了其他在国际上更为著名的瑞典作家作品。

　　本丛书中的所有作品，除了极个别以外，基本都是直接从原文翻译，我们的目的是想让读者能够阅读到原汁原味的当代北欧文学。同英语、俄语、法语等大语种翻译比起来，我们直接从北欧语言翻译到中文的历史不长，译者亦不多，水平不高，经验也不足，译文中一定存在不少毛病和欠缺之处，望读者多多包涵，也请读者给我们提出宝贵的建议和意见，便于我们改进。

　　本丛书能够付梓问世，首先要感谢中国国际广播出版社社长张宇清先生和总编辑王钦仁先生，没有他们坚挺经典文化的执着精神和开拓进取的勇气，这部丛书是不可能跟读者见面的。我还要感谢本书所有的编委，是他们在成书过程中做了大量工作，从选材、物色译者到联系有关国家文化官员和机构，都付出了辛勤的劳动。不仅如此，他们还亲自翻译作品。没有他们的默默奉献和通力合作，这部丛书是难以完成的。在编选过程中，承蒙北欧五国对外文化委员会给予大力帮助和提供宝贵的意见，北欧五国驻华使馆的文化官员们也给予了热情关怀，谨向他们致以衷心的感谢。对编选工作中存在的疏漏和不足，还望读者们不吝指正。

2018 年 6 月
于北京潘家园寓所

石琴娥，1936年生于上海。中国社会科学院外国文学研究所北欧文学专家。曾任中国－北欧文学会副会长。长期在我国驻瑞典和冰岛使馆工作。曾是瑞典斯德哥尔摩大学、丹麦哥本哈根大学和挪威奥斯陆大学访问学者和教授。主编《北欧当代短篇小说》、冰岛《萨迦选集》等，为《中国大百科全书》及多种词典撰写北欧文学、历史、戏剧等词条。著有《北欧文学史》、《欧洲文学史》（北欧五国部分）、"九五"重大项目《20世纪外国文学史》（北欧五国部分）等。主要译著有《埃达》《萨迦》《尼尔斯骑鹅旅行记》《安徒生童话与故事全集》等。曾获瑞典作家基金奖、2001年和2003年国家图书奖提名奖、第五届（2001）和第六届（2003）全国优秀外国文学图书奖一等奖、安徒生国际大奖（2006）。荣获中国翻译家协会资深荣誉证书（2007）、丹麦国旗骑士勋章（2010）、瑞典皇家北极星勋章（2017）等。

译　序

　　《神之子》（Guds barn）这本书不是一个挪威的故事，也不是一个北欧的故事。

　　它是这世上流传最广，被千万人，讲述过千万遍的故事。不管是否信奉基督教，耶稣的名字和故事都以各种形式出现在我们的认知中。写出一本带有当代气质的、以耶稣生活的时代为主题的小说的想法，在近些年并不罕见。美国作家丹·布朗（Dan Brown）以及挪威作家汤姆·埃格兰（Tom Egeland）创作的一系列由《圣经》、历史展开的当代悬疑作品，引起了广泛的关注，新一代挪威作家中的佼佼者拉斯·彼得·斯维恩（Lars Petter Sveen）挑战这一类型文学的难度和企图心不可谓不大。

　　不过，从《神之子》这本书出版后获得的关注和反馈看来，他的尝试是成功的。

　　拉斯·彼得·斯维恩1981年生于挪威西海岸的小城弗雷纳。虽然海边小城通常给人的印象是面朝大海，春暖花开，但在挪威西海岸的生活更多时候需要面对的是凛冽的海风甚至风暴。高中毕业后，斯维恩就读于奥斯陆大学学院图书馆和信息专业，其间开始了自己的文学创作。他在2008年出版了自己的第一部短篇小说集《从弗雷纳驶来》，一举夺得挪威维萨最佳新人奖，这是挪威最重要的新人奖之一。同年，挪威最畅销的犯罪文学作家尤·奈斯博在自己得到读者奖后，将其中的50000克朗的特别奖颁给了斯维恩——一位非常有前途的青年作家。2011年，斯维恩出版了自己的第二本小说《我回来了》，获得广泛好评。不过，他在2014年出版的第三部作品《神之子》是他真正在挪威文坛站稳脚跟的立身之作。他不但凭借此书拿到了当年的新挪威语小说奖、以挪威诺贝尔文学奖得主克努特·汉姆森获奖作品《饥饿》命名的文学奖、瑞典的佩尔·恩奎斯特奖等。他还因为这部作品，在2015年北欧最大的文学节——利勒哈默尔文学节上当选为挪威十佳青年作家。《神之子》现已被翻译成了丹麦语、瑞典语、英语和法语等。如今它的中文版也与大家见面了。

提到拉斯·彼得·斯维恩，有一个事实必须得到足够的重视——这是一位用新挪威语写作的作家。什么是新挪威语？如果您对此不太清楚，请允许我花一些篇幅对此做一些解释。

挪威是个只有500多万人口的小国，但他们为自己独特的语言和文化深感骄傲。在挪威，除了少数民族萨米族使用的萨米语，另有两种官方书面语言——博克马尔语和新挪威语。这两种书面语言的形成与挪威的历史密切相关。挪威9世纪形成统一王国。9至11世纪进入全盛期。14世纪中叶开始衰落，1397年与丹麦和瑞典组成卡尔马联盟，三国认丹麦女王玛格丽特一世为共同的君主，但保持了各自的独立王国。后由于瑞典不满于丹麦日益强势，在持续的军事摩擦后，1523年彻底独立，标志着卡尔马联盟的解体。挪威继续留在与丹麦的联盟中，但由于实力较弱，地位逐渐被削弱。1534年，丹麦取消了挪威的王国地位，挪威成为丹麦下属的一个省，直到1814年被丹麦割让予瑞典。在这400多年间，挪威的政治、宗教和高等教育等被丹麦全面把持，其使用的书面语言也受到了丹麦语的显著影响。1905年6月7日，挪威脱离瑞挪联盟独立，选丹麦王子为国王。

进入19世纪，在挪威日益高涨的国家浪漫主义和民族独立意识的觉醒的大背景下，很多挪威的学者不满丹麦语化的博克马尔语，希望创造出一种独属挪威人的书面语言。为此，语言学家及诗人伊万·奥森（Ivan Aasen）遍访挪威乡村，收集原汁原味的民间语言，构建出了基于挪威乡村方言的新挪威语，最开始的时候被称为乡村语言。为了将这种基于口语和方言的书面语言发扬光大，他和一些作家用新挪威语写作了大量的诗歌和文学作品，为这种语言赢得了大量拥护者。

1929年，挪威议会正式将在挪威广泛使用的博克马尔语和新挪威语定名为享有同等地位的官方书面语言。

由于新挪威语来源于口语与方言，语言的风格更强调节奏和韵律，非常富有诗意。挪威有很多著名的作家，例如诺贝尔文学奖热门候选人约恩·福瑟等都使用新挪威语作为自己的写作语言。虽然他们都是博克马尔语的熟练使用者，但都觉得写作时只有使用新挪威语才能更好地传达自己的心声，更具文学性。这些作家创作的大量优秀作品，使得新挪威语文学成为挪威当代文学中非常重要的组成部分，并通过作品被不断翻译成其他文字，它也逐渐在世界文学花园中崭露头角。

拉斯·彼得·斯维恩的《神之子》的写作始于2011年7月22日挪威于特岛枪击案之后。一名右翼极端分子在政府大楼制造了爆炸案，致使8人死亡。此后，他又驱车前往几十公里外正在举行工党青年团全国夏令营的于特岛上,枪杀了 68 名青少年和工作人员。斯维恩被这起惨案中显示出的人性之恶所震动,心情起伏之下,开始了写作。他最初的设想是写一本直接反映这起惨案的书,但几次尝试都不顺利。在困顿中,《圣经》中的一些边缘人物在他脑中逐渐浮现。最初是短小的片段,再是人物的故事,那些在《圣经》中面目模糊的人物跃然纸上,将那个 2000 多年前耶稣生活的年代从历史的烟尘中带到了读者的面前。

这不是《圣经》故事的新编,他写作的初衷也不在于展现耶稣的神迹,劝人入教。作者明确表示这是一部小说,一部从《圣经》中汲取了灵感的小说。虽然小说中出现的一些人物在《圣经》中出现过,但更多的人物来源于作者的想象。耶稣并非这本书戏份最重的主人公,他的形象在追随他的人的经历、信仰、疑惑和转变及叙述中变得丰满、立体。该书还展现出传说中耶稣诞生、在人间行走时真实的乱世图景。

作者的出发点是想写一本表现人间的"善"与"恶"的故事,只是在任何时代,善与恶很多时候也并非黑即白。比如,接到屠杀新生婴儿命令的加图为了罗马帝国的荣耀执行血腥的任务,但在双手沾满鲜血之后,他也对自己得到的命令的正当性产生了怀疑。在他老去的时候,他为自己曾经犯下的错误忏悔,并得到了宽恕。出生时母亲萨拉就难产去世,患有口吃的雅各布在父亲的帮助下被耶稣触碰,从此放弃所有遗产跟随耶稣。他爱上被丈夫虐待、面目全非、死里逃生的娜奥米,同跟随耶稣传道,却在耶稣被送上绞架后对自己产生了怀疑。但最后,在遇到年迈的加图后,得到开解的他终于达成了和自己以及信仰的和解,与妻子重新出发。强盗团伙的首领约阿施带着弟弟约兰和鲁本在乱世烧杀抢掠，维持生活。新成员纳达的加入让他们心中的善恶信念产生了动摇。最终纳达在耶路撒冷神殿因为信仰殉道被钉上十字架，让约阿施和同伙的心都受到了强烈的震动。最终，约兰和鲁本消逝在了乱世，而约阿施侥幸活到年老，讲述着自己和那片土地经历的痛苦故事。这样的人物、这样的故事还有很多，他们的人生交织在一起，最终形成了他们的故事、耶稣的故事、人世间善与恶的故事。

将故事穿在一起的，还有始终重复着同样话语的"盲眼老人"。他贯穿始终，出现在所有主要人物的重要时刻，试探他们的信仰，引诱他们去怀疑，去选择异途。如果说基督是善，这个"盲眼老人"很容易被认为是恶，是恶魔，是撒旦。不过斯维恩在一次采访中说："虽然写作时，'盲眼老人'确实是恶的代表，但我没有使用撒旦和恶魔的名字来定义他，而是使用了更中性的描述——'盲眼老人'。"这可能因为"盲眼老人"并不自己作恶，他只是勾起人内心的不肯定和疑惑，有些人能够战胜他，坚定自己的信仰，而有些人则会被他蒙蔽，被蛊惑着继续滑向恶的一面。归根结底，善与恶、信仰与怀疑都在人心，都在于个人的选择吧。

真与假，善与恶，信仰与怀疑，和平与暴力。斯维恩在写作这本书时，很明显地想从挪威及北欧这个风平浪静，时常让人感觉与世无争的小世界中跳脱出来。他曾说过，虽然挪威文坛自克瑙斯高以来兴起了浓墨重彩书写个人故事的潮流，但他并不希望写那些。借由自己笔下这个充满历史烟尘的故事，他希望自己以及挪威能参与到世界文学舞台的大叙事中去。而这种勇敢的尝试，得到了挪威和世界文坛以及读者的广泛好评。

挪威《晚邮报》书评说:"《神之子》这本书是当年最佳小说,难得一见的文学奇才与传统的结合。将《圣经》作为一个全新和陌生的文本进行思考和体会之后,斯维恩的语言经受了挑战,变得更加丰富。整本小说画面感极强,一句写坏了的话都没有。"《阿德利萨报》给了这本书满分,认为这本书让斯维恩成为挪威最优秀的作家之一,并逐渐开始展现出他的国际影响力。《晨报》说:"斯维恩的创造力和他的野心都极为突出。《神之子》这本书需要读者去思考,不断地从不同角度去看待它。它让书中的人物和读者一起探寻善与恶的问题,表现每个独立的人在道德上做出选择的重要性,这使得它成为一本重要的小说。"《日报》称:"这本书是作者很大的文学成就……故事非常有说服力和感染力,虽然它发生在2000年前,但与我们当今时代依旧息息相关。"

在被翻译成英语出版之后,《神之子》也得到了英语世界文学界的关注,并被提名了2020年爱尔兰帕克—都柏林国际文学奖的长名单。希望这位80后作家的文学道路能越走越宽,越走越远。

新写实主义,新历史主义,一个面向历史,一个面向现实,写的都是普通人,映射的却是时代的疼痛。

邹雯燕

2020年6月

邹雯燕,毕业于北京外国语大学西班牙语专业,挪威奥斯陆大学挪威语专业。自2013年起从事挪威文化在中国的推广工作,现已翻译出版挪威儿童文学及当代文学作品十余本,其中包括《在我焚毁之前》(中国国际广播出版社,2019年版)。

目　录

第一章　孩童 / 001

第二章　长子 / 014

第三章　我闻起来是大地的气味 / 046

第四章　上帝之子 / 065

第五章　黑鸟 / 093

第六章　我们很孤独，你在这里 / 129

第七章　一道光 / 153

第八章　消失的光 / 180

第九章　我们只有水 / 193

第十章　找到的和失去的 / 211

第十一章　它不会离开 / 222

第十二章　马大的故事 / 236

第十三章　大火 / 244

引用 / 253

第一章 孩童

那是在大希律王①的统治下,我们要在伯利恒②寻找那个新生的犹太人的王。星星已经出现,我们要去杀死他。

塔斯克斯在加图前面撞开了门。加图是我们的首领,他手里握着剑,我跟在他后面。朗格斯留在外面。一对老夫妇在狭小的屋子里跪在地上,一盏小油灯亮着,微弱的光亮照在这对老人身上。加图用剑指着他们。他是领头的,是我们的长官。他张开嘴,什么话都没说,开始干呕。他弯下腰,吐了一地。塔斯克斯往后退了一步。

"加图。"我叫他,但他没有注意到。老夫妻俩一直盯着加图看,看着他吐在地上的东西。我手按在剑上朝他们走去。万一发生点什么事,我可以迅速接手;我们做过这种训练。有时候这听上去就像是在门外狂吠的狗一样。我闻到一股腐烂的气味。加图又吐了一次。他的剑摩擦着地面,发出嘶哑的声音,他也没有理会。这对他来说太沉重了,那么多婴儿。究竟要杀多少男孩,才能确保我们杀掉了"那个"孩子呢?

我看了一眼那对老夫妻,又看了看四周,他们的东西是

---

① 公元前74年—前4年,罗马帝国在犹太行省耶路撒冷的代理王。
② 巴勒斯坦南部城市,传说中的耶稣的出生地。

那么少。

"这里有孩子吗?"我问。

老男人摇了摇头:"没有没有,没有孩子。"年迈的妻子开始哭泣。

"朗格斯!"我大声喊。朗格斯出现在门口。

"我们要出来了。这里结束了。"我说。朗格斯看了一眼加图,点了点头,从门口出去,又回到他在门外的岗位。塔斯克斯转过身,手摸着被他踢开的门板剩余的部分,嘴里嘟囔着什么。我走到加图身旁,扶他起来。加图看了看我。他的眼睛通红,嘴边还挂着口水。

"抱歉,加比托,"他说,"我不该让你看到我这个样子。"他拿起他的剑,往地上吐了口唾沫。

"走吧。"我们说着话出了门。

我们变了个队形。加图和我在前,塔斯克斯和朗格斯在后。塔斯克斯的大手前后摇摆着,节奏很奇怪。朗格斯的金发在黑暗中闪着光,好像他被从星星上洒下的星尘覆盖了一般。

朗格斯站在每一扇门的外面听着,把任何试图跑出来的人推回去。"朗格斯,"有一次加图对他说,"你是我们在这个世界上的基石。"可塔斯克斯说:"他算什么基石,所有的脏活都是我们干的。"

我们收到的命令让人绝望。我们是从凯撒利亚[①]的基地来到耶路撒冷的。然后,我们突然被要求组成一个只有纯种血的队员的精英小组到伯利恒来。他们说犹太人的王降生了。大希律王很担心,想要断绝这样的流言,于是雇用

---

① 位于地中海东岸的古城。

了我们为他服务。我们必须杀死城里所有两岁以下的男孩。大希律王不信任犹太人来做这件事。可对我们而言，这也是非常困难的。这座城里有多少人？谁知道那些年幼的孩子们在哪里？我们闯进的每一间房子，里面的人都无法理解我们说的。我们找到孩子之后，谁知道他们多大了？我们问他们的母亲，她们会尖叫。我们问他们的父亲，他们拒绝回答。加图说，那我们就把所有找到的孩子都杀了，对每一个被我们看到的孩子，不再问问题，就把活干了。夜深了，加图说的话越来越多，他的声音越来越尖，越来越虚弱。他在我们从每间房子出来之后称赞我们，说庞培将军会为我们感到骄傲的。

"在罗马的人都会听说我们的事迹。这个任务结束之后，在胜利游行的队伍里也会有我们的位置。"

他把剑握在手里，一直没停下来擦干剑上的鲜血。被我们推搡到一旁的男人根本不敢看他，女人靠在墙上，呜咽着喊着自己孩子的名字和上帝。

我们累了。刚开始的时候，我们还数一下孩子的数量，可夜越来越深，我已经数不清了。我们得到的命令让人绝望，这不是我们的战斗。我们训练了多久？花了多长时间拿棍子训练，用那些该死的木棍训练，对着对手大喊大叫。我们训练是为了大型的战斗，是为了面对强壮的对手，可现在，我们被派到帝国的边缘，所有的一切都混杂在一起，那么令人困惑。我们的敌人不是在战场上列队的军人，完全看不出他们的队列和分组。因为奥古斯都皇帝的仁慈，大希律王做了这里的代理王。有些人支持大希律王，与他合作，另外一些人哀号、抱怨。有好几次，我们被派出去镇压反抗，无论他们是手无寸铁的穷人，还是藏身于山中的小队人马。

我们经常被迫帮那些鄙视我们的人,去巡逻,去抓强盗,换回的只是愤怒的注视。然后我们又被派到那些我们刚刚帮助过的地区去镇压反抗。那些偏远的小村庄就像是火药桶,一点就炸。

"今晚就这样吧。"加图说着,往地上啐了一口唾沫,让我们去找水。他身上散发着恶臭。我们都很臭。星星在天空中闪烁着,有一颗比所有别的星星都亮。我们没人见过这种景象。

"好冷啊。"塔斯克斯粗粝的声音响起。朗格斯说他要睡了。女人在墙外号啕大哭。加图向声音传来的地方睡意蒙眬地望了一眼。有好几个地方的灯亮了。我询问大家是不是都带好了东西。塔斯克斯回答说是,朗格斯也说是。我向加图报告了一下,他点了点头。他的脸在夜里变得很模糊,像是要燃尽的灰。几声号叫又穿透了清冷的空气。

"是狗。"我说。加图转身面对我。

"我们成什么了。"他说。我问他是什么意思。

"让狗来吧。"他说。塔斯克斯和朗格斯站在我们身后,我能听到他们的呼吸声。

"求你了,狗。"加图低声说,面对着夜空。"来吧,让这一切都过去吧。"

"加图。"我叫他。

"来吧,狗,来吧!"加图说。

"你们在说什么?"塔斯克斯问。

"没什么。"我说话的时候,突然又传来了新的一轮尖叫,就像是消失在房屋之间的一首歌,突然又升起了大型的、错乱的合唱。

"我们回家吧。"我说。

"家。"加图说,这个词从他嘴里说出来听起来很奇怪。

"我们回去吧。"我说。加图微微点了点头。塔斯克斯看起来想要说什么,但忍住了。等他再次张嘴的时候,我让他闭嘴。

"我们回去吧。"我说。"我们需要休息。"

我们这些人已经很多年没回过家了,我也不想在这里讨论这个问题。我特别后悔自己说了那个词。在伯利恒的时候,我们被安排在小镇边上一座空房子里住了几个晚上。它离耶路撒冷不远,在安东尼亚要塞边上。不过我最喜欢的还是凯撒利亚。它就在海边,在特别晴朗的口了我能看到海的那一头,看到我们自己的土地。闭上眼睛睡觉或是闻到雨后植物发出的气味的时候,我也仿佛能看到家,不过这样的次数越来越少了。我觉得我们在这里不能为帝国做什么重要的事。这里不会有大战,大战不会在这里。我们所做的只有等待,执行我们的任务。我们会有更大的使命的,我相信。

夜深了,加图生病了,我有责任把完成任务的大家带回去。

此起彼伏的哭号声没有消失,它们飘荡于肆虐在野外的风中。我想象着那些狗来分食我们挂起来的或是倒在地上的尸体,我想象着它们专注于自己进食时发出的声音,但这不一样。这不是咆哮也不是号叫,这不是四条腿的动物发出来的。这是属于风雨、大海或是更深层的声音。我不知道我怎么才能睡着,没人知道我们要怎么才能睡着。我们想尽办法睁着眼睛,不被孤单地留在黑暗里。

加图脱了衣服站在那里,他裸身面对着墙上一块四方形的缺口。我躺在地上,试图拉伸我的后背。塔斯克斯和朗格斯互相揉着对方的肌肉,眼睛空洞地盯着虚空。

"我们做的事情不对,"加图嘟囔着,"我们不应该接受这个任务的,这配不上帝国。"

"我以为我们会为罗马而战,"塔斯克斯说,"而不是四处献祭犹太人的婴儿。"

朗格斯躺了下来,翻了个身,离我们远了一点。加图一边挠着自己的性器,一边自言自语。他让我很烦躁。他究竟发什么疯?他应该是我们的首领。他是我们中最棒的。不管是训练还是战斗,我从来打不过他。

我问他感觉怎么样,病是不是好了。

"闭嘴,"加图说,"我没病,早没事了。"

"你确定吗?"我问。"我可不想晚上再弄一身。"

加图走了过来,站在我面前。

"小的还是老的,谁在乎?"我说。"吐得像个娘们的可不是我。你肯定是染上什么犹太毛病了。"

我还没站起来,他的拳头已经到了。我两面的脸都被击中了。我捏了捏鼻子,查看有没有牙从嘴里掉出来。加图让塔斯克斯给我拿洗脸盆。

"把你自己弄干净。"他命令我。

我骂他白痴,讨厌鬼。

"闭嘴,洗脸。"他说。我接过了脸盆。

"看看现在谁是小娘们了。"塔斯克斯调笑着说。朗格斯微微抬了下头,又躺了回去。加图穿上衣服坐了下来。

"我没有病,"他说,"已经没事了。"

我望着他的鹰钩鼻和硬朗的下巴。他的嘴微微颤抖,像受伤的小动物一样颤抖着。他闭上眼睛,睁开,闭上,再睁开。

"这是命令,"他低声说,"不是我们想这么做,这是命令。"

就在这时,我们听见了一声微弱而陌生的笑声。我们看了看彼此。笑声又来了,这次响了一点。有人在我们中间。塔斯克斯已经站起了身。加图给他一个眼神,让他冷静。

"现在你能听到我了。"这个声音说。它既尖厉又低沉,仿佛是刀划过黑色沙子的感觉。

"我笑你是我不对,"这个声音接着说,"但你们就像是几个小孩子,藏在了你们野兽般的身体里。"

一个男人坐在那里,藏在门边的阴影里。他是怎么进来的?他在那里坐了多久了?加图站起身,向那个陌生人走去。塔斯克斯跟在他身后。他们俩都拔出了刀,他们睡觉时都不会离身的刀。

"站住,"陌生人说,"你们捅我几刀有什么好处呢?你们今天晚上已经捅了太多人了,这个镇子已经装不下更多血了。"

陌生人的眼睛透着灰白。他比我们所有人年纪都大,但也不是特别老。他的旁边靠着一根用来探路的手杖。

"你是谁?"加图问。

陌生人吸了口气,发出近乎叹气的声音,然后说:"我眼盲,但我能看到很多事情。当光照在别的地方的时候,我留在阴影里。我是大希律王派来的,但我的知识一直能传到奥古斯都皇帝和他的将军那里。"

我们所有人都为之一振。我觉得自己站得更直了。

"所有事都会变,"陌生人说,"但你们会永存。属于这片土地的人的祖先都是王。可他们的后代呢?他们被你们踩在脚下。那你们的后代呢？几百年后他们又将如何？会被别人踩在脚下。哪怕这些事情曾经发生过，现在正在发生，还有所有那些将会在几百年、几千年后发生的事情，你得明白：在这个故事中总有你的戏份。你们今天做的一切会被记住。孩子们会从他们的父母那里听到这个故事。在这样的故事里没有昨天或是明天，没有千年以前或是千年以后。一切都是当下。一切。哪怕是在我们存在之前，在这片土地前行走的生物。哪怕是未来建造了新世界的人。道路、围墙、皇宫和城堡。空气会被所有新创造的东西填满，连鸟儿的飞翔都不再孤独。"

陌生人停住了，身体向地面前倾，摇了摇头，然后又回头看我们。他睁开了眼睛。

"现在夜已经深了，很快天就会亮了，我长话短说吧，"他继续着，"我要给你们讲几个小故事，如果我能说它们是故事的话。我要告诉你们，你们不需要为今晚所做的一切担心。"

"我们没有担心。"我说。加图转过头看我，让我安静。

"加比托，"陌生人说，突然显得特别苍老，"你会在这支军队中成为伟大的战士。或许你也有做军官的潜质。"

"你怎么知道我是谁？"我问。"我从没见过你。"

"我知道你们所有人。"陌生人说。"要不然我就不会做我现在做的事情了。"

然后加图开口了，他让这个男人告诉我们他是谁，他要对我们做什么。不过我非常希望加图能闭嘴。我还想听更多。陌生人笑了，他的牙齿很白，在他嘴里像是发光的石头。他举起他的手，虽然他离我们不近，感觉上他好像能碰到我们的脸，在抚摸我们的脸颊似的。

"你们是士兵,"他说,"训练有素的士兵。你们比所有大希律王在这片凄惨的土地上拥有的士兵都厉害,是罗马的统治者能送到这块土地上最好的士兵。这你们是知道的。你们知道自己是谁。没有任何人比朗格斯更善于站岗,不管是在夜晚还是在市场,他都能注意到周围的一切。"

朗格斯依旧侧身躺着,没有看我们。刚才说的一切都没能让他动一下。

陌生人接着说:"没有人比塔斯克斯走起来更像影子,他的攻击力像狮子一样,面对敌人仿佛是海底深处涌出的海怪,黑暗、沉重、精确、毫不留情。你就像是被熔炉融化又重新塑造的士兵,是将军梦寐以求的,带给弱者无限的恐惧。"

塔斯克斯低头看了看自己。他的大手悬垂在身体两旁,手指奇怪地动着。塔斯克斯全身上下好像开始发光,我刚要说他看起来很可笑,陌生人就点到了我的名字。现在他不显老了,看起来很年轻,越来越年轻,他的头发柔软,皮肤紧绷,眼睛像最冰的水一样清澈。

"加比托,加比托,"他说,"你大概在好奇我会说什么吧。其实没什么可好奇的,你自己知道的。这里的所有人都知道。"

然后他说了那些至今与我如影随形的话。我仿佛还能听到那些话语。它们像蜂蜜,像甜酒,让我觉得温暖,让我的感官更敏锐,可有时又让我昏昏沉沉。这些话语在梦中伴我持剑穿越山谷,穿越沙漠,穿过城墙,穿过城市中心的广场。我是坚不可摧的。我能做到的事情我自己都无法解释,精确、迅速,我自己都记不住。世界在我脚下,微风拂过我的额头,铁的重量在我手中,肩膀上的皮革发出摩擦的声音。

陌生人安静了下来，抬起头，目光投向了加图。

"加图。"他开口说，可加图做了个手势让他不要说下去。

"离我远点。"加图说。

"我看见了你，加图，"陌生人继续说，"你站在我们面前，英俊而无情。罗马的将军知道你。我亲眼所见，罗马街头的人都在悄悄地议论你：'加图，加图，未来的将军，值得信任的人，他能带领他的士兵穿越最深的峡谷，进行最残酷的战斗，他的士兵像信任自己的兄弟一样信任他。'不要为那些被你打败的人担忧，那些凄惨的生灵，不要听信他们所说的什么是对还是错。你要看着光。"他说。突然，陌生人手里举起了一根燃烧着的手杖。"看着光是怎么落下的。前一秒你的脚还在阴影里，下一秒就已经在光线下了。它一直在变化。"他说，手里燃烧的手杖在他面前晃来晃去。"一会儿在亮处，一会儿在阴影处，什么是对，什么是错。我们会继续生活下去，我们会生存下去，一天又一天，从一个王到下一个王。"

"我不知道你是谁，"加图打断了他，"但你说的都是鬼话。我不相信你。"

陌生人站起身。他个子很高，比我想象得要高得多。他的脑袋几乎要碰到低矮的天花板。

"不要和我争论，小士兵。"他说。他朝着加图伸出手，手心向上。"你为我们负重前行。"他低声说。"你们，加图和你的士兵们。没有了你们，没有人能统治这个帝国。"

"我一直在屠杀孩子。"加图说。

"不，"陌生人说，"你们在保护这个世界免于灾祸，保护所有已经建立的东西。"加图的脸扭曲了，看上去几乎是他试着想笑。我想说点什么来支持他，但好像我身体里的什么东西让我说不出话来。这就好像是这些话语堵塞在我嘴里。我看向一边。

"在我动手之前滚吧，老东西。"加图说。

"我比你高大。"陌生人说，他的双手依旧伸向加图。

"我揍过比你高得多的人，我还能再揍一次。"加图说，他的声音变得很冷静了。

"小士兵，"陌生人说，"看着我，听我说，你真是这么坏的人吗？坏到要杀掉我，残忍地把我杀掉？"

"我不想听你说话。我不是个坏人。"加图说，他开始颤抖。"我还能救我自己和这里的人。"他继续说。"我在等待一个机会做点好事。我不想再做坏事了。"

"什么？"陌生人说。他的声音像雷声一样撑满了整个房间。"难道他的光进到了这里？什么，你们没有杀掉那个讨厌的小东西？抓住我的手，年轻的士兵。"加图盯着陌生人的手杖。我们都盯着。陌生人把他的手举到了加图面前，他的手上散发着微弱的光。

"抓住我的手。"陌生人又说，这一次，加图抬起了自己的手臂。

加图看着自己的双手。"不，不，"他说，"离我远点。"

我看向他的眼睛，我在他眼中看到有什么东西在爬。我从没见过加图这个样子。他开始祈求、哀求。他不是领导者了，他看上去那么可悲。他的手举向天空，朝着陌生人长长的手指伸去。加图叫着我，叫着塔斯克斯，叫着朗格斯。可是我们好像都安静地睡着了一样。加图在和什么抗争？我们是坚强的，我们是为此而生的。我们是被选中的。

陌生人用自己的手指包裹住了加图的手,他点了点头。"加图,加图,你是我的。"他说。突然间,加图颤抖了一下,站定了。他的头往后仰,胸口朝天,嘴巴张着,但没有发出声音。陌生人放开了加图的手,他倒在了地上。我跑过去,拉住了他,加图抬头看了看我,他的眼睛通红,嘴边露出了一个微笑。他的发际线旁有黑色的凹陷,头发湿漉漉的。

"他不见了。"我看了看四周说。塔斯克斯问发生了什么事。究竟发生了什么?

"没事。"加图突然说。我放开手,站起了身。

"我们的任务完成了。"他说,"你们做得很好,我们需要睡觉。"他的声音听起来很清晰,那么清晰。"扶我起来。"

塔斯克斯扶住了他。

"来,加比托,你也帮我一把。"加图说。我把他的手搭到我的肩膀上,把他拉了起来。他站起身来的时候跟跄了一步。"我想睡觉。"他说。我点了点头,说"好",我看了看门口。那里没有人。塔斯克斯站在我身边,也跟着我望向了门口。

"我记不得了,"塔斯克斯说,"我只记得有个声音。发生什么事了?"

"没事。"我说。我们把加图放到地上,给他盖了床毯子。他闭上眼睛,呼吸很正常。他的脸很英俊,虽然年轻,但是充满了战斗的痕迹。他的手很大,肩膀很宽。我们帮他盖上了毯子,他躺着的样子好像是未来的皇帝躺在那里一样。

我是被公鸡打鸣叫醒的。一切都还笼罩在黑暗中。"回去睡觉。"我嘟嚷着,可公鸡是对的,当我再次睁开眼睛的时候，天已经亮了。世界又一次出现。墙上的那个洞，门下方的裂痕，房间里别人的身体。朗格斯在我身边抽动了一下。

"昨天晚上有几个？"他问我。我没有回答，我努力回想。

"十六个。"塔斯克斯在房间另外一头说。"我们得磨磨我们的剑了。"

"十六个？不是十四个吗？"朗格斯说，"你用不着磨任何东西，他们就像柔软的小动物一样。"

"我一直磨剑的。"加图说，他清了清嗓子，吐了口唾沫。"剑不嫌锋利。我们必须要时刻保持自己的武器在最佳状态。这是我们的劳动工具。"

"可那些只是小孩子，"朗格斯说，"你不能把他们算成是成年的犹太人。"

"那就除以二，"加图说，"这样就是八个，或者七个。"

"八个。"塔斯克斯说。

"七个。"朗格斯说。

"比这个多。"我说。"起码有十个。"

"你除二了没？"朗格斯问我。

塔斯克斯笑了起来，朗格斯也跟着一起笑。加图也开始笑了，我立马加入。我们好像充满了力量，这种力量让我们觉得没有任何东西能阻挡我们。我们大笑着站起身，走到了一起。加图用手搂住了我，我搂住了塔斯克斯，塔斯克斯搂住了朗格斯。我们成为一体，我们迸发的力量肯定贯穿了伯利恒。

第二章 长子

一

雅各布已经四十岁了,对他来说,这似乎是个吉祥的年龄。我见到他的次数越来越少。不过如果你经常会见到你已经成年的子女,这就代表他们还有很长的路要走。我觉得雅各布正在寻找隐藏着的东西,而且就要找到了。不过也可能正好相反,他也可能是尝试着藏起那一切,可那一切却还一直在找他。

上一次他来的时候,我注意他头顶的头发已经日渐稀疏。他没有尝试隐藏这一点,我也尽力不去盯着这里看。我自己的头发很长,一缕缕地从头顶披到肩膀。萨拉——雅各布妈妈的头发就是这样的,迷人得让我晚上都睡不着。我会醒着,觉得自己永远不会失去她浓密的头发。但她献出了一切,她死去了,我把油抹在她头发上,用布包裹住她的身体,把她放进地上挖好的坑里。在我看到雅各布光秃秃的头顶的时候,我感觉这是个征兆:萨拉的身体已经腐烂不见了。我紧紧握在手心的头发已经再也看不到了。

"父亲?"雅各布叫我。

"怎么了?"我总是很认真地听我的长子说话。他有语言障碍，词句会卡在他的喉咙里。我认识的一些家长会因为自己孩子更小的问题殴打或是嘲笑他们。我曾听过在撒马利亚，有个父亲杀死了自己的两个女儿和一个儿子，仅仅因为他们讲话不清楚，或是不标准。我注意到，当我停下手里的事情，面对他的时候，雅各布讲起话来会容易很多。他需要我停下来，安静地听他说。现在他也是这样要求我的，虽然他现在已经不再说不出话来了。

"父亲，我们很幸运。"雅各布说。他和我讲了税很高，讲他上一次出去做生意时候遇见了一些农民，他们和他讲了一些事情，讲他和一个从雅法来的人起的冲突。我问了他几个简单的问题。雅各布用手抱着自己的头说，有太多人失去了太多。他不喜欢在出门做生意的时候只想着自己的生意，而不去帮助那些需要帮助的人。我和他讲，虽然我们有责任帮助有需要的人，可这个国家到处都是需要帮助的人。

"我父亲，也就是你的爷爷是穷过来的。"我和他说。"我们付出了很多努力才过上了现在的生活。你现在为你的家庭所做的一切，所有的旅行，所有的讨价还价，所有我让你做的一切，都是你和你兄弟们的孩子生活的基础。"

"父亲，"雅各布说，"您生气了。"

"我没生气。"我回答说。雅各布笑了。他笑起来的时候，我总能在他的眼睛里看到萨拉的影子。

"父亲，"他说，"您听我说。"我听着他给我讲他之前在耶路撒冷的朱迪亚[①]听到的故事。这是个有趣的故事，让我哈哈大笑。我们一起笑了起来，我把手放在他的膝盖上，

---

① 有些人将其翻译成犹太地，位于古巴勒斯坦南部的城市。

他把手放在我的肩膀上。然后，他提议我们一起祈祷。我们肩并肩跪了下来。他说上帝，天父，我们的主，然后用基督结束。上帝之子在我们的心里。我很高兴我们俩都没有亲眼看到他是怎么被他们杀死的。雅各布没怎么和我说过，他们俩是怎么相处的，或是他们曾经说过什么，但他依旧每一天、每一天地感谢他。我试着回想，可有些日子我已经忘记，有些日子我不敢回忆。当我听雅各布讲话的时候，那些词句像是从他口中吐出的小小的熟透的浆果。

我的儿子，这是耶稣所为吗？他是如何让你能够好好说话，不再结巴，不再口吃，不再在说话的时候捏紧拳头？上帝是把什么样的爱放进了你的身体，驱走了你身上的邪灵？

要是我知道就好了。

我知道的是：我们每个人身上都有恶，统治我们的罗马帝国有恶。雅各布说过黑暗的力量。我见过他们会做什么，我也放弃理解上帝能做什么。在大希律王死后，战争开始了，我亲眼看到普布利乌斯·昆克提尼乌斯·瓦鲁斯带着三个军团来到耶路撒冷，在城外处死了我们的两千名同胞。我和我的家人逃过了这一劫，可这是因为我们远离了邪恶，还是邪恶离我们很近？我们是被黑暗的力量附身了，还是我们是打碎我们自己人希望的人？

有时候，我觉得自己的孩子被恶魔附身了。萨拉走了，她给了我一个孩子，然后被死亡带走了。我们的孩子叫雅各布，我把他交给了别的女人，我让她们把他养大。我把他从我的生活中割裂了出去。

他慢慢长大了，他的养母们也生了孩子。我开始听出他要发出声音是多么困难。我能看到他的整个身体在挣扎，他小小的脸庞抽动着,手指扭动着,甚至连他的脚趾都蜷缩到了一起。有时候,他会闭上自己的眼睛,使劲儿闭,直到把眼睛皱成一团。有时候,他会把眼睛瞪得大大的,好像邪恶的力量在后面压迫着它们,要把他的身体撕成碎片。刚开始的时候,我觉得他是被自己出生时的记忆附体了。那时萨拉哭喊着慈悲的尖叫充斥着整个世界,直到她离开人世。后来,我渐渐觉得是某种邪恶的力量在雅各布身上留下了印记——在他离开母亲身体的时候留下的。我觉得恶魔在等着他腐烂,被埋到泥土里,好吞噬他。

现在,雅各布从外表上一点也看不出这么多年恶魔留下的印记了。他什么都能说,和谁都能谈话,甚至是那些他认为应该为占领这片土地杀死了那么多人的人。我见过他和身处高位的牧师交谈,我见过他和罗马的官员,色雷斯、高卢的士兵交谈,他看上去镇定自若。我没问过他们在一起的时候在笑什么。

我见过他和一个穷苦的农民站在一起,手拉着手,低声交谈,几乎听不见他们在说什么。

但是,我也见过他在清晨微弱的晨光中独自行走,嘴里念念有词,面色灰白。我见过他封闭自己,哪怕是在有人陪伴的时候,就像是一朵盛开的花合上了花瓣。

雅各布不仅仅是一个人,没有人像他一样。他是我的儿子,我的长子。

他是我的儿子,只有上帝知道他在人生最初的几年是多么孤独。我从来不在他身边。萨拉已经不在了。朱迪斯在那里,莱亚在那里,还有玛丽、狄波拉和伊丽莎白。我记得那些女人们的名字,但我已经记不起她们谁是谁了。在雅各布哭泣、想要人抱的时候,有那么多双手抱过他,她们亲吻过他。

我不了解我自己的儿子，那时的我不想和他有任何接触。如果我去他睡的地方，或是看到他在爬，我会看到黑暗在靠近我。在那黑暗里，萨拉伸出她的手，她的身体已经腐坏，手像爪子一样，眼睛是灰色的，深陷在眼眶里。她进不到我的梦境里，她会在我醒着的时候来找我，在每一次我看到雅各布的时候。

他慢慢地长大了。他长得越来越像我。萨拉走了。萨拉，慢慢地消失在暮色中，我再也见不到她，她第二次离开了。我慢慢感觉到雅各布是我的，我也是他的。

雅各布的七个弟弟妹妹并不总是好的。我记得有时候，他们会欺负他。男孩们会发出有节奏的声音嘲笑他，他们重复他所有想说的、试着说的话。有一次，他们欺负他特别狠，让他决定再也不开口，再也不说一句话。我狠狠地揍了他一顿，逼他过这一关。我狠狠地揍他，让话语回到他的身体。我打败了恶魔在他身上留下的印记。

现在，他的弟弟妹妹都已经成年了。我经常见到他们。他的弟媳们，他们的孩子。他们还是他们，只关心自己和自己的家庭。他们会向圣殿和牧师献上祭品。他们和曾经的我一样。现在，在雅各布来的时候，他的弟弟们会放下手头的事情。他们已经不记得雅各布曾经的模样。雅各布也允许他们忘记，虽然我知道他自己是记得的。

去年秋天的一个夜晚，天气很冷。我们两个人穿着厚厚的黑衣服，紧紧包裹着我们的身体。雅各布回家住了几天，带着他的弟弟们进行了一项重要的交易，但这其中出现了不少问题。他的弟弟们觉得自己没有从生意里得到足够的回报，觉得雅各布得到的太多了。他们来找我，说他们害怕雅各布计划在我去世之后霸占所有遗产。我和他们说这是无稽之谈，让他们自己解决。雅各布解决了问题。可在那之后的一天夜里，他盯着夜空，问我是否还记得伯利恒发生的屠杀男孩的事。我和他说我已经不记得那个时候发生过这样的事情了，但我听说过。

"那你听说过他是怎么获救的吗？"雅各布问。

我点了点头，但我不知道哪些故事是真实的，哪些故事是要让耶稣——上帝之子变得像摩西一样。

"是一只蜘蛛。"雅各布说。"有只蜘蛛在耶稣和他父母藏身的山洞洞口织了网。因为有蜘蛛网，那些士兵没有想到洞里面有人。我有一次问过耶稣，"雅各布继续说，"我真傻，我还真的问了他这个故事是不是真的。洞里是不是真有一只蜘蛛。"

"他怎么回答的？"我问。

"他说他很怕蜘蛛。"雅各布说。

我记得那段对话，我记得那天晚上我们穿的是黑色的衣服。我记得那天没有风声，水面上波澜不兴。星光很微弱，仿佛在闪烁，然后是雅各布沙哑的嗓音。"他怕蜘蛛。"他是这么说的。"救世主害怕最小的生物：这很好笑。但我后来想了想，"他继续说，"我觉得耶稣是想告诉我，我们人类是多么渺小，我们会害怕最小的东西。如果我们的恐惧代替了爱，进而控制了我们的行为，那我们就会变得非常渺小。今天，我的弟弟们就向我展示了他们是多么渺小。"

雅各布是我的长子。我是他的。他没有孩子，我不知道是为什么，我也不想问。我没有权力向他要求任何东西，或是因此觉得难过。在他小的时候，我给予他的是那么少，他给予我的远大于此。我承认，有些晚上，那些黑暗寒冷、空荡荡的夜晚，我会想：我从没见过他和任何一个女人在一起过。他是我的长子，萨拉和曾经的那个我，年轻的、和现在完全不同的我，我们两个人将会陪他一起死去。

雅各布会去陪伴主，我会在黑暗中流浪，寻找萨拉。

这样沉重的想法伴随了我好多年，但现在它们很小很轻，好像最终会飘散。我看到了一个孩子，我看到了一个成年人，我看到了毁灭了自己的人，我不知道雅各布会怎样带着我构建的这一切走向未来。如果这一切将随他而止，我能做什么？我已经做了我能做的。我给了雅各布生命，我做了他的父亲。我引领他找到了耶稣。

我的心碎了。雅各布挣扎着想要说话，这几乎要把他撕碎。他的身上带着恶魔的印记。他想说："我要出去走一走，父亲。"可他嘴里说的是："我，呃，呃，呃要，呃，呃，呃，去，呃，呃，呃，走，呃，呃，走。"他开始拨自己的指甲盖，他的指尖变得通红，我每天早晚都得要检查它们是否发炎红肿。我必须确保一直有人陪在他身边，或是我自己在他旁边。

有人说我该做出正确的选择，让他走。

也有人说我已经做了所有我能做的。

我向圣殿献祭。牧师和官员们给了我他们的建议。

"主给了你一个启示，"我的一个家人说，"现在该是你做决定的时候了。"

有一天晚上我睡不着，就在公鸡叫早前起了床，在油灯的光线下洗手洗脸。我用指尖抠着我的掌心和脸颊，鼻子和前额，好像我的皮肤和头发上都沾满了油一样。我跪下来，低下头，把头整个埋进水里。我用耳朵呼吸，用嘴巴倾听。一切都颠倒了，回到了原始。水是活的，它在我身体里流动，低声对我倾诉：我必须要抗争。水这么告诉我。

我必须要和控制雅各布的恶魔的力量抗争，和撕裂他的语言的力量抗争。为了救他，净化他，我会做任何事。

我不是救世主。我没有打败恶魔的力量。我必须去寻找。

有些为我工作的人是从撒马利亚那个地方来的，他们说起有一个住在伯特利的老妇人。我找来了那些人，请他们告诉我有关这个老妇人的事。他们抱歉地说他们不能为她担保，这一切只是流言，是姐夫的妹妹的女儿听说的。

"什么样的故事？"我问。那个把自己整个家族都牵扯进这个故事的男人盯着地面，一声不吭。

"我不会惩罚你的，"我说，"我不会告诉任何人这件事，我向你保证，只有你知我知。"男人点了点头，但他的眼睛依旧盯着地面。他告诉我他远方亲戚家有个女孩，她是他姐夫家的侄女，她有个邻居，邻居家的爸爸和她讲过他受伤的脚指头的故事。在地里干活的时候，他把脚弄伤了，没几天的工夫，他的脚指头就变成了一种很恶心的颜色。然后他去了伯特利，他们住在耶利哥，离约旦河不太远。在伯特利那里有个老妇人，她会把不同种类的药材混合在一个碗里，把水浇在上面，逼他把这个喝下去，然后把手放在他受伤的脚指头上。他坐在那里，亲眼看着自己肿痛的脚指头上青紫的颜色慢慢消失，疼痛也慢慢消失，皮肤又恢复了正常的颜色。他开心地离开了，除了脚下的应许之地，和来时没有任何区别。

当天，我就带着雅各布动身去了伯特利。那个男人尽可能详细地给我描述了路线和那个女人的长相，不过因为他们都没亲眼见过她，所以我也不特别相信他们的描述。

我们来到伯特利，开始四处打听。很快我们就发现这个女人在当地很有名，她和一个男人住在一起，应该是她的儿子，还有他的家人。

老妇人的眼睛看不见，她的手一直在颤抖，当她说话的时候，会突然开始大喊大叫。我问她的儿子是不是经常有人来看她，她儿子摇了摇头，说已经很久很久没有人来找她了。

"现在大家看到她都会躲开，"他说，"甚至我自己的孩子都会躲着她。自从她最近拽掉我一个儿子的一绺头发之后，我们就不让她在屋子里和他们待在一起了。现在她住在棚子里，和牲畜住在一起。"

"她拽掉了你儿子的头发？"雅各布说，他用他自己的方式说的。那个男人看了看雅各布，然后盯着地面问我雅各布说了什么。

"他想问她是不是真的拽掉了你儿子的头发。"我说。男人点点头，喊了一个名字，一个包着头发的男孩朝我们跑了过来。男孩跑到男人的身边，男人拉下他头上包的布。他的头发被剪短了，能看到一边头上的皮肤通红。

"头发会长出来的。"男人对我们说。

我给了他们几个硬币，祝福他们以后一切顺利，原路返回了。

我没有放弃，我们接着寻找。在另外一次旅程，我们穿过约旦，沿着扎卡河到了一座山谷，那里我们见到了一群衣衫褴褛的男人。他们称赞我们，并对我们表示了欢迎。我们虽然在茫茫荒野中，但我听说这些人是和善的。我还听说，他们的首领是一个先知，有着上帝给予的才能。我想让他给予雅各布自由。

"你们是来见大师的吗？"一个独眼男人问。他的一只眼睛是个黑色的深洞。我紧紧地拉着雅各布，和他说我们是来见大师的。

"这是我儿子，"我说，"我们来见哈拿尼雅，想得到他的建议。"

"大师会见你们的，"独眼男子说，"你要记住，在独眼人的国度，独眼人就是国王。"我们盯着他看，他大笑起来。"来吧。跟我来。快点。"

独眼男人带我们进了一个破旧的帐篷，他们把破布系在岩石旁边的树上。跟在我们后面的人开始窃窃私语，有些人走过来问我们要礼物和祭品。独眼男子用棍子把他们赶走。

"保持你们的纯洁！"他喊着。"记住大师的话，先让我们的客人见到大师，你们再同他们说话。"

"请在这里等一会儿，"他边说，边走进了帐篷。他很快出来了，让我们继续在外面等着，然后他又回到帐篷里，跪了下来。我们身后刚才大声说话的人开始窃窃私语，先知从帐篷里走出来的时候，外面一片鸦雀无声。

他被黑色的毛发包裹着，胡子都快遮住整张脸了。他的身上紧紧地裹着衣服，他看起来非常冷，完全不想在外面和我们待在一起。

"愿上帝与你同在。"他说完这句话,咳嗽了一声,吐了口唾沫。他对着独眼人说,"让他们跟我来,别来打扰我们。"

"是,大师。"独眼人说,示意我们跟上。我是从一个佃农家的几个工人那里听说哈拿尼雅的。他们说他能治病,给我们所有人自由,然后他们告诉我在哪里能找到他。我感谢了那些工人,也请求我的佃农不要追究他们和我讲的事情。我觉得只要他们还没有越过约旦,抵达耶路撒冷,去找哈拿尼雅和他的信徒还是安全的。如果统治者们认定他是个疯子,那他们会在广场上鞭笞他,把他赶走。但如果他确实如他自己所称是先知,那他们就会把他和他的信徒都钉在十字架上。

"你说你是来见我的。"哈拿尼雅在我们站定之后说。我说是的,但我刚想介绍自己,他就打断了我。

"我不想知道你怎么称呼你自己,还有你在这个世界是什么人,"他看了看雅各布说,"这是你儿子吗?"

我点了点头,向他介绍了雅各布。

"你想要什么?"哈拿尼雅问。

"有人和我说你是先知,上帝通过你说话做事。"我说。"我儿子身体里有邪恶的东西让他不能说话。无论做什么我都愿意,我只想治好他,让他可以自由说话。"

哈拿尼雅看了看我,然后转向了雅各布。"为什么像你这样的人会来见我?"他说。没等我们回答,他摆了摆手,让我不要出声。"让我听听你说话。"他对着雅各布说。雅各布看着我,但哈拿尼雅继续和他说:"别听他的,你来这里见的是我,来了我的国度。你得听我的。和我说话,让我听听困扰你和你有钱的家庭的是什么。"

雅各布介绍了他自己，他说了自己的名字，说了他从哪里来的。他告诉他我们是怎么来到这里的，说这是他第一次穿越约旦。等他说完，哈拿尼雅转头望向了我。我的心中充满了希望，我眼前的这个男人在听我的儿子说话，他的叙述支离破碎，疙疙瘩瘩，可他是在雅各布讲完之后才朝我看的。

"你刚才见过我的人了吗？"哈拿尼雅问。

"是的，是他们迎接了我们。"我说。

"我的人，"哈拿尼雅说，"这里的，还有别的地方的人，你只看到他们的样子，没有听到过他们说话，或是他们从哪里来，曾经经历过什么故事。你不要带着你的财富和儿子到我这里来，问上帝是否能拯救他。在这片土地上，你已经得到了救赎，你就生活在救赎中。你根本不知道什么叫作苦难。上帝根本不在意你怎么说话，或是你长相如何。当上帝的国度降临，那时候你才会知道什么叫作受苦。他会颠覆所有的一切。"

他继续说啊说。他咆哮着，吐了口痰，然后背对我们走进了帐篷。然后，又走出来，赶我们走。雅各布很害怕，紧紧地贴着我。

"没事的，"我和他说，"没事的，这是浪费时间，是我的错。我们回家吧。"

在这之后，我几乎放弃了。我所做的一切传开了，很多人来找我，给我建议，但我几乎放弃了希望。我曾经听说过先知的事情，也听说过罗马人是怎么对付他们的，但我们之中不再有新的弥赛亚。上帝不会经由荒野中的传道者出现的。他们更像是反叛者，模仿着旧有神话中的梦想。

哈拿尼雅治不了我的儿子，就如他没办法拯救等待着他自己和信徒的命运一样。

我发誓不再让雅各布经历这样的事。我只希望生活能继续，我多么希望萨拉能和我们在一起，她能给我一个答案。如果萨拉还在我身边，让我用手指穿过她的头发，或许我能在那里找到我一直寻找的答案。

后来，雅各布病倒了。他得了感冒，开始发烧。我请人照顾他，给了他们所有能让他好起来的东西。他发烧昏睡了好几天，那天晚上当他再次醒来的时候，烧终于退了。虽然脸色苍白，但病已经好了。我去探望他。他在梦里说着话，嘟囔着，有时候声音会突然很响，头从一边摇到另外一边。可是，在他的梦里，他的语言那么流畅，就像流淌在约旦的河流一样——没有结巴，没有停顿。虽然那些话语只是分散的片段，在他醒来之后也不会记得，但那些句子是完整的，那些词语是完整的。恶魔的力量在雅各布睡着的时候不起作用。

我突然有了新的希望。如果我的孩子在睡梦中能流畅地说话，那在他醒来的时候肯定也有流利讲话的可能。他的身体里有善和恶，我们只要在白天的时候把邪恶赶走就好了。

我问照料他的妇人，问她们是不是听到过雅各布说梦话。她们都说自从他生病开始，每天晚上都会这样。

"他说梦话的时候就和普通人一样。"其中一位妇人说。我告诉了她们雅各布的问题，请求她们的建议。

"我听说过你的事情，"一个妇人说，"你穿越了约旦，想去帮助他。"

"你也听到他讲话了，"我和她说，"他在晚上说话就和正常人一样。"

"你为什么不去找耶稣呢?"另外一个妇人说。

"耶稣?"我问。然后她就和我讲了一个"不干净"的男人——一个麻风病人被一个从拿撒勒来的叫耶稣的人治好了,变得干净了。我请她天一亮就带我去见那个被治愈的人。

虽然那个女人这么和我说,但被耶稣拯救了的男人并不是干净的。他的脸上、手上、腿上还满是伤口和脓水。我没有靠近他,而是拿起一块面巾挡住了我的脸。我抓住带我来的女人,问她这究竟是怎么回事,你是在逗我玩吗?

"他是洁净的。"她说。"他不会传染你的。耶稣用手触摸了他。"

"他不是干净的,"我说,"你看不见吗?"那个女人只是笑了笑。

"你不会被传染的,"她说,"他干不干净又有什么关系?"

"你会和他说话吗?"我问。

"会啊,"她说,"你也可以和他说话。他就在你面前,他能听见你说的。"

我抬眼再看了看那个男人。他也看了看我。

"我能为这位先生做点什么?"他问。我还是拉着那个女人,请她和他说。

"问他我在哪里能找到耶稣,"我说,"如果他真的觉得自己被治愈了,他肯定想要传播这种力量。问他我怎么能找到耶稣。"

"他在加利利。"男子说,他的眼睛还盯着我。他的头发是金色的,在他一绺绺的头发下,我能看见脱落的头皮,有些黏液在渗出。"主在迦南城外救了我。"他接着说。"你可以去拿撒勒打听主的下落。"

我转过身,面对那个女人。

"请替我谢谢他。"我说着,给了她几个硬币。"这是给你们俩的。愿上帝与你们同在。"

我们做好了旅行的准备,带上了食物和值得信赖的仆人。我让雅各布待在我的身边。我脑中的想法像走马灯一样飞跑。我害怕会有士兵冲出来,用反叛者的罪名把我们抓起来。我怕强盗袭击我们。有一个时刻,第一天的早晨,我几乎觉得雅各布已经没有问题了,没有任何东西打断他的话语,他不结巴了。或许整件事已经过去了。或许我需要的只是信仰,而不是做父亲的一直怀疑自己的儿子是否真的属于上帝。可是,在旅行的第一个晚上,我问雅各布他饿不饿的时候,我再一次在他脸上看到了他为了努力回答这个问题而出现的抽搐,他的双手握紧又张开,他说的话又变得断断续续。

我们朝着加利利的方向行进。我们沿着从撒马利亚到西弗利斯的道路,然后朝北向着拿撒勒行进。那是很穷困的一个小镇,我从前听说过它。在那里,人们给我指了耶稣家的方向。我们见到了他的两个兄弟,他们告诉我耶稣向着迦南方向去了。

"你们赶了很远的路,"他们说,"今晚就别走了,住下来吧。"

第二天,我们在去迦南的路上遇到了和我们有着相同目的的人。有些带着年幼的儿童,另外一些人带着年迈的亲人。他们中的一些人是不干净的,患有传染病,但他们和大家保持着距离,一点也不粗鲁。我和其中一些后来发现是反叛者的人聊了几句后，找了个理由，离开了他们。他们冲着我们大喊，他们不是罗马人，也不是叛徒。

"我们要去一样的地方。"他们说，"你觉得我们会抢你和你儿子的钱吗？"我和雅各布说，不要听他们的。

"这个国家已经被撕裂了，"我说，"所有人都在和别人争斗。"

我们到了之后，我看到了一幅奇怪的景象。我很习惯人很多的场合，但我从未见过有那么多人集合在这么破的道路上。这里肯定有三百甚至四百人。雅各布说有上千人。我不知道我记得对不对。我对那一天的记忆充满了奇幻色彩，所有的一切好像都很自然地融合在了一起。

我们站在人群的边缘。我们面前的人群中间，有一个小圈子。小圈子里站着一个男人，他伸出手，触碰了另外一个男子，不过什么都没发生改变。阳光是一样的，天空还在我们头顶高悬，一股汗味升腾起来，好像我们就是一大群动物一样。

"那肯定是耶稣。"雅各布看着那个方向说。我点了点头。在旅程中，雅各布一直很沉默。现在，当我们站在能施展奇迹的人和他的信徒们面前的时候，雅各布开始说话。站在我们旁边的人转过身来看雅各布有什么问题，仿佛他们自己的疾病、遭遇和不幸还不够多。我把手放在雅各布的肩膀上，提醒他保存体力。

"我们可能要等一整天，"我说，"不能保证他今天能有时间见我们。"

"他会见所有人的。"我听到我们前面的人这么说。

那是个年轻男子，满头黑色的卷发。他笑了笑。他边上坐着个女孩，她的脸上蒙着一块布，年纪不会比雅各布大。

"是她的丈夫把她弄成这样的，"年轻男子说，"现在她只有我了，还有耶稣。我是她哥哥。"

我想问她丈夫对她做了什么，但我希望给雅各布留点希望。

"多，多，多，多，多长，长，长。"雅各布开始说。

我帮他说完，"你觉得我们多长时间之后能见到他？"男人说他也不知道。"那你怎么知道他会见所有人？"我问，然后我就后悔我问了这个问题。我努力不去看他毁容的妹妹。

"我觉得他是我们一直在等待的救世主，"男人微笑着说，"他会拯救所有需要拯救的人。"

我点了点头，示意仆人们找地方坐下。雅各布拿手抹了抹沙子，坐在了年轻男子和他妹妹的旁边。我听见前面有人在喊叫，从我们所在的位置，我看到前面有人站了起来，拥抱着彼此。

我让仆人们拿出吃的，雅各布邀请年轻男子和他妹妹跟我们一起吃。男人一直面带微笑地看着雅各布，等着他费力地说完那句话。我感觉到了他的善意，他和妹妹坐在一起的样子，他耐心地听雅各布说话，等他说完之后再感激地接受我们的食物。别人在听雅各布说话的时候，只要我在，他们总是会转头看着我，直接和我对话。他们总希望我能代替他讲话。甚至我的女人们都会转身背对他，希望我能讲完堵塞在他嘴里的话。

"我叫奥贝德，"年轻男人说，"我妹妹叫娜奥米。她说话有点困难。"他接着说，帮助他妹妹坐下来。"她的丈夫殴打她，弄得她浑身是伤，然后把她扔在自己家的地上不闻不问。"

雅各布和他们说了我们的名字，伸出了手。奥贝德握住了他的手，也拉过娜奥米的手放在雅各布手上。娜奥米说了点什么，但我们听不到。雅各布凑近了一些，歪着他的头，努力去听娜奥米轻微的声音。我想说点什么，可雅各布坐直之后说了我永远不会忘记的话："或许上帝是只让听不见的人能听见的声音。或许上帝就是你我现在说话那样。或许上帝就是你的脸。"

在我们周围的人转过身来看是谁这么说话。我觉得他们中有些人从他破碎的词句中组织出了他的意思。而娜奥米听了雅各布的话，往前探出身体，拉开了遮住脸的布。

人类居然能对同类做出这样的事情。

她的鼻子大概是被彻底打碎了，从她皮肤下能看见碎块。她的嘴肿胀着，嘴唇上布满伤疤。她的眼睛红红白白的，光线从两道狭窄的缝隙里透进去。她的头上的很多地方都没了头发，前额的皮肤像是羊皮一样，苍白而粗糙。

奥贝德遮上了她的脸，娜奥米也允许他这么做。我看到有眼泪从她原来的眼睛的缝隙处流下来。

"不要哭。"我说，感觉到雅各布在盯着我看。"如果他是所有人相信的那样，"我说，"那他会治好你的。"

我的这些话在我嘴里留下了很难受的味道，好像那些词语在腐朽的水里浸过一样。

奥贝德、娜奥米和雅各布很长时间没有说一句话。别处的声音笼罩着我们，我试着去听，听周围的人都在说什么，他们是为了什么原因来见他的，他们想让他治好什么样的疾病。

我不知道我们在那里坐了多久。娜奥米靠在她哥哥的腿上睡着了，但她的脸一碰到任何东西，就会疼得发出呻吟。然后奥贝德就会让她的脸朝天。雅各布在沙子上画着数字。我打了个哈欠，低下头闭上了眼睛。

"我亲爱的。"我听见有人轻声说。这个声音很熟悉，那么熟悉，我睁开眼睛就看到了萨拉。她在包围我们的人群中向我爬过来。我闭上眼睛，再睁开，萨拉不见了。雅各布把他的手放在我手上，问我还好吗。我转过头问他自己是不是睡着了。雅各布说："没有，你一直是醒着的。"我站起身，感觉到自己在颤抖。我的脚很疼，背部酸痛，我听到了一种嗡嗡的声音，让我想起苍蝇。突然我发现这个声音是从我身处的人群里发出来的，就像阳光照射在盛开的花苞一样。声音升高了。我突然意识到，这肯定是耶稣来了。我周围的所有人都面对着同一个方向，所有目光都跟随着一个高个子的年轻人，他满脸胡子，眼睛很大，微微有些反颌，头发披散着，落在肩膀上。

"他们要走了。"我对站在身旁的奥贝德说。他看上去很焦虑。他用手挡在眼睛上方。

"他会见我们吗？"我问。

耶稣和他的随从都穿着很破旧的衣服。原本白色的衣服已经变成了黑色，原本黑色的衣服沾满了污渍。不忠诚的女人和他们走在一起，在女人边上我还看到了小孩子。人们推挤着，大叫着，哀求着，但耶稣嘴边挂着淡淡的笑容走了过去。他看起来很疲倦，他的眼睛四处看来看去。我觉得他挤了一下一只眼睛，那样子和雅各布很像，可很快什么都没有了，只有闪烁的目光和鹰钩鼻。他走近我们的时候，我能看到他脸上的毛孔，鼻子和脸颊上细小的深色伤疤。

耶稣来了,然后从我们身旁走了过去。

奥贝德、娜奥米、雅各布和我都发出了叹息,事实上,所有站在这里人都发出了这样的叹息。奥贝德的手垂落到他的身侧。娜奥米又缩了下去。雅各布站在那里,张着嘴,他的目光落在我身上。而我,我转身面对耶稣和他的随从离去的方向大喊:"如果你救我的儿子,我会给你一塔兰特①!"

耶稣停住了脚步。

"过来这里,"我喊道,"你会得到更多。"

奥贝德拉住了我,他的声音很紧张,但我把他推到一边。我正打算再大喊,叫出更高的价格时,我看到耶稣过来了,他向着我们的方向走了过来。娜奥米还跪在地上,嘴里念念有词,轻柔的声音从她身上传过来。雅各布站在我的身旁。

"父亲。"他说。但我让他不要说话:"安静点,孩子,他来了。"

人群在我们面前分开,耶稣就站在分开的道路上。他看着我,看着雅各布,看着紧跟在我身旁的仆人。

"你是谁?"他问。在我回答之前,他又接着说:"像你这样的人和你的随从在我们这些人这里干什么?"他说话的时候,好像在歌唱。他的话语带着一种柔和的韵律,很难形容,但当我听到现在的雅各布讲话的时候,我觉得与他说话的方式有些相似。

"总有人会来试探我们,"耶稣说,"你是那样的人吗?"他的声音越来越低沉,说出最后一个词前有短暂的停顿,

---

① 古代的计量单位,可以表示重量或货币单位。

好像在自言自语一样。

"我想让我的儿子被治愈,"我说,"除此之外我别无他求,有人告诉我你是能帮助他的人。但你现在也要走了,什么都没做就要走了。你甚至不会和我的儿子说话。我是带着坚定的信仰来的,我在这里坐了一整天,我是很坚定地相信着上帝的,我们的主,但我看到的只是你结束了这样的一天,要离开了。"

他随从中的一些人开始讲话,他们责备我,嘟囔着说我已经拥有了那么多,还要求更多。但耶稣举手示意。

"主,"那个个子最高的、眼睛里好像在喷火的人说,"让我和这个陌生人谈谈。"

"不是现在,彼得。"耶稣说,"今天晚上我们会留在这里。或许我们晚上或者明天天亮之后可以继续这个讨论。但现在我必须休息了,我累了。"

对我们要在野外和这些人一起度过夜晚,我很不开心。我不希望雅各布和我,或是我们的随从被看到和这些强盗、不洁净的人搅和在一起。我让我的仆人站岗,看管好我们带来的食物,警惕有人会离我们太近。

天黑了,我给自己和雅各布裹了几床毯子,然后让他跟着我。仆人们远远地跟着我们。星星在我们的头顶闪耀,我问雅各布能不能说出我指着的那颗星星的名字,但他什么都没说,只是盯着地面。

在身旁点燃的篝火的映照下,我找到了耶稣和他的随从们扎营的地方。看起来,别人没有打扰他们,想让他们度过一个平静的夜晚。男人和女人坐在一起轻声地交谈。叫彼得的那个人和耶稣坐在一起,看起来好像是兄弟一样。他们很亲密,说话的时候也非常亲切。我听不到他们在说什么,但他们看着彼此的方式,他们倾听对方说话的方式让我很有感触。但兄弟关系还有另外的一面:竞争、争斗、嫉妒笼罩下的兄弟之情。

我不知道为什么我觉得自己看到了这一切。或许是有什么东西让我察觉到了裂缝。耶稣就坐在那里,就在我们面前几米开外的地方,但他什么都没有做。

但是,最奇怪的事情也会发生。

在我更年轻的时候,有一次我在挖水的时候发现了一具巨大生物的骨骼。它绝对不像是地球上的生物。那些巨大呈白色的骨骼上沾满了泥土。我很害怕,所以我把它放回了原处,又用泥土封上了那个洞。

还有一次,我看到夜空中有一个巨大的、闪着光的东西移动着。它看起来像是一头长着翅膀的怪兽,我惊叹地摔倒在地上。

然后就是现在,在这个奇异的日子,我看到我的大儿子朝着耶稣走去,一句话都没有说。我没有动,只让我的儿子过去。他的脚步那么坚定,我能看到他的髋关节,他挺直的后背和长长的手臂。

那里的一些男子站起身来拦住了雅各布,但耶稣向他们举起了手,眼睛一直盯着雅各布。彼得说了些什么,耶稣回答了几句,然后彼得站起身,越过耶稣向别人走去,在他们旁边坐了下来。

雅各布在耶稣面前停了下来,我看到他的脸开始扭曲,挤眉弄眼,他的手掌握紧、张开,他的整个身体都在抽搐、颤抖。在我站着的地方我都能听到他发出的短促的声音。

那时候,我想这一切都是那么空虚。我想这又是另一个哈拿尼雅,另一个看到了困扰雅各布的东西却不打算抬起任何一根手指的人。我觉得我要倒下了。夜晚降临吧，黑暗降临吧，我放弃了。

可这并不是结束。

耶稣站了起来。他静静地站着，听着雅各布说话。当雅各布说完之后，耶稣的一只手按着他的胸口，另一只手放在他的头上。耶稣没有说话，只是闭上了眼睛，就那一小会儿，耶稣和雅各布面对面，一动不动。如果是其他时候，这种场景可能会让我发笑，或是摇头，可在那一刻，我几乎屏住了呼吸。那个陌生人的手放在我儿子的头顶，好像在向他授勋。我没有别的语言能形容这一刻：他在我儿子的头顶放上了王冠。自那一刻起，雅各布再没有失去他的力量或是他的信仰。

耶稣放开了雅各布，他的手抬了起来，雅各布一个人站在那里。他开口，哪怕我听不到他说了什么，我也知道那些词句正从他嘴里流淌出来。那些词不再纠结在一起。我儿子的身体不再扭曲、痉挛。他平静地站着，嘴在动着，我觉得我看到了他在微笑。

第二天早晨我们离开了。我对回程基本没什么印象。我知道后来雅各布成年独立了之后，他又回到加利利，去见了那些住在拿撒勒的信徒。他和我讲过奥贝德和娜奥米的事情，还有别的我不想在这里提起的人。有一次他和我说起了萨拉，说她在他梦里出现了。

"有一个女人，"他说，"她说我是她的儿子，说她会用善的光辉照耀我。"

我告诉他要珍惜这个梦，好好地保存它。这是他母亲留给他唯一的东西了。

我依旧不知道耶稣究竟做了什么，他和雅各布说了什么。或许耶稣将小小的一片拯救放进了我儿子的身体。或许耶稣把困扰他的恶魔赶跑了，就像别人将头发上的苍蝇赶跑一样。我已经接受了这个事实，我永远无法知道究竟是怎么回事。他的兄弟们也不想知道。他们看到雅各布回来的时候已经康复了，但他们什么都没有问。就我所知，雅各布也从来没有提起过那天在野地里发生的事情。我已经很老了，剩不下多少时间被这些别人隐藏的事情愚弄了。这个世界是邪恶的，等我死了，我会让雅各布继承一切。他会料理我们的财富和拯救、照顾全家人。

这是我儿子的故事。这是我唯一想要留下的故事。我的儿子，我的第一个孩子，他是我们家族这棵大树上最后一枝上的最后一片叶子。但是，我相信那些小事，我也相信那些大事，没人知道是不是会有一枝新树枝萌发出来。或许我的第一个孩子能带领我们的家族到新的高度，当我离开，去向主的时候，我想要求雅各布的只是：继续我们一直在建立的丰碑。愿主让你继续。

二

父亲去世之后，我给了我同父异母的兄弟们他们想要的一切。我与他们道别，带走了身上的衣服、一头驴、一些食物和我的名字：雅各布。虽然我想念伴随我长大、和父亲分享的一切，但一切都结束了，没有什么会再回来。只有新的回忆。而且，我不想毁掉所有我还记得的美好的东西。就像我珍藏着我母亲留给我那一点点回忆一样，我也会珍藏所有我对父亲的回忆。

娜奥米在拿撒勒等我,我们在那里会合。奥贝德也在那里,给了我们许可。很多人已经离开,但又有其他人加入了我们。我们分散开来。雨从大海的方向飘来,天气变冷了。我们回忆着耶稣,他的所言所行。我们祈祷着从占领者以及与他们合作的势力下获得自由,我们祈祷黑暗的力量能被善的光芒打退。最后,我们唱歌跳舞,庆祝我的到来。我看到的只有娜奥米的眼睛。它们让我一直踏实、坚定。如果哪天我找不到方向了,我就会去寻找这双眼睛。

雨点落在大地上的声音,我们身体的气味,一切都摇摆着,舌头上尝到强烈、甘甜的滋味。

那天夜里我亲吻了娜奥米。我进入她的身体,把她美丽的、被打碎的脸捧在手心,让她在我身体上摆动。在这个世界里,我获得了自由。

这是新的开始,我们知道会发生什么。我们中的一些人被迫害,被殴打。有一对夫妻,从西弗利斯来的玛丽和约翰被罗马人抓走了,没人再见过他们。我现在是这里年纪最大的人之一了,我的光头和娜奥米破碎的脸让我们特别醒目。我们离开了加利利,向着撒马利亚出发,因为我们记得耶稣说过撒马利亚人的事情。等我们到达伯特利的时候,我们都想念约旦周围肥沃的土地。我和娜奥米讲起了我父亲带我走过的那些旅程。

"我父亲做了所有他能为我做的。"我说。

后来,我和她讲了我母亲的事,我梦里的她。娜奥米抱住我,在树荫下,在没有人看得到我们的泉水边,她亲吻了我。

大家在伯特利欢迎了我们。我没有找到父亲带我见过的那个老妇人,但所有开门欢迎我们的人都很热情友好。

有些孩子被娜奥米的脸吓到了,但当我们解释了她不是生病了,这些也不是发炎的伤口,他们就不害怕触碰她了。

"曾经,我呼吸和说话都有问题,"娜奥米告诉他们,"我前夫想要杀死我。但我主耶稣治愈了我。你们现在能听到我说话,你们能看到我了。"

我和男人们交谈。他们听了我说的故事,我也听了他们想说的。他们要交的税金太高了,他们付不起,他们很害怕如果占领他们土地的人发现他们中间有反叛者会怎么样。但是,当他们中有人讲起自己听说的耶稣的神迹时,他们所有人都会直起身子。他们想知道这是不是真的,他究竟是谁。我试着和他们解释,我试着描述我的主是怎样的一个人,究竟发生过怎样的事情。

几天之后,我们离开了伯特利,向着耶路撒冷的方向进发。但这个地方到处都是士兵,所以我们朝着耶利哥的方向穿过了约旦河。我们和路上遇到的人交谈,到了晚上,和另外一群人一起扎营。我和一个老人交谈了一会儿,他一直闭着眼睛,手里拿着用来探路的手杖。他看上去年纪很大了。娜奥米走开了一点,给我单独与他谈话的空间。老人和我说,他一直在寻找耶稣的信徒,他曾和一个过去和主很亲近的人谈过话。

"但他很强大,"老人说,"他比我见过的任何人都要强大。他完全击溃了我制造的怀疑,你能相信吗?我现在已经失去了控制,它变得越来越强大。你的主所创造的一切很快就会传遍世界。但是,我永远会在他的身边,就像我在这里一样。信仰和怀疑,我和他。"

我注意到他身边有一头黑色的动物。它的爪子敲击着男人的手杖,那个声音让我的注意力不停地在老人和它之间转换。

"它让你觉得紧张吗?"老人问。我道了歉,但老人只是笑了笑,轻声对动物说了些什么,然后它就爬走了。

"你的名字是雅各布吗?"老人问。

我点了点头。

"虽然花了点时间,"他说,"但现在你到了这里。"

我不明白他的意思。

"我承诺过我会释放你。"他说。

老人把他的手放在我的手上,直勾勾地盯着我。他的眼睛是灰白色的。

"我眼盲,"他说,"但我能看到很多东西。"

他抬起另外一只手摸着我的整张脸。我感到特别冷,被冰冻住的感觉。我想躲开。

"当光照在别的地方的时候,我留在阴影里。"他说。"让我闻闻你,他把你身上的东西弄走了。你不再带着那个印记,你现在就像你妈妈希望的样子。"

我把我的手抽了回来,我努力站起身来。他知道我妈妈的什么事?

"别这样,放松,"他说,"你的主碰了你,他把它带走了,但它不会完全消失的。你是他故事的一部分,或许你会是我进入它的方式。你是他的信徒,但你其实也有怀疑的,是不是?听着,在你相信你的主的时候,你真的相信自己吗?我说怀疑和放弃是再自然不过的事。让我和你单独谈谈。我几乎没有一个人的时间,我现在都在怀疑。你能相信吗?我向你保证。"

这个时候娜奥米过来了,她肯定是感觉到了有什么事情不对劲儿,她抱住了我。

"雅各布,"她说,"出什么事了?"

"走开!"男人说,"滚!"

"放开他!"她说。

"走开,女人,"他说,"这和你没关系!"

娜奥米打了他的脸,她用指甲抓他的脸。男人发出嘶嘶的声音,吐着唾沫,但他看起来没那么老了;他看起来年轻了很多。

"以耶稣之名,走开。"娜奥米喊。男人开始大笑,但他面对我们向后退,从火光中离开,退入黑暗中。

"祝你们旅途愉快,"他说,"你不会记得我,但一切都会留在你心里的,雅各布。"

然后他就消失了。

我们问别人知不知道他是什么人,没有人能回答我们。他们不认识他,也没弄明白我们说的是谁。最后,我们也就不想这件事了。娜奥米再也没提起过他。所有他说的话,他的样子:有时候,我觉得那就是个梦。

那天晚上我们轮流睡觉,天一亮,就朝着北方出发,穿越了约旦河。我们很小心地选择谈话的对象。我感觉特别累,睡得很差,总是做噩梦。我们一同祈祷,但好像有什么东西控制了我,我没办法放下。

那天清晨,我们和向扎卡河的峡谷方向去的一家人同行。我认出那是我曾经见过哈拿尼雅的地方,我不知道那个假先知和他的随从们是不是还在这里。他们后来怎么样了?我问同行的那家人是不是知道些什么,可当我提到哈拿尼雅的名字的时候,他们请求我不要说这些。娜奥米和他们道了歉,告诉他们这没什么关系。我心里有什么东西跳动了一下，我请求那家人里的长者，希望他能帮我们找到那些迷失了的人。他盯着我。

"我觉得他们还在那里。"他说道，"但如果你要去那里的话，愿主与你同在。"

我们沿着长者给我们指的方向出发，走了一段路之后，我们找到了通往平原的一条山间裂缝。那条裂缝很窄，我们越往里走，传来的气味就越难闻。哪里都没有人，只有岩石、干枯焦黄的植物，还有臭味。

在我几乎要回头离开的时候，有人叫住了我们。一个身上只披着破布的人站在山上的一个洞口旁。他的头上满是毛发和污迹，胡子拉碴。他全身都很脏。当他慢慢下山靠近我们的时候，我突然发现他全身都沾满了粪便，娜奥米和我同时开始后退。

"你是为了见哈拿尼雅来的吧？"男人大喊，"他还在这里，他和我们在一起。"

他比我上次见到他的时候瘦了很多，块头小了很多，他头发下面布满了红色和黑色的伤痕。我认出了他，但我没办法理解这怎么可能。他是很多年前父亲带我来的时候见到的那个独眼男人。他应该是没认出我。他的目光一直盯着我们之间的空气和周围的岩石。

"我们能见见哈拿尼雅吗？"我问。

"哦，当然，"他说，"大师就在这里，让穷苦病弱的人来吧，他会救赎他们。"

娜奥米张着嘴，盯着他，她看上去好像不能呼吸了。我拉起我的围巾，遮住了我的脸，并递了一条给了娜奥米。

"他会很高兴见你的，"独眼男人继续说，"来吧，来吧，跟着我去见大师吧。"

"他在哪里?"我问,"这里发生了什么事?"

"所有的一切都在这里发生。"独眼男人回答道,挥了挥手。"世界已经结束了,它又升起了,然后它又会终结,就像我们的大师告诉我们的那样。所有的一切都是随他的意,生与死,死与生,黑暗与光明,山川和洪水,皮肤和头发,还有石头,你们看到石头了吗?它们会说话,我听到过它们的声音,在水底下,如果你把它们拿出来。哦,上帝,亲爱的上帝,他透过石头,透过水说话。"男人更疯狂地挥舞着手臂,他冲我们鞠了个躬,然后转身朝着山洞走回去,爬回他来的地方。我让娜奥米在这里等我。

"你别和他去。"她和我说。

"我会回来的。"我说,"在这里等我吧。"

"这里有病,"她说,"小心,当心别碰任何东西。"我点了点头,用围巾裹住了我的口鼻,然后跟着独眼男人爬上坡,进了山洞。

这是一个很大的山洞,墙上因为潮湿而闪着光。这里面应该有流水,进了山洞气味更难闻了,就像是土块一样粘到皮肤上。这里面很黑,我看得不太清楚。独眼男人已经走了,我叫他。我走了几步,踩到了软软湿湿的东西。我弯下腰,看清楚那是什么东西后,感到一阵恶寒。

"上帝啊,我的上帝!"我说。山洞的墙边和地下满是骨头和尸体。我开始往后退,但这时候独眼男人挡住了我的路。他朝我走过来,我能感到他嘴里散发的令人作呕的热气。

"你来见见大师吧,"他说,"哈拿尼雅准备好见你了。"

我往后退了几步。

"见见大师。"男人说着双手举起了一个脑袋。我认出了这张几年前见过的脸,哪怕眼睛和嘴巴现在只是黑洞。独眼男人开始大喊大叫,他的声音在洞穴里回荡。

"到大师这里来,让他尝尝你的味道,让你的身体成为他的,让你的身体成为他的。"他大喊着。

我转身朝外跑去。外面的阳光让我一下子什么都看不见了,但我没有停下脚步。我喊着娜奥米的名字,让她赶紧离开。

我们一直跑到约旦河边才停下,那个时候天已经黑了。我想要洗一洗自己。娜奥米问我在山洞里都看到了什么,但我告诉她我不能说。

"那里只有死亡和疾病。"我说,"他们已经被黑暗吞噬了。"

"他们出了什么事?"她问。

"他们不再是他们了。"我说。

我们去加利利寻找我们在拿撒勒的兄弟姐妹。我们说了一点我们的经历。有天晚上,我一个人坐在那里,盯着布满星星的天空,我觉得所有的一切又停止了。我站起身,冲着黑暗走去。我捡起石头,试着咀嚼它们,我用我的指甲划着我的口腔,我干呕着。

当娜奥米终于找到我的时候,我必须告诉她,我没办法看着她。我摇着头,我的手指纠结在一起。娜奥米开始哭泣,但她紧紧地抱着我,亲吻着我的额头,亲吻着我的头发,轻声在我耳边说话。

"放轻松。"她对我说,"试着深呼吸。和我说话,和我说话,雅各布。"

我努力试着,但一切都破碎了,堵塞了。

娜奥米不肯放弃。她祈求我说话,紧紧地抱着我。

"这，这，这，难，难，难，难，"我说，"这，这，这，这不，不，不，不应该。"

"耶稣触碰了你，"她说，"他让你战胜了这一切。你必须和它斗争，雅各布，它不会走开的。雅各布，别让它长大。别让它长大。"

"别，别，别，让它，它，它，长，长，长大。"我说。

"别让它长大。"她说。

三

萨拉睁开眼睛，下了床。她给自己和自己的爱人取来了水。当她回到她丈夫身边的时候，他一下子就醒了。

"我做了个梦，"他说，"一个噩梦。"

"早上了。"她说。他点了点头，望着她微笑，冲她伸出了手。

"到这里来。"他边说边把萨拉拉到自己身旁。他把手放在她怀孕的肚子上。"他出生之后，"他说，"他会是我们很多儿子里的大哥。他的名字是雅各布。他会高大而强壮。"

她的头发披散在他的身上。他闻着她身上的气息，她长长的卷发，她的脖颈，她的肚子，还有肚子下面。

"他会出生在一个美好的世界。"萨拉说。

那天晚些时候她开始阵痛。他已经召集了女人们来帮忙。她们会照顾萨拉，他承诺如果她们能让他的第一个孩子健康平安地降临，她们要什么都可以。

第三章 我闻起来是大地的气味

我知道还有别的人。他们闻起来也是这样。只有一点点气味,但我是新鲜的。我几乎还有温度。有些人没有那种气味,你们的眼睛看不到他们。还有一些人尝起来是冷风的味道。

我能看到星星,但我飞不到它们那里去。我盘旋着,像是苍蝇那样,然后像小孩子一样摔到地上。哦,好痛。我的名字是萨拉,我不要土地,土地也不需要我。我在空中,我在地下。我试着从地下挖出路来,但没有搬动一粒沙。我努力寻找我的爱人,但在这里有我的情人。他啃着我的脚指头和手指头。他黑黑的牙齿,像是水中冰冷坚硬的岩石。我不知道他的名字。我的名字是萨拉,但他叫我萨哈,萨哈。他的眼睛是窟窿。"萨哈,萨哈。"他的手指插在大地上,就像树根一样。"萨哈,萨哈。"

我的爱人,他在哪里?

还有我的孩子。雅各布。雅各布。我念着他的名字,我听到有人在笑。有人在重复着:"雅各布,雅各布。"有人从我身边擦过,让我告诉他们,告诉他们。

"我的名字是萨拉。"我说。

"你闻起来有泥土的气味。"他们说,"新鲜而温暖,但还是泥土。"我和他们说我不是。他们说我是。"你是,你是。"他们有那么多人。这一刻他们在这里,下一刻他们都不见了。

我永远走不出去了。道路消失了。光总是在我面前停止。黑暗像蜂蜜,黏稠而柔软。它粘在所有的东西上。

我的儿子,雅各布,他长大了。我的爱人想念我,他在计算着日子。就像是小小的枯枝排列成行,这就是时间在他眼里的样子。但雅各布不一样。他不知道我是谁。我不知道他是谁。但我会听。我听着雅各布的声音。他说话结巴、颤抖。他无法好好说话。那些词语就是不出来,只有声音。我的爱人说我儿子身体里有什么东西。那东西会吞噬他,我的情人说。是他把那东西放在我儿子身体里的,它会腐坏。当雅各布腐坏的时候,我的情人就会带走他。

"你和我,还有亚克普,萨哈,你和我,还有亚克普,亚亚克克普。"

我踢了他一脚,可我的情人的牙齿还咬在那里。他大笑着,他的嘴只比眼睛大那么一点。他说他会有个儿子。我的儿子。他身边会有一个儿子。一个儿子会加入他,在黑夜中狩猎。

我的情人。

我的爱人。

我的儿子。

我的情人在两个地方。

思念我的是我的爱人。

我的儿子会被毁灭。我的儿子会成为恶魔。

我努力待在冷光里。但它会移动,就像是苍蝇一样。我前后左右地走着,每次我停下来的时候我都想,这一束光就是我所拥有的一切吗?

时间在这里过得格外慢,但对我的儿子和爱人来说,时间在急速奔跑。他们变化着,他们长大成熟,他们走得越来越远,他们走得太远了,我都看不到他们了。然后他们会到这里来。那时我的情人会等着他们。

有时候我觉得自己被撕裂了。我的情人会用他的整个身体抓住我,把我撕裂。就像是我来这里的时候那样。就像他得到我的时候那样。我的第一个儿子和我的第一次撕裂。雅各布温暖的尖叫和我爱人冰冷的手。我的爱人站在我的身边,一遍遍叫着"萨拉,萨拉",然后我离去了,然后我到了这里。我被撕裂了。

"这这是因为我喜欢你,萨哈。"

"萨哈,萨哈。"

我滑进了黑暗。

我的名字是萨拉。我的爱人在叫着我。那个声音,那个声音,我跟从着他的声音。"萨拉。"他叫着。萨拉。我的名字。

我就在他身边。我能听到他在呼唤我。我抬起我的手。但他不在那里。他看见我了吗?他看到他的萨拉被撕裂了吗?他看见萨拉腐烂了吗?我的皮肤不再光滑。我的眼睛不再是棕色的。我的头发变得像破布一般,我的嘴巴只是一个洞。

我的情人笑了。

"我我是是你的,萨哈。你是是是我我我的。"

"我我的,萨哈。"

我尖叫,他大笑。他咬着我的脚,我掉了下去。

"你是是我我的，萨哈。"

"萨哈，萨哈。"

我的名字是萨拉，我努力留在冷光中。黑暗里一点都不安静。有东西在抓着挠着。小小的爪子穿过沙子。甲虫，蛆。抓着，挠着，然后萨哈，萨哈。

我的名字是萨哈。我有十根手指。我有一双脚，一对手臂。我有一个儿子，有一个丈夫。我的儿子和我的爱人。冷风说我的丈夫再婚了，再婚了，再婚了。那些闻起来满是泥土味的人让我听，听。他们不再笑了，甚至当我说"我是温暖的"的时候都不笑了。

我必须找到我的爱人。我知道我儿子的事情。我知道他身体里有什么。

光，我需要更多的光，温暖的光。我有冷的光和黑暗，昆虫和蜂蜜。我是我的爱人的王后。

可是，我要怎么才能从这里出去？我的情人从一个缝隙中上来。他的手指像是树根一样四处张开，寻找，寻找，找我，找我。

"萨哈，萨哈。"

"你想和和和他们在一起，萨哈，但我我不不会让你走的。我是是你你的，你是我我的，萨哈，萨哈。"

他把我带到了下面。在我把儿子交给世界的时候，他把我撕裂。

他把我带走，在我儿子身体里种下恶魔，成为我的情人。

我必须要找到我的爱人，告诉他要怎么做，怎么让雅各布得到解脱。从口吃中，从腐败中，从我情人的牙齿中解脱。我知道我的情人在等着母亲和儿子，儿子和母亲。他不在意我的爱人。我不知道为什么。或许他知道我的爱人会来的。或许雅各布还有希望。

我的名字是萨拉。我必须要从这里离开，离开。

在黑暗里，我现在能看见了。我不能跟着冷光了，不是冷光。张开耳朵，跟着声音。

我的情人在冷光里搜索。他在等着我。我被蜂蜜般的黑暗黏住了，黏住了。

黑暗是有颜色的。不是黑色，不是蓝色，不是灰色。黑暗是有颜色的，像是被一直殴打、殴打、殴打的缀满星星的天空。

到处都是声音。女人洗衣服的声音，男孩招呼伙伴的声音，女孩咯咯的笑声，跳绳和哭泣的声音，丈夫们与羊和驴子说话。心跳声短促而温柔。它们扑通，扑通，扑通，扑通。

我走啊走，走啊走，但我的爱人在哪里，我的儿子在哪里？

"喂，你。"我听见一个人说。我停了下来。黑暗里有个男人。我能看到他。一个男人，他能看到我。我听见他的鼻子抽了抽，深深地用鼻子吸了一口气。

"我眼盲，但我能看见很多东西。"他说，"当光照在别的地方的时候，我留在阴影里。你闻起来有泥土的气味，但你是那么温暖，我几乎觉得……"

"觉得什么？"我问。

"我觉得你属于活人的世界，"他说，"但你现在的样子，你对我没有用了。你是大地，你是泥土，你不能再腐烂了。你对我没有用，死人没有用。"

"你怎么能说这种话？"我问。

他不再抽鼻子呼吸了。我听不到他了。他在哪里？

"喂，你在哪里？"我呼唤他，但没有回应。我大声喊。

"我需要帮助！"我大叫。

我听见低声的回答，问是什么事。

"我必须找到路，"我说，"去我的爱人那里。我要找到我的儿子。"

就在这时，有东西刺到了我的身体。

"你在这里，"那个声音说，"别动。"

"你用什么东西刺的我？"我问。他得意地笑。

"你那么新鲜，"他说，"你本可以成为我的，但有人已经带你走了。你有个情人，是不是？是他把你带下去的。我能闻到你身上有他的气味。"

"放开。"我说。

"你的儿子，"他说，"他有什么问题？"

"放开，"我说，"疼。"

"听我说，"他说，"我能帮助你儿子。"

"我的情人在他身体里放了什么东西，"我和他说，"他会腐坏，然后我的情人会吞噬他。"

"你必须告诉我他的名字，然后我会找到他。"他说。

"你会怎么做？"我问。

"如果你给我他的名字，我会帮他。"他说。

"放开，疼，"我对着他说，"你是恶魔。"

"恶魔？"他说，我感觉到有什么东西在我面前。一只手，我能看到一只手，从手里面射出一道光，很强的光。它照亮了我们身下的土地，照到了一只甲虫，然后是一只蜘蛛，然后又回到甲虫上。

"恶魔，好，"他说，"这就看光照到哪里，照到谁了。整个上面的世界，你几乎听不到声音，它是基于故事存在的。其中一些故事是我的，我给他们讲他们想听的故事。他们需要我给的怀疑。信仰和怀疑。善和恶。人们总是修正这样的平衡。我不像你的情人，我不收集死的东西。但或许你的儿子，他会需要我的帮助。"

"你必须保证你不会伤害他。"我说。

"我会给他一个故事，我会让你儿子摆脱你的情人做下的印记。"

"你保证吗，你保证会解救他？"我问。

"他的名字。"他说。

我告诉了他："雅各布，雅各布。"他让我走了，不管是什么东西刺的我，也消失了。

"你认识我的情人吗？"我问，努力站起身，但哪怕尖锐刺着我的物体已经消失了，我依旧很疼。不管这个男人是谁，他都已经抽抽鼻子，走开了。

"你情人需要干燥的土地。去海边。"他的声音轻轻的。"给他水。"然后我听见笑声慢慢远去了。

"喂？"我说，"你在那里吗？你说干燥的土地是什么意思？去海边，给他水？"

没有人在。

"我的名字是萨拉。"我说着，我突然听到了我的爱人的声音。他没有在叫我的名字，他在说别的什么。他听起来很累。一排排小小的、干枯的树枝排列在那里。我闭上了我的眼睛。黑暗像蜂蜜，但当我闭上眼睛的时候，它幻化成水。我飘向我的爱人。不在那里,但也不在这里。

"我的爱人,"我轻声说,"我亲爱的,是我,萨拉。"然后我听到他叫我的名字。我离他那么近。

"萨拉,"他说着,"我该怎么办?我只有一个人。我只有一个人和他在一起。萨拉,如果你在这里就好了。你会知道要怎么办的。"

"我的爱,"我说,"我最亲爱的,我在,我回来了。"

"我没有谁,"他说,"我连雅各布都没有。我不能忍受他。他的声音,日日夜夜。我把他送走了。你能相信吗,我亲爱的。我总是把他送给别人带。你要是看到现在的女人,萨拉,你肯定会抓破我的脸的。没有人像你一样,但她们会照顾雅各布。"

"我亲爱的,"我说,"我的爱人。我在这里,伸出手来!感觉我!是我,萨拉!"

"每次我看见雅各布,就会看到你。"他说,"你在那里,在他的身边。你在黑暗中爬着,全身漆黑,腐烂了。我几乎认不出你。"

"我亲爱的,"我说,"不要这么说,不要这样。我是你的。我在这里。是我,萨拉。"

"你走了,"他说,他的声音越来越弱,像是干枯的花茎被折断。"你不在了。我该怎么办?我该去你的坟墓把你挖出来吗?我该自己也躺到那里去吗?我该把雅各布一起带上吗?"

"不。"我尖叫着,我看到了我的爱人。他在那里,就在我的面前,他背对着我。哦,他变了那么多,佝偻了。时间在他身上刻下了深深的痕迹,在我和情人在一起的时候。

"萨拉。"他说着。

他跪了下来。我努力向他走去。词句像粗石一般挤在我嘴里。

"我亲爱的。"我说,他站起身,转身面对我。

"萨拉。"他盯着我。

"我亲爱的。"我说。

他朝着我走了几步,然后穿过了我。温暖又冰冷,然后我的爱人消失了。我转过身。他在那里,手里举着一盏油灯。

"我以为你在那里。"他说着,吹灭了灯。

黑暗像蜂蜜。

"我亲爱的。"我说。

现在他不见了。

另外的东西来了。又抓又挠。牙齿,冰冷坚硬。

"萨哈,萨哈。"

我大喊,我尖叫,我看到了冷光。

我被拉进了冷光里。

我抬起一只脚。另外一只脚被困在地上。我的情人的根。

如果我躺下,我会听到抓挠的声音。我的情人不见了。他很生气。他咬我、撕我,灰烬和木炭。

一片漆黑,到处都是声音。

我闭上眼,但我还能看得见。我的情人固定了我的眼睑。他把它们割掉了,它们不在了。我拿起泥土和沙子揉进眼睛,但我还能看见。我的视线模糊,满是斑斑点点。

我能看到有东西在爬。它进到了冷光中。它来了。

"嘿。"我说。

是只蜘蛛。一条腿又一条腿,它就这么爬过来。

"嘿。"我说。

但这不是蜘蛛。是一条蛆。

"嘿,"我说,"蛆。"它开始打洞。我伸手过去,可它不见了。我大声喊起来。

"嘿。"我大喊。我头发里有东西在摩擦。

"嘿。"我大喊,拉扯着我的头发,我手里抓住了一条蛆。蛆在我的头发里做了窝。它在我的手心蠕动。在光线下,它扭曲蠕动。来吧,来吧,消失在黑暗中。

"你会飞的。"我说。

蛆挺起身子。它有翅膀了。我给了它我的头发,它变成了翅膀。它飞走了,我听到了,我听到了,多么美妙的振翅声。

"再见。"我说。

在光线下,它扭曲蠕动。

来吧,来吧,消失在黑暗中。

我的情人靠近了。我能听见抓挠的声音。黑暗中,我能听到他的声音。"萨哈,萨哈。"他来了。黑色的牙齿。他的牙齿就像水中冰冷坚硬的石头一般。

"萨哈,我我回来了。我是是你你的,萨哈,你是我的。"

"萨哈,萨哈。"

我试着抬起我的脚,可它卡住了。我卡住了。

传来一阵轻轻的哼鸣,翅膀振动的声音。他的声音,抓挠的声音,还有一种深沉延续的声音。我的情人速度变快了。他不再对我说话。我的情人的话语变了模样,像是在口腔中的抓挠声。

黑暗中有东西在移动。我的情人来了。可是在冰冷的光线中出现了一大片黑色的云朵。黑暗的一部分被撕走了。

这是苍蝇。

它们是冲着我来的。它们在底部盘旋,它们的翅膀拍打割裂,割裂,割裂。我的脚自由了,然后苍蝇在我四周盘旋,到处都是。冷光变成了灰色,我的情人的声音变得那么那么远,那么远。我抬起我的手,在苍蝇群中挥舞,可是我又被抓住了。我的手臂被拉上去,固定在身侧。

在光线中,扭曲蠕动。

它们把我提了起来。

过来,过来,消失在黑暗中。

我情人的声音像野兽一样,低吼,咆哮。但我在空中了,苍蝇们把我带走了。它们飞进了浓重的、浓重的黑暗,去了充满人声和轻而短促的脚步声的地方。所有东西都有自己的声音,哦,所有生灵创造的声音是多么美好。我也能发出这样的声音。有时候当我一个人的时候,我会试。我说话,用手拍着自己的胸膛。来吧,到我这里来,我在等待,等待。然后苍蝇们来了。它们把我带回去了。

可之后,什么都没有了,只有黑暗,我在下落。当我落到地面的时候,发出了短促的声音。我什么感觉都没有,可我的脚自由了。

我站起身,闭上眼睛,努力想要走路。那里有一个孩子的声音,轻声的祈祷。我跟着这声音。然后它消失了。另外一个声音出现了,是一个女人的声音。刚开始她的声音很轻柔,但越来越响。哦,她很愤怒。然后她也消失了。

我的脚是自由的。我动作不快,我不是苍蝇。我是一只甲虫,我爬走了。我的脚,我的脚。

我在黑暗中爬着,跟随着那些声音。有些人在低语,有些人在大喊。有些人被催促,有些人在尖叫。可他们都在我找到他们之前消失了。

一切都是黑暗。黑暗牢牢地依附着。一切都依附着。

又一个声音越来越响,我努力站起身。

它消失了,另一个声音出现了。我站不起来。我张开嘴,吐出词句。它们落下来,掉进了沙子和黑土。

我的爱人,你现在在哪里?

我的儿子,别让你自己被吞噬。

我想要歌唱,可我的嗓子里塞满了尘土。

我想要走路,可我走得那么慢。

四周满是黑暗。黑,更黑。嗡嗡声,人的声音。我闭上眼睛,我还能看到。黑暗穿过了我。

一个声音不离开我。我不动,声音就在那里,就在我身旁。一个女人,那么年轻,她断断续续地说话,然后开始尖叫。她叫呀叫,然后她安静下来,站到我身旁。她的头上满是伤痕和深深的洞。

"嘿。"我说。

"嘿。"她说,她看着我,又看了看自己。当她再看我的时候,她的眼泪流了下来。她全身都在流泪。泪水从她的指尖,从她的耳朵,从她穿着的衣服中流出来。

"我的名字是萨拉,"我说,"你闻起来有泥土的气味。"

这样的话一说出口就让我觉得冰冷。她闻起来有泥土的气味,潮湿、温暖的泥土,可是我呢,我是什么?我是冷风吗?

回去,我必须回到蜂蜜般的黑暗中。

可她说:"我是鲁斯。"我停下了脚步。

"鲁斯?"我说。她点了点头,她的头很奇怪。

"他打我是那么突然。"她边说边用手盖住了自己的额头。

"打你的男人已经走了,"我和她说,"你现在在这里。"

"他突然攻击我,用尽全力,一直打一直打,然后我就到了这里。"她说。

"我们必须离开。"我说。

鲁斯看着我。"我不能走,"她说,"我必须帮助我的妹妹。"

"她不在这里。"我和她说。

鲁斯朝四周看了看。我握住她的手。我告诉她我们必须走,拽着她让她跟我走。我想着我的情人。他会四处找我,他会想要找到我们的。他会抓住她,他会抓住我。我必须带她离开。不到任何光那边去,到黑暗中去。鲁斯想缩回她的手,但我抓得紧紧的,紧紧的,鲁斯只能跟着我。

"你是谁?"鲁斯问。

"我是萨拉。"我回答。

"萨拉是谁?"鲁斯问。

"我和你一样。"我说。

过来,过来,到黑暗里来。

"你是怎么死的?"鲁斯问我。

"我生孩子,然后被撕裂了。"我告诉她。

在光线中,扭曲蠕动。

"哦,"鲁斯沉默了。她松开了手,我也放开了她。她走在我身旁。她闻起来有泥土的气味。这是我们的残余。我是我们成为的东西的残余。

我们走啊走,我看到了,鲁斯也说:"看!"我们周围的黑暗不再是黑暗。黑色变成了灰色,一个又高又大的影子从灰色中升腾起来。这是一座山,鲁斯说我们必须翻过它。我们身后是黑漆漆的黑暗,面前是灰蒙蒙的黑暗。我同意,我们必须要翻过它。

我的脚没办法越过岩石,所以鲁斯拖着我。她拉着我的手,当我们爬到上面时,她的头开始散开。她必须用两只手按住,让自己身体不要散架。我们在一口井旁边停了下来,山还在我们面前。我听到我的情人在远处轻声呼唤着我。

"那是什么?"鲁斯问。

"是风。"我回答。

"这不是风。"鲁斯说。

"是苍蝇。"我告诉他。

"是他吗?"鲁斯问。

我点了点头,鲁斯又抓住了我的手。我们在井旁边蹲了下来。

"这是水吗?"鲁斯说,把手伸进了井里,水没过了她的手。水流过她的手,水花四溅。水溅到了我这里。冷冷的水,让我的嘴角抽搐。鲁斯的嘴角也抽搐了。

"怎么了?"我问。

"你笑了。"鲁斯说。

"没有。"我和她说。

"我们在笑。"鲁斯说。

这时候,什么东西碰到了我的脚。我转过身。

"感受一下,"鲁斯说,"它是活的。"

但我回过头,那是根。它们围绕着我的脚。

"萨哈,萨哈。"

"不!"我大叫。"鲁斯!"我哭泣起来。山变了。鲁斯也开始尖叫。山裂了开来,树根从里面伸出来。

"你是我的的,萨哈,我是是你你的。"

"他无处不在。他无处不在。"

"这这是因为我喜欢你。"

我的眼睛睁开了。它们永远是睁着的。我听见嗡嗡的声音,我抬起手去抚摸它们的翅膀,但我摸到的是鲁斯的头发。

"萨拉,"她说,"他在这里。"

我感觉到树根缠绕着我的脚。我的情人来这里了,他要带我走。

我已经变成了几块。鲁斯把我拼了起来。她有针,有线,她把我缝了起来。

"嘘,"鲁斯说,"我会救出我们的。"

"嘘,"她说,"我们要去大海那边。"

树根困住我的脚,越缠越紧。我属于我的情人。无论我去哪里,无论我变成什么样。冷冷的光,他的掌心。我是他的。

"萨拉,"鲁斯说,"萨拉,你又是萨拉了,你现在是完整的了。"

他是我的情人。我是他的。

"我会救出我们的。"鲁斯说。

"水,"我告诉他,"你必须把你的水给他,鲁斯。"

我的眼睛睁开了。它们永远是睁着的。我听见嗡嗡的声音,我抬起手去抚摸它们的翅膀,但我摸到的是我情人的嘴。

"萨哈,你你尝起来有盐和泥土的味道。"

"鲁斯。"我说,他拉着我。

"你们俩都是我我的,这里所所有的一切都是是我我的。"

"鲁斯。"我叫着,我的情人突然松开了手,放开了。他去到了冷光中,说着这座山不是他的,他要回到沙土和黑暗中去。

"我尝尝到了湿气,萨哈。你应该是干干的。"

我的情人在冷光中消失了。他消失在黑暗中,我必须去寻找干燥。

我的眼睛睁开了。它们永远是睁着的。我听见嗡嗡的声音,我抬起手抚摸它们的翅膀。是苍蝇。是鲁斯。她身上布满了这些长着翅膀的动物,水从她身上滴到我身上。

"萨拉",她对我说,"我会让我们俩自由的。"我听到了我的情人的声音。我看到他从冷光中来。

"你们俩都是我我的。"

"萨哈和鲁斯,小小的,干燥的,完蛋了的。"

"来,"鲁斯对我说,拉起了我的手。苍蝇的翅膀拍打着,割裂,割裂,割裂,我的脚终于自由了。可是,我的情人现在在这里。冷冷的光和他的呼号。

"鲁斯。"我叫着,我的情人又开始拉扯我。他抓住我开始扯。然后我听见鲁斯的声音,她在滴水,滴水。她是水,尖叫着,拍打着,拍打着,灰色的光线开始闪烁,哦,这是我吗?我的情人去抓鲁斯,他撕扯着她的头骨。鲁斯被撕成了很多碎块,但她身体里流出了更多水,我的情人一下子停住了。他在水里像是着了火一样,我眨着眼睛,朝鲁斯爬过去。

"鲁斯。"我叫着。我的情人燃烧着,哀号着。

"鲁斯。"我叫着,鲁斯的碎片是潮湿的。灰色的光闪烁着,闪耀着,或者所有的一切都在闪烁着,所有的一切都在闪耀着,灰色的,黑色的,鲁斯和水,翅膀拍打的嗡嗡声,我的爱人,我的儿子,我眨了眨眼。

"你在这里。"鲁斯对我说。

她又变成一个整体了,她的头被修好了。

"萨拉,"她说,"我找到了光,我们在那里,听。"

没有嗡嗡的声音,但也不安静。这里有些别的东西。

"听,"鲁斯说,"我们让自己自由了,你的情人不会再来了。光很快也会到你那里的。"

"他在哪里?"我问着。

"他死了,"鲁斯说,"他在水里烧死了。光很快就会来了。"

"冷的光。"我说。

"不是的,"鲁斯说,"更亮的光,温暖的光。"

不是嗡嗡的声音,但也不安静。这里有水,那么那么多水。它很深,无法丈量的深。然后就有了光,在我们头顶。不像我的情人那样的冷光,不是那种邪恶的光。另外一种光,伟大的,温暖的,善良的,它像是一条轻柔的毯子从天而降。

不是说话的声音，是另外的东西。不是我的情人，也不是我的爱人，甚至不是小鲁斯，它让我看到了大海。我就要去那里。恶魔不再缠绕我，我自由了。世上有这样伟大的光，它会带给我光明和我想要的生活。鲁斯和我，所有闻起来满是泥土味的人，那些只有冷冷的风的人，所有的一切都会被这伟大的光点燃。那些被恶魔抓住的人，那些被撕裂的人，被压扁成碎片，破碎的人。他们都会被这伟大的光点燃。

"说吧，"鲁斯对我说，"说出你爱人的名字。"

我望着光，我仿佛能在手心里感觉到我的爱人。

但我张开手掌，让它去了。

"雅各布，"我说，"请驱走缠绕他的邪恶，给他自由。"

那道光升腾起来，环绕着我的肚子、我的胸、我的肩膀、我的手，随后就消失不见了。

我的爱人不在了，我的儿子也不在了。但我给他们送去了一道光，一道善的光。

鲁斯把她的手放在我的手心，我握住她的手。大海就在我们前方，更黢黑，更深邃。它让我们觉得我们刚才离开的黑暗不过是暮光。这才是真正的黑夜。

"我闻起来满是泥土的气味。"鲁斯说。"我还是温热的。"

"我是萨拉。"我说。

"萨拉？"鲁斯说。

"怎么了？"

"所有的一切都不见了，是吗？"鲁斯说。"没有光，没有东西生长。所有的一切只会死去，不断死去，哪怕在所有东西死去之后。"

"是的。"我说。

"我过完了在地上最后的一天。"鲁斯说。"我送去了光,我的妹妹会得救。是结束的时候了,我不会继续在这里了。"

"是的。"我说。然后我们继续往前。去到海里,黢黑的浪把我们带走,一只脚,又一只脚。我拉着鲁斯,鲁斯拉着我。我走了,我的爱人。我要离开了,雅各布。你会得到自由的。总有一天我们还能在一起,在这黑暗的另一边。

第四章　上帝之子

我的弟弟约兰冲我伸出了他的手。他问我他的手的颜色是不是很美。我点了点头，同意了。他的手指闪着光，他问我各种各样的问题。鲁本喘着气，又捅又踢我们刚刚杀掉的人。我转身面对纳达。他站在一边，看着我们。约兰，手臂是红的，脸上也是红的，沉默着。

"纳达？"我叫了他一声，但他没有回答，还是盯着地上的尸体。

"纳达？"我又叫了他一声。这一次纳达抬头看了看我。他眨了眨眼。在天光渐暗的时候，他苍白的脸和皮肤似乎在发着微光。他红色的头发和胡子让他仿佛像是在发光。约兰又开始说话，汗水和死人身上的血从他的额头和脸颊流下来。我让他闭嘴。

"纳达？"我说。"你为什么不加入我们？"

"这是不对的。"他嘟囔着说，"我说过我不想再杀人了。"

"对？"鲁本说，他停了下来，静静地站着。"这不对？你在说什么？"

"我不该这么做的。我们不该这么做的。"纳达说，"我们答应要和他们一起去耶路撒冷。"

"没有人告诉我们要做什么，"鲁本说，"我恨死给富人做雇佣兵了。"他啐了口唾沫，努力把自己擦干。他太高了，看起来像是一头异域的巨型动物,不知道怎么把自己弄干净。

"就像鲁本说的,"我说,"我们没有为任何人干活,我们拿我们能得到的。你没看到他们身上带了多少钱吗?"

我朝那两具尸体走过去,我挑起他们的衣服,给他们看那里被鲜血浸透的钱包。

"我不想掺和他们打算在耶路撒冷做的事情,"我继续说,"在那里他们也会被杀的,搞不好会连累我们。"

"这不是我干的,"纳达说,"这把我心里的火熄灭了。这不是我干的。"

鲁本向他走了一步,但我举手示意让他放轻松。

"纳达,"我说,"我们做的,也就是你做的。你是我们的一员。没有什么不是你干的。我们做了我们做的,我们就是这样的人。现在闭嘴来帮忙。"

我停下来看他是不是会说点什么,但他什么都没有说。

"我们得把他们藏起来,"我继续说,"要是有人发现了这些尸体,他们的人会来找我们的。要是没人发现他们,他们就会等一些日子才会想到来找我们。时间长了,他们就忘记我们了。"

纳达盯着我看了一会儿,然后微微点了点头。鲁本也点了点头,他走到纳达旁边,敲了一下他的脑袋,让他来帮忙。他们把一具砍伤的尸体拖走。约兰冲我笑了笑,我指了指剩下的尸体,让他赶紧开始干活。

我折了几根树枝扒拉着被血浸湿的地面。死者的血慢慢被沙土吸收,消失了。这个世界消耗着我们。之前我决定我们应该试着过另外一种生活。我给寻求保护的有钱人提供我们的服务,我们从强盗变成了雇佣兵。这不对,我能从我的手、我的肚子和我的胸膛里感觉到。甚至晚上我睡觉的时候,它都会出现。我无法让我们改变。我们只能是我们一直以来的样子,直到我们停止呼吸,没有思想,没有什么在内心撕扯我们为止。

我们杀掉的这两个年轻人之前给我们钱,让我们保护他们平安去耶路撒冷。他们是被一支和当局对抗的武装部队派出来的。他们打算去耶路撒冷的圣殿杀死那里的牧师。我听说过他们这种人的事情,他们藏在山里,从一个村庄到另一个村庄,这样才不会被抓住。他们说他们是为了别人的理想战斗,但谁又不是这样?纳达说起过耶稣和他的信徒,他们和别人是不一样的。纳达说,他们是和平的,他们不是在和罗马或是当权者抗争。他们不是为了神的上国或是正义而抗争。每当纳达这么说的时候,我都怀疑他是否还是我们中的一员。鲁本很不高兴,他问了好几次我们究竟成了什么人,我们还要忍受多久他的胡扯。可哪怕如此,纳达身上的某些东西还是让我们相信了我们觉得自己不敢相信的东西。或许这就是为什么我把我们这些人变成了保镖,直到我最终意识到我们真正是什么人。

鲁本和我都看到了我们陪去耶路撒冷的那两个年轻人衣服下藏着的皮质钱包。我告诉自己我不想被他们拖累,不想被拉进他们的计划,但这一点和他们的钱都不是我们杀他们的原因。所有的话都说完,所有的事情都做完之后,我同意鲁本的说法。什么事都有时限,我们为别人卖命这件事到头了,再没有人能收买雇用我们了。

或许纳达觉得我们的结局不会是这样。我接纳了他,让他成为我们中的一员。我喜欢看到他和约兰在一起,他和我弟弟在一起很好。我也说过,纳达身上有种东西,好像我们所有人身上已经被熄灭的火种,还在他身体里燃烧。

但是现在,我们已经这样了。有时候,我已经放弃了去理解自己做的事情。鲁本说那是我们心里的东西。当我给他们信号,了结那两个年轻人只在一瞬之间。我们就是我们,我们做我们做的事情。

"我以为他们会挺厉害的,"鲁本说,"没想到他们就和熟透了的水果一样软弱。"他站在我身前。"你在干什么?什么都不剩了。"

我低头看了看我眼前的沙子和碎石,我一直在用手上的棍子在划拉它们。

"我们有四个人。"我说,"他们只有两个人。"

"他们太软弱。"鲁本坚持说,"我能感觉到。他们是信徒,是那种会为自己的信仰杀人的人,但他们不像我们这样信奉杀戮。"

"我不信奉任何东西,"我说,"你在胡说八道。"

"我们是手艺人,"鲁本说,"他们是没有军队的士兵。"

"约兰呢?"我边问边扔掉手里的棍子。天很快就要黑了。

"他在那边和纳达一起,把事情做完。"鲁本盯着灌木丛和西边的地平线看。"我不喜欢纳达说的话。"他说。

"我们要在那边生火。"我说。

"他没有真正加入我们。"鲁本还在继续说,"当我们中的一个人没有真正加入我们的时候,他会把我们拆散的。他最近很不正常。"

"你别管他。"我说。

"我不喜欢他们,都不喜欢。"鲁本说,"不管是剑客、叛乱者,还是纳达总提起的耶稣,还有那些好像雨后的野草一样出现的先知。他们在制造混乱。他们谁都不可信。"

"雨后的野草?你说得好像你也是他们中的一员似的。"我边说边走向旁边的一个小树丛。"我们需要木头生火。来,搭把手。"

鲁本吐了口唾沫,嘴里嘟囔了几句先知和粪土什么的,走回到纳达和约兰挖坑的地方。

"我们做我们能做的,"我在他转身离开的时候说,"我们拿我们能拿到的。"

那两个被泥土和碎石埋起来的年轻人比我们年纪小。看起来他们两人都为自己的任务做好了准备。但这么快面临自己的结局的时候,他们看起来都很惊讶。他们中的一个人两只手各少了一根手指,另一个人脸上一点毛发都没有,他们俩讨论着在耶路撒冷的圣殿杀死牧师。"那些和外国占领者合作的人,那些罗马的傀儡,没有人能高枕无忧。"他们这么说。"神站在我们这边。不管我们是成是败,神都站在我们这边。"他们谈论着那些背叛了人民的叛徒,他们要让他们大吃一惊,制造混乱,传播恐惧,然后脱身。我曾经听别的人这么说过。他们有好几支对抗当权者的有组织武装。他们中的一些人被镇压处决了,首领被钉在了十字架上。还有一些组织解散了——或许大家都看明白,都回家去了。还有一些组织没有武装,就像拿撒勒的耶稣和他的信徒,他们说他是先知。纳达和我们说过好几次有关于这个木匠的儿子的故事。

现在,这两个男人被我们杀掉了,他们身上的某种东西让我觉得不安。他们愿意为了自己相信的事情献出生命,而不要求任何个人的获得。他们的身体里充满了他们所相信的东西,但同时,他们又显得那么冷酷,充满距离感。他们还和鲁本讨论过他们要怎样才能一击毙命。

当我发出动手的信号的时候,他们完全不知道发生了什么。他们中的一个人想说点什么,但我没听清楚。另外一个暴怒,但也无济于事,他倒在地下的时候已经被砍得七零八落。

天空中金色的光线像是国王的斗篷般遮住了我们。约兰和鲁本、纳达一块儿走了过来。他们挖完了。我弟弟约兰身上满是红色的伤痕,不过只有几个地方是真的伤口。从我能记事开始,他就一直是这个样子。要是他的皮肤开始起皮开裂,我就给他涂上油和药膏。没有人愿意看他,没有人愿意和他说话,没有人愿意触摸他。他一直是被排斥的人,因此没有人比他更适合我们现在的生活。有一次我们路过一个麻风病人居住的区域,他在我拦住他之前杀了两个病人。还有一次,在耶路撒冷的圣殿之外,有一个富人以为约兰是个乞讨的麻风病人,所以给了他几个银币。约兰跟踪了这个男人,等到夜幕降临,他闯进熟睡的男人的家,取了他的性命。约兰没有拿任何钱。他和我说这是不干净的,他是笑着说的。他总是在笑。他的牙床在他斑驳的脸和干裂的嘴唇后露出来。纳达有一次说,约兰和我们没有什么不同。我问他是什么意思,他说,约兰看起来是外表的碎裂,而我们则是在身体里碎裂了。

"我们去洗洗吧。"鲁本说,但约兰在火堆旁坐了下来。

"约兰,"我说,"你也去吧。"约兰摇了摇头。

"去洗洗。"我说,但他一动没动。我走到他身旁,拍了一下他的脑袋。

"去洗洗,你太脏了。"我说。他还待在原地,一动不动。我又举起了我的手,但纳达蹲下身去,拉着约兰站起来。

"来吧,约兰,"他说,"我们去洗洗,这是为了我们自己好。如果今天晚上有人从这边路过,我们最好是干净的。"他最后的话音刚落,约兰的身体颤抖了一下。"不是的,"纳达说,"不是那样,我们只是要把血洗掉而已。"他用手臂搂住约兰,搂住他的伤口,他皮肤上所有的裂口。

他们回来的时候,我注意到约兰的手和脸都在流血,看起来好像他的皮肤从内部爆裂了一样。

"他在抓自己。"纳达说。

我拿出了布和一个小罐子。约兰坐了下来,我把药膏涂在他的手上,然后包起来。我也处理了他脸上的伤口。他高高的额头和鹰钩鼻子。我们小时候长得很像,但长大之后,我们慢慢变得不一样了。他的身材更高大,他的皮肤碎裂了。我们一直都在一起,无论是他无法理解,还是我不能忍受他这个样子的时候,都在一起。

"你还有哪里在流血吗?"我问,但他说没有了。

"等我们到了耶路撒冷,我们得再去找点油和药膏,还得去找点布。"我说。约兰微微点了下头。他的眼睛在火光中又黑又红。他嘟囔着什么,但他嘴里满是唾液,让他的声音听起来像是爬行动物。

"我们得去别人找不到我们的地方躲起来,走去赛查尔的路。"鲁本边用他的刀拨火堆边说。

"我不确定,"我说,"说不定耶路撒冷会有点什么事。"

鲁本放下了他的刀。

"我们不能在那里待很久,"他说,"到处都是士兵和守卫。"

"没人知道这件事,"我说,"没人会来找我们。我需要正经吃的和女人。一个,或者两个晚上吧。"

鲁本嘟囔了几句他在赛查尔的那个女孩,但纳达打断了他。他的声音很嘶哑,他在继续说之前清了清嗓子。

"我想去那里,"他说,"我必须那么做。"

约兰抬起头盯着纳达。"做什么?"他问。

"他在这里,在我心里。"纳达说,"我能感觉到他在我身上的力量。明天我必须去那里,我必须做对的事情。我必须要把话说出来。"

"你在说什么?"我问。

"我的火光那么弱,"纳达说,"它不能熄灭。"

我站起来,命令他住嘴。

"他不会让任何人的火光被熄灭,"纳达说,"我看见过天空中闪过的光线,我们在风暴中。我一直在等待,等待做点好事。"

他的声音很低,好像他在对着我们身边黑暗中的一个影子说话。

"闭嘴,纳达。"约兰说。

"耶稣在我身上施了法,"纳达说,"你看,我们要去耶路撒冷,如果有一件事情是我要做的,我一定要说出来,我要告诉他们有关救世主的事。"

我揍了他。我一拳打在了他的颧骨上,他的头往后仰去。我又打了他一拳,打在他的发际线上。我的指关节咔咔作响,看上去他的脑袋好像脱离了身体一样。鲁本抱住了我,我想把他甩开,但他抱得很紧。约兰也和他一起,他们一起把我按在了地下。约兰放开我,站起身,看着我。

"走开!"我说,"去看看他,我打了他的头。"

约兰挪了几步到了纳达身旁蹲了下来。

"他还好。"他说。

鲁本啐了口唾沫。我看了他一眼。

"我不会接受的,"我说,"我们要在一起。他疯了。"

我站起身,鲁本的一只手按在我肩膀上。

"需要的话,我帮你看着他。"他说。

我点了点头,鲁本转身走进了黑暗里。约兰看着我,眼睛里满是惊讶的神情。我们已经被黑夜笼罩。约兰扶着纳达翻身躺着,把他的头放在他的腿上。

"会没事的,他醒了,他还好。"约兰说。

我站在那里。即将熄灭的火光映照在我们脸上。很快,我们将会被黑暗完全笼罩,它们从这里开始,散布整个世界,散布到我们和所有事物的来源的无尽的空间。

两天后,我们离耶路撒冷很近了。路过伯大尼之后,我们在一个很大的花园里休息。纳达的脸上没有血色。他被我打倒在地的第二天清晨,醒来的时候脸上带着笑容,他问我的手是不是和他的头一样疼。约兰笑着推了推他。

"你的身体一点都没事,"约兰冲他说,"你昨天是喝了什么鬼?"

鲁本先行去耶路撒冷了,他要去看看那里有没有什么变化,是不是有人在等我们杀掉的那两个男子。我知道他觉得我们应该在夜晚降临的时候继续前进,不要在任何地方停留。他希望往北去赛查尔,在那里隐蔽一段时间。他想确保没有人因为我们犯下的事情来找我们。

"安娜在赛查尔等我,我想再见到她。"他一遍又一遍地说,"我答应过她的,她在等我。"

可是,我想去海边,去迦法。海边的空气对约兰有好处,虽然他总是说他不喜欢大海。他说大海发出的气味就像女人的尿一样。

鲁本回来了,他带回了一些食物、面包和油,还有葡萄和橄榄。太阳白晃晃的,特别刺眼。我们坐在了一棵树下。

"一切看上去很正常。"鲁本说。

"听起来不错。"我回答说。

"没必要的。"他说。

"别那么肯定,"我说,"记住,我们是特别的,我们是神认定的盗贼,是吧?"

"去死吧,约阿施!"鲁本说。

我们笑着,吃着东西,做着进城的准备。我帮约兰把他自己包了起来,包住他的脸,只露出眼睛。纳达走到约兰一旁,拉住他一只手。

"干吗?"约兰嘟囔了一句。

"我要一个人走了,"纳达低声说,"但等我再见到你的时候……"

没等他接着说下去,约兰把纳达推开了。

"站在那里,"我说,"我绑不起来这个。"

"我也可以一个人走的。"约兰在那一堆破布后面说,"我不需要你照顾我。"

"我们两个人会一起走的,约兰,"我说,"要是发生了什么事情,我们就一起面对。"

约兰低声说了什么,但听不清楚。

"你说什么?"我问。

"我不想在阳光下待太久,"他说,"痒死了。"

耶路撒冷像是一座蜂巢，所有东西都在走，在爬，在飞，在嗡嗡作响。我们分散开来：约兰和我去找油、乳霜、衣服和毯子，纳达和鲁本一起走了。我们说好晚上再碰头。

约兰抱怨着热气，抱怨着在他周围走过的人。我们进了一家昏暗的小酒馆，要了点喝的，然后又重新回到阳光和热气中去。羊群四处游走，发出咩咩的叫声，它们身上散发出的气味，和周围的一切气味都混杂在一道。士兵和守卫们把任何靠近他们的人都推开，冲他们大喊，抓住年轻男子，拿走他们连羊毛都刮不下来的刀。有些小孩跑过来讨钱，在约兰动手之前，我挥手把他们赶走了。一位年迈的、灰头发、灰眼睛、嘴里除了舌头什么都没剩下的老女人拉住我，说她会为我们祈祷。世界上所有的东西都被挤进了这座城市；我们还看到了一笼子蛇，我见过这种蛇，它身上的颜色异常怪异。

我们站在圣殿的广场前，约兰问他们是怎么把所有东西建得那么方方正正的，是谁造的它们。

"我们究竟在这里做什么？"他问。

"安静，约兰！"我说，"看看你周围，我们离开以后这是你做梦时候会梦到的东西。"

约兰傻笑了一下，"我没看见任何女孩儿，"他说，"这里只有该死的一座大房子。"

我想看看这些东西都是什么样子。我曾经来过这里，那是很久以前了，我不太记得起来了。我倒不是对庙宇这上帝的房子本身感兴趣，好像有任何人在听，好像有那么大力量的人会注意到像我们这么渺小的存在似的。可是，那两个我们扔在那里的男人，我无法理解他们为之奋斗的事情，或是他们在反抗的事情。他们要怎么逃脱？这里有墙，有楼梯,有守卫。他们是准备好去死的,他们只想要一两个牧师的命。杀几个人,传递这样的恐惧其实改变不了什么。这片土地被那些人控制,就让他们这么下去吧,就这么控制下去。除了掌握住我们手里这一点点自由,我们还能抓住什么呢?

"我们在这里做什么?"约兰问。

"不做什么,"我说,"我们来这里看看。"

有些披着毯子的孩子坐在那里乞讨,其中一个人抬头盯着约兰和我。约兰问他在看什么,男孩冲我们吼了几声。我们还没能说什么,那孩子就站起来跑了。约兰想去追他,但我抓住他,让他冷静。

"这里到处都是守卫,"我说着指了指,"士兵也在离这里不远的堡垒里。"

约兰嘟囔了几声。我们冲着广场连通的那扇门走去。我开始爬楼梯,约兰跟在我身后,嘟囔着他们不会让我们进去的。等我们走到楼梯的顶端,穿过大门,我们听到有人在大声说话。他周围已经聚集了一些人。约兰走到我身旁,笑着说是不是决斗比赛,可他突然停住了,脸上露出很怪异的神情。我们听清楚了说话人的声音,清楚、响亮——那是纳达。

我们跟着其他人一起通过大门,走向圣殿。所有的一切都变得那么奇怪、安静,唯一的声音就是纳达讲话的声音。他的语句破碎,在墙内反射回旋,他说的一切仿佛前前后后地回旋着。约兰想要挤进围观的人群,但最终不得不放弃了。有些守卫也在推开他,因为他们自己要挤进去。我踮起脚,盯着纳达。他没看见我,看上去他什么都看不见。他的眼睛里满含泪水。他的手里拿着一把剑和一把匕首。我不知道他是从哪里弄来的那把剑。他把武器举在身前，用来威胁那些守卫，让他们退后。

"我不是来这里战斗的，退后。"他冲他们大喊，然后又回头面对人群。他的声音像钢铁一样撞击着我们。他说这个圣殿不再是祈祷的地方，不再是讲善的故事的地方。这里已经变成了有权有势的人的贼窝，变成了和外国的权势合作的人的贼窝。

"你们不要听那些牧师和富人的，"纳达大喊，"不要听那些逃跑躲藏的人的话。他们知道所有被写下来的东西，但他们完全不懂上帝的言语。他们在为异教徒工作。"

两个守卫要从纳达两边包围去抓他，但被他发现了。他用剑打倒了其中一个人，又很快转身拿匕首对着另外一个人。

"不要这样，"他说，"后退，不要试运气。如果主在我身边，我是来这里告诉大家，光并未熄灭，它还在，主在我们心里。听听先知耶稣的故事。不要听那些有权势的人。不要听那些渴望公正却把我们带向战争的人。只有耶稣，拿撒勒的耶稣，才是我们应该跟从的人。"

然后他被打断了。好几个守卫同时冲向了他。当其中一个人到他剑的攻击范围内的时候，纳达犹豫了。他没有攻击，他也没有用匕首去刺他。在纳达放下手里的武器抬起头的时候，我听见了约兰的哀叫。

守卫朝他冲了过去。他们中有一人拿棍子打他的头，等他摔倒在地上，他们开始踢他的脸、胸口、手臂和肚子。人群开始大喊："吊死他，吊死他。"更多的守卫赶来了，他们让人们往后退。约兰要朝蜷缩着躺在血泊里的纳达冲过去。我抱住他，把他拉开，拖着他下了台阶。

"他们会杀掉他的。"约兰说。

"闭嘴!"我对他说,"闭嘴,约兰,往前走,不要回头。"可是约兰不听我的,他想阻止我。我抓住他的一只手,把他拉近我身边。

"你想死吗?"我冲他低吼,"我们现在什么都做不了。我们得找到鲁本。"

约兰点了点头,同意了。

"对,"他说,"对,是的,我们什么都做不了,什么都做不了。"

他开始扯开他身上包着的布料。他抓着自己身上的伤口,自言自语,我知道,我必须把他从这里带走。我拖着他穿过广场,朝着石柱廊的方向走去。一些孩子聚集在阴凉的地方。他们看上去像是个团伙,我认出了那个刚才冲我们吼叫的男孩。我正要告诉约兰我们没时间,必须赶紧去找鲁本的时候,他已经冲出去了。

约兰冲向那些孩子,身上散落的绷带在空中飞舞着。我已经很久没见过他这个样子了。他要崩溃了。约兰冲着那些孩童大吼,冲向那些没跑掉的,把他们撞倒,然后抓住那个男孩,把他拎起来摇晃。

"我看起来像狗吗?"约兰说。

几个孩子站在原地盯着他,别的孩子尖叫着逃走了。被拎在空中的男孩拳打脚踢着。约兰只是狞笑着,又问了一次,他是不是看起来像条狗。我让他住手。

"住手,"我说,"把孩子放了,振作起来。"

约兰看了看我。他的眼睛通红,流着口水。他松开孩子,男孩摔倒在地上。其他留在原地的孩子盯着我们看。其中一个高个子男孩问我们是谁,是不是要和他们的人作对。

"你们的人？"约兰开始狞笑。

我抓住他。"算了，约兰，冷静。"约兰甩开我的手，吐了口唾沫，咆哮着。

"你们不属于这里，"高个子男孩说，"他被恶魔附体了，是不是？"

"不是，"我说，"他不是被恶魔附体，他是我弟弟。要是你还想看到明天的太阳，就离他远点。"

约兰因为我的威胁笑了笑，点了点头。"对，对，约阿施，这就对了。来吧，告诉他们我是什么人。"

"你是谁？"我看了看四周，问那个高个子男孩。好像没有人关心这里发生的事情。没有守卫，也没有士兵往我们这个方向来。

"我是新的萨尔，圣殿狗帮派的王。"男孩说。

我点了点头，试图去理解他在说什么。

"好吧，"我说，"你和这些孩子，你的团伙，你们控制这里发生的所有事情，是吗？"

萨尔点点头。

"好吧，萨尔，"我说，"你听着。我需要帮助。如果你帮我，这些钱就是你的。"

萨尔站在那里盯着我。他很安静，周围那些孩子也站着没动。

"刚才在圣殿里被抓的那个男人会被怎么样？"我问。

"会被钉在十字架上。"萨尔说。

我问他会在什么时候，什么地方。萨尔转身点了几个孩子，他们跑过来冲他耳语了几句。

"马上就会执行。"他说，"他们要带他去各各他山。"

"你能给我们带路吗？"我问。

萨尔说我们得付钱。我们一给钱，他就让两个孩子带我们去那里。我拿出几枚硬币。约兰说我们强迫他们干还能便宜点。

要给我们带路的两个孩子指给我们看从圣殿山下山去城里的路。我们跟着他们穿过人群，穿过小巷和街角。

我没觉得我们能阻止这一切。我没准备站出来说纳达疯了，他生病了，他在发着高烧。我只是想看看会发生什么，他们会对他做什么。还有他在夜晚降临前是不是还能活着。

走了一小段路之后，两个孩子停了下来，他们指着前方，然后开始往回跑。我们看着他们指的方向，看到有一队人从城市围墙的开口处走了出来。士兵们走在最前面，他们中就有纳达。他的身上背着一座十字架。人们大声喊着，有些年轻男人冲他扔石头，冲他吐口水。士兵们一点都不在意，他们有的拖着他，有的推着他往前走。

我们跟在队伍的最末端出了城，上了一座山。这里有好些十字架，其中好几座上还有死人的尸体。我的脚在往前走，可我感觉空空荡荡的，手冰凉。士兵们赶走了跑上来的孩子们，让大家都往后退。他们抓起纳达，围着他，把他固定在十字架上。他尖叫，恸哭，他们没办法固定住他。一个士兵抓住了他的脚，喊别人上前，另外一个士兵跑过来拿着权杖敲纳达的脑袋，让他安静。

他们完成了自己的工作，纳达被挂了起来。他的衣服破破烂烂的，全身都碎了。我从来没见过我的人被这样对待过。如果我们中的一员受伤了，我们会照顾他。如果我们的一员被杀了，我们会埋葬他，让他不会被野兽吃掉。我让纳达加入了我们，他看起来也准备好过这样的日子了。可看见他现在这个样子，看见我们中的一员这个样子……

"我们不该来这里。"我说。

约兰一动不动。他站在那里盯着纳达。

"我们得去找鲁本,"我说,"我们得离开这里。"

纳达说了点什么,但我没有去听。

"快点,"我说,"我们得走了。"

"不,"约兰说,"他还没有死。"

我转头看着我弟弟。他的脸是红的,额头上的一些伤口流着血。

"约兰,我们必须得走了。"

"不,"约兰说,"听,他还活着。"

我转头看向纳达被挂起来的地方。那里有声音传来。微弱的哀号。

天黑下来的时候我们和鲁本会合了。星星都躲进了黑暗里。清冷寒冽的风吹着,约兰脱掉了衣服。他开始挠自己,抓自己,抠着自己的伤口。他冲鲁本大喊,让他动作快点。鲁本盯着坐在那里几乎全裸、浑身是血的约兰,问出了什么事。

"你为什么没和纳达在一起?"约兰问他。

"纳达?"鲁本说,"跟着他又不是我的工作。"

"纳达被抓了。"我说。

"被抓?"鲁本说,"你说被抓是什么意思?"

"我以为他和你在一起。"我说。

"他想自己一个人待着,"鲁本说,"难道我要跟着他围着整个城走?"

我让约兰穿上衣服。"跟我来。"我说,带着他们穿过街道,来到了一排饲养动物的矮房子那边。那边有个男孩看守着房子，我给了他一个硬币，让他别管我们。

"不要打扰到动物。"他说。我点了点头，叫他不要担心。

"别人不会来这找我们的。"我对他们说。

"我们没有时间了，"约兰说，"我们必须得赶紧去把他放下来。"

我的手很冷。我把手凑到嘴边哈了哈气。鲁本问发生了什么事。我让他们坐下来，在外面点着的火把微弱的光线里，我向他们解释了发生了什么，我们的计划是什么。

在后来的很多年里，当约兰迷失自我，开始谈论这一天一夜里发生的事情的时候，我都会闭上眼睛。要记住一切，去回忆所有发生过的事情是那么困难。

当鲁本躺在地上快要死去的时候，约兰和我坐在他边上，他一直在嘟囔着赛查尔的安娜。他保证过会照顾她，他所做的一切都是为了救出她，他是为了安娜做的。约兰和我轮流坐在他边上，听他说话。我们都没有试着去理解他究竟在说什么。但是，过了一会儿，鲁本想要说纳达的事情。

"我很快要见到纳达了。"他说，"他为了他相信的事情去死，那是一种荣耀。从那天开始我一直为他感到骄傲，我会这么告诉他的。他在等着我，我也在等着他。"

约兰想让他喝点水，但鲁本不想喝。他只是躺在那里，躺在地上，手垂在一旁。他躺着，一直一直在说话，说着纳达在耶路撒冷做的事情，他做的是正确的，他真的是上帝的孩子。约兰开始失去耐心了，找了个借口去给火堆找更多炒货。我留下来陪着鲁本。他想要见安娜，我告诉他她不在这里。

"或许她也在等我,"鲁本说,"我会见到好些人。我有好多人可以见,纳达,还有安娜。"

我站起身,我听见约兰在外面走动的声音。

"约阿施。"鲁本说。他的声音很微弱。

"嗯?"我应了一声,面朝着约兰的方向。

"约阿施。"鲁本又说。我转身面对他,跪了下来。

"怎么了?"我问。

"我不应该这么做的,"他说,"是不是?"

"不应该,"我说,"或许吧。"

"我不应该做那个老男人让我做的事情的。"他说。

我完全不知道他在说什么。

"他究竟说了什么?哦,我眼盲,但我能看到很多东西,差不多是这样。我现在还能想起他的样子。他的眼睛是灰白色的,他说光明和暗影,他触碰了我。"

我让他别说了,好好休息,但他不再听我的了。

"你们要把我埋起来,"他说,"你们必须把我埋在这里。不要让我留在这里,别让那个老人找到我,把我埋起来。别让他找到我。"

我点了点头,告诉他我们会的。

第二天早晨他死了,约兰和我把他运到了一个约兰找到的小洞里。我们必须把他的骨头打断,才能把他塞进去,然后我们用石头和木棍堵住了洞口。阳光特别猛,吹着炙热的风。

"要是轮到我的那一天,你就离开我吧。"我说。约兰点了点头。那时候我不知道约兰会死在我的身旁,而我会被拖走,活着被绑走。那将开启一个全新的,也是最终的章节。当然,那时候我还不知道,我看不到。

那一夜，我们坐在马厩那里，没有人想到之后会发生的事情。整个城市沉浸在黑暗中，纳达孤身一人被钉在十字架上。

"他们干得那么快，"约兰说，"他们抓住了他，你数不到三，他就已经被钉在那里了。"

"我们走的时候他还活着。"我说。

"我从来没听到过他发出那种声音，"约兰说，"他在尖叫。"

"他们知道我们吗？"鲁本问。

"这和我们一点关系都没有，"我说，"他在讲耶稣的事情。"

"我告诉过你，"鲁本说，"他不是我们的人。"

"闭嘴，"约兰说，"不许你这么说他。我们为什么还在这里坐着？他还活着。"

"我警告过你，"鲁本说，"我不喜欢他说的话。"

"我们离开的时候他还活着。"约兰说。

"我们不能让他在那里挂着，"我说，"我不会让我们中的任何人被这么挂在那里。如果是你，鲁本，我也会把你弄下来。如果是约兰，我也会这么做。纳达是我们的一员。如果他要死，他应该和我们在一起，不应该死在那些想要奴役我们的人面前。"

鲁本沉默了。他低头看着自己的双手，他翻转手心，摸了摸自己的胡子。

"如果他们抓到我们，我们会被和他钉在一起。"他说。"他肯定没救了。没人能被钉在那里活下来。"

"或许是这样，"我说，"但纳达是我们的人，他很坚强。"

"你想我们怎么做？"鲁本问，"把他弄下来？你要爬到那上面，然后把他弄下来？"

"对，"我说，"我们要把他弄下来，完事之后我们趁着夜色离开，去迦法。我们要去把纳达弄下来，救活他，要是救不活，我们就把他埋了。我们的人不能这样被钉死。"

鲁本想要说什么，但我没让他开口："我知道你觉得很惊讶，鲁本。我不知道该怎么说，但纳达给了我们点什么。因为他来到了我们中间，有些什么别的东西，新的东西出现了。我一直在与它抗争，我一直想要抓住我们的曾经。但当我看到他们带走他，我看到他们把他弄到那上面。"

"没事的，约阿施，"鲁本说，"找会和你一起去的。你为我也会这么做的。"

"我们接纳了他，"我说，"我们是一起的。我们做的，他也做了。他做的，我们也做了。"

"对，"鲁本说，"可是他们会来找我们的。"

"他们会去找叛乱者。"我说，"他们会在城里，山里搜索，他们找不到我们的。"

鲁本点了点头。我看到他已经准备好了。如果不是为了纳达，他也准备好做我们生来就要做的事情了。

守卫在城市的城墙边站岗。他们背对着我们，面朝着那片纳达被钉在十字架上的黑暗。我能听到狗叫和别的什么东西呼号的声音。有个守卫冷笑了一声，冲黑暗中吼了一嗓子。

"这是谁的哭喊声？"约兰问，"是纳达吗？"

"是野兽在吃不再动的人，"鲁本问，"那里还有别的人被钉在那里吗？"

"别的人都死了。"约兰说。

"我们要怎么做？"鲁本问。

"他们只有两个人，"我说，"我们一会儿从墙的另外一边过去。他们看不到我们的。要是他们听见了，过来检查，我们就把他们杀了。没人会来找我们，没人知道我们在这里，天亮之前我们就离开去迦法了。"

"他们是士兵。"鲁本说。

"那更好了，"我说，"或许他们不会那么软弱。"

我们穿过黑暗，夜色是我们的掩护。城墙上的火炬投射出微弱抖动的光线，士兵站在那里，除此之外什么都没有。约兰后来告诉我，那天他抓住我的右手，让我拉着他走。他说那一夜的我充满了力量，好像有什么东西在指引着我们的方向，他不光能闻到，还能尝到空气的盐分和黏稠。鲁本走在我们的后面。

"约兰。"我突然叫他，站住了脚步。我记得。在我们面前，有东西从十字架上垂了下来。我们沉默了。我触摸了垂在那里的脚，但它没发出任何声音。一只野兽，或是好几只，围着我们低吼。我挥舞着手里的棒子，打到了什么东西，它哼唧了一声，躲开了。我们接着往前走，听到了微弱的说话声。

"纳达？"我说，但说话声停止了。然后我听到了鲁本的声音。

"他在这里，"鲁本说，"我们得几个人一起才能把他弄下来。"

"在哪里？"我问。

鲁本朝我们走过来，他拉住我，带我过去。

"这里。"他说。

十字架是用粗大的木头做的。我举起手，碰了碰纳达的脚。我能听见他在低声说话。这里都散发着恶臭，他的脚上盖着什么黏糊糊的东西。鲁本紧紧靠在我身旁。

"我们没办法把他弄下来，"他说，"不可能办到的。"我们听到有野兽的声音，有些在吠叫，有些在低吼。士兵们动了。他们站在火把的光线下，盯着黑暗。

我把约兰拉到身边，用我的手臂环住他和鲁本，低声对他们说："托我上去。"

我在他们的帮助下爬了上去，抓住了十字架。纳达还在低声说着什么。我把手放在他身上，问他能不能听到我的声音。

"约阿施。"他说，或者他说了什么别的？我不知道。

"纳达，"我说，"我们会把你救下来。"

他继续轻声说着什么。我往上爬了爬，把耳朵贴到他的嘴边。

"纳达，"我又说了一次，"我们会把你救下来的。"

"不要，"他轻声说，"我在这里。"

"纳达，"我低声说，"你能听到我的声音吗？是我，约阿施。"

"那一点光。"他咕哝着。

"什么？"我轻声问。

"那一点点光，"他咕哝着，"它在闪着光。我看到那光，在那高高的，它在找，在找我。"

"纳达，"我轻声说，"纳达，我是约阿施。"

"约阿施，"他低声说，"她跟我说了他的事，约阿施，很冷。她告诉了我一切，那一点光，闪烁着，它对着我闪烁。"

"纳达，"我低声说，"我们会把你救下来的。"

"我能看到,约阿施,"他嘟囔着,"火焰没有熄灭,她还留着它。"

"冷静,"我说,"听我说。"

他继续嘟囔着,但我已经不明白他在说什么。我试着去抓他的手,但失败了。我的手划过他的肩膀和胸口,掉下来倒在了约兰身上,他抱着我倒在地上之前,我什么都没抓到。鲁本站在我们身前,拉起我们,骂骂咧咧的。

"他们来了,"他低声说,"士兵要过来了。"

我们在黑暗里站起身。士兵们直直冲着我们过来了。他们有两个人,手里都拿着火炬。我抓过约兰,冲着他耳语了我们要怎么做。我给了鲁本一个信号,然后分散开来。约兰从我们中间走过,冲着火炬和士兵们过去了。

一个士兵看到约兰的时候冲他喊了一句。约兰停下脚步,站在原地,冲他们微笑。然后我们冲着光过去了。鲁本向那个喊了一声的士兵冲了过去,拿刀捅进他的侧面,火炬瞬间掉到了地上。鲁本捂住那个士兵的嘴,拔出刀,从那个人肩颈的位置插进去,还在里面转动了一圈。我在另外那个士兵边上,但我的刀撞在了他胸前的皮带上。不过因为这一刀的力气特别大,他还是往后退了一步。鲁本正候在那里,抓住他的脑袋,往后一拉,割了他的喉咙。

我让他们俩安静。周围除了远处城市里的声音和倒在地上的士兵嗓子里发出的咯咯声,一点声音都没有。

"快点!"我说,"我们得快点去纳达那里。"鲁本找到了火炬,用它们往地上砸,直到一点火星都看不到。约兰在黑暗里狞笑了一声,问那些士兵为什么不能更强壮点,但鲁本让他闭嘴。

"纳达?"我们回到十字架的时候,鲁本叫着。我们听不到上面发出任何声音。

"帮我上去,"我说,"我再试一次。要是再不行,我们就送他上路吧。"

鲁本拉了下约兰。"来吧。"他说。我爬到他们身上,抓住十字架,用腿环住木头。

"纳达?"我叫了他一声,但他没有回答。我伸手去够他的手。我摸到了穿过他手掌的钉子,完全没办法把它拔出来。

"纳达,"我说,"我没办法把你弄出来。"

他还是一声不吭。他的鼻子里冒着热气。

"纳达,"我又叫了他一声,小心翼翼地拔出了我的刀,"我没办法把你弄出来。"我接着说,"你是我们中的一员,你不能被这样挂在这里。"我准备好了刀。就在那一刻,突然刮起了一阵大风。它吹向我。我准备好,刀从我手中滑落,我没抓住。我又一次摔了下去。落地的时候,我看到天空中第一道闪电划破整个世界。约兰尖叫着,鲁本也在喊叫,惊雷在天空中翻滚,然后又是一道闪电。我看到纳达倒了下来。

我在地上挣扎。我看不清楚,我的眼睛疼痛不堪。鲁本抓住我。

"快,"他说,"我们必须离开这里。"

我站起身。约兰手里拿着什么东西。

"约阿施,"鲁本说,"你受伤了吗?"

"没有,"我说,我们开始走。他们抬着纳达。夜空一次次被撕裂。我们穿过电闪雷鸣的黑暗,直到发现一个能躲起来的地方。这是个洞,人在里面站不起身。鲁本和约兰把纳达放在我们中间。

"我看不见他，"鲁本说，"他还活着吗？约阿施，纳达还活着吗？"

我俯身向前，贴近他。他的鼻子或嘴里没有气息冒出来。我感觉了一下他的心跳，可他身上的温度也消失了。

"没有，死了。"我说。

"这里太挤了，我得出去，"约兰说，"我得出去。"

风暴减弱了，我们让纳达躺在那里，爬出洞口往西朝着迦法的方向出发。月亮升起来了。道路就像冷光中一条幽深的通道。约兰走在最前面，自言自语。鲁本和我并排走在后面。约兰突然问我们这是要去哪里。我不知道怎么回答，但鲁本打破了沉默。

"迦法，我们去海边，"他说，"我还不能去见安娜。"

约兰出了一声，我们惊讶地看着他。他站在原地，手伸向空中，"海边，纳达，"他大喊，"我们要去海边。"

鲁本让他闭嘴。"他们会来找我们的。"他说。

"没人认识我们，"我说，"没人知道我们在这里，而且他们要抓的人太多了。或许我们之后可以去安蒂奥克。"

"纳达，"约兰喊，"你能听见吗？你手里有整个天空，我很快就会把大海踩在脚下。"鲁本冲他走去，但我拉住了他。

"让他去吧。"我说。

"或者我们应该去赛查尔，"鲁本说，"那里不会有人找我们麻烦。"

"不，"我说，"我们去海边。我们得做回我们自己。"我努力看着他的脸，想看看有没有任何变化。可虽然我们头顶有月亮，我们的脸依旧藏在阴影里。

"我不知道你是怎么把他弄下来的。"鲁本说。

约兰现在只是我们眼前的一个影子了。好像他还在自言自语,但我们听不明白他在说什么。

"我必须看着点约兰。"我说。

天亮了,在世界尽头狭窄漫长的通道口,我们停在了一个小树林的旁边。在我们之前有人来过。地上的草被压倒了,地上有火堆的黑色痕迹。我用油处理了一下约兰的伤口,用毯子把它们包裹了起来。约兰冲着我笑了笑,嘴里冲出了一个声响,好像它一直堵在那里一样。鲁本躺在我们身旁。约兰用一块薄薄的黑布条把自己的脸包裹了起来,我扶他躺到地上。我和他们说我来放哨,鲁本嘟囔了一句一会儿我困了就把他喊起来。

"如果我梦到纳达的话,叫醒我。"约兰说。他的声音被脸上的面罩挡住,显得闷闷的。我把自己的毯子折了折,塞在他的头底下。

"我该和他说什么?"约兰问。我看了一眼鲁本,他的眼睛闭着。鸟儿在枝头歌唱,阳光轻柔地闪烁在树枝间,然后消失不见。

"我该和他说什么?"约兰又问了一遍。

"什么都别和他说。"我说,"别让他回来。"约兰静静地躺着,脸藏在布的后面。

"好。"他说。

我们到了迦法,但我们只在那里待了几天,就启程去安蒂奥克。去往那里的路上,我们遇到了几个孩子,他们一看到约兰就尖叫起来。他想抓他们,但鲁本和我拉住了他。在安蒂奥克,我们干掉了一个男人,劫了他身上的东西，然后在他衣服里塞满石头，把他扔进了奥龙特斯河。我们抢的另外一个人的包里装着木头刻的罗马硬币。约兰用力踢那个人的脸，踢了很多很多下，他在死前喉咙里发出了咯咯的声音。鲁本拿上了那些小小的木头硬币，当天晚上用火烧掉了。他说，世界上没剩下任何美的东西，不知道为什么会有人用木头刻出硬币的样子。有天晚上一些士兵拦住了我们，但我们把身上所有偷来的钱都给了他们之后，他们就放我们走了。

我们还做了很多别的事情，如果我把所有事都说出来，我觉得这世界上就容不下任何纳达为之献身的信仰了。

第五章 黑鸟

一

在去水井的路上，安娜注意到了一只浑身黑色羽毛的鸟，它的目光那么空洞、疏离，这让她想起了安德鲁。她所有的男人里，安德鲁，她的第四个男人，是唯一一个会抚摸她的脸颊，温柔地亲吻她的脖子，让她躺在他身上的男人。安德鲁，哦，安德鲁！她出什么问题了？为什么看到一只鸟都会让她想起他？有天早上，他弯下腰，对她的耳朵低语，"我会回来的。"然后他就走了。六点钟，他被看到从赛查尔朝朱迪亚出发，然后就失踪了。她很想他，他的味道，他温柔的手指，有时候他会睁着眼睛睡觉，目光那么空洞、疏离。她四处打听，有人说安德鲁可能是在赛查尔，住在城郊的一座石头小房子里。但她去的时候，只有两个年轻的放羊的男孩住在那里，他们俩死死盯着她，好像被巨大的饥饿感驱使着。另外一个男人，从拿撒勒来，要去耶路撒冷的圣殿的旅行者，觉得他在撒马利亚见过安德鲁。但是，谁又能知道他看到的是安德鲁，而不是别的什么人呢？安娜试着判断那个男人是不是见到了安德鲁，他的头发是又黑又长的吗？他的眼睛是黑色的吗？他紧张的时候，会用右手手指挡在嘴上吗？那个男人只能冲她笑笑，说他不知道。

安德鲁已经走了。

她想起了她的姐姐，鲁斯。鲁斯总是说，会来找她们的男人都是迷失方向的人。"我们要做的，"她姐姐说，"就是让他们觉得他们找到了回家的路。"

那只鸟站在细细的枝头。黑色的羽毛，黑色的眼睛。安娜低头看着自己脚下踩过的地方，岩石，一丛草。一阵冷风吹过树枝，安娜抬头看，那只鸟已经不见了。

水井的方向传来了说话的声音，有一群人朝着她走来，往城里去。安娜走到树丛间，放下了手中的水壶，站在原地，等着那些人走过。他们衣衫褴褛，脏兮兮的，有男人、孩子，还有几个女人，手拉着手。安娜拿起水壶，继续向不远处的水井走去，可她疼痛的脚绊了一下，发出一声低低的呻吟声。她的小腿，靠近脚腕的地方有一个红色凸起的伤疤：鲁本的记号。安德鲁之前总是帮她在腿上和脚上抹油。他从来没问过她发生了什么事。

鲁本是她的第三个男人，也是她的第五个男人。他给她身上留下了这个伤疤。她当时大声尖叫，声音大到他蹲下身来抚摸她的头发，想让她安静下来。皮肤下露出的白色骨头让她尖叫，好像被魔鬼附身了一样。现在回想起来，她已经记不得疼痛的感觉，只能记起那声巨响，然后是她耳朵中的鸣叫。她昏了过去，醒过来，又昏了过去。

鲁本背着她去找了那个灰白眼眸的老人，他把她的骨头接好了。

"我眼盲，但我能看见很多东西，"老人低声地说，"当光照在别的地方的时候，我留在阴影里。"

她想要保持清醒，但她的眼睛紧闭着。她唯一能记得的细节是那个老人身上有种泥土和酸酸的羊奶的气味。一边的墙壁上有一块搁板，上面放了很多小罐子。安娜只记得鲁斯来找过她。

"我会把你妹妹治好的，"老人说，"她会有个新的开始。"

"我会照顾她，"鲁斯说，"除了我，她谁都没有。除了她，我也谁都没有。"

"现在你们不再属于彼此了。"老人说，"她已经被送给我了。"

"她没有被送给任何人。"鲁斯说。

一切都是片段，安娜在睡梦中沉浮，周围坏绕着不同的声音。

"放开她。"鲁斯说，"放开我，让我们走。"

"她是自由的，"老人说，"鲁本向我保证过。"

然后鲁斯不见了，老人坐在安娜旁边。他低声告诉她休息一下，闭上眼睛，深呼吸。

安娜躺了很久才醒了过来，过了很多天她才能起床。她一直在问鲁斯在哪里。鲁本来接她，把她带回了家。他给了她一点吃的，一点喝的。他冷硬的宽脸没有任何变化。她问他鲁斯在哪里。他亲吻了她，说鲁斯很好，然后接着笨拙地用手梳着她的头发。有天晚上，安娜因为断断续续的疼痛睡不着，他给她唱歌。真奇怪，他的声音是那么轻柔。

鲁本第一次离开她的时候，她记得是他弄断了她的腿，殴打她，用刀威胁她。她跛着脚围着房子四周问有没有人看见过他。可有时候她在跛着脚四处寻人的时候他就坐在她身旁。但她找不到他，没有人知道。然后她会问鲁斯的事情。"我姐姐在哪里？你见过她吗？"回答还是一样。没有人知道。不能和鲁斯说话，不能听到她的声音，听到她对她无数次的宽慰。她一直没有放弃寻找她。安娜在赛查尔城外走啊走，注意着任何看起来不寻常的东西、任何新的变化。她穿过了示剑城，直到晚上才回来，孤独，并且筋疲力尽。她倒在地上祈祷，自言自语，努力回忆鲁斯曾经和她说过的一切。当她再也记不起来任何别的东西的时候，睡眠就像一块厚重的、温暖的毯子降临在她身上，她能听见鲁本的歌声，无比轻柔。

那些有关鲁斯说过的话，鲁本坐在她身旁的那些记忆，让她盲目地苛求着安德鲁的双手。哦，安德鲁，安德鲁，他是怎么做到的？他是怎么靠近她的？为什么他从来不会伤害她？有时候，当他在她身边睁着眼睛睡着的时候，她会坐起身来和他说话。她轻轻地诉说为什么她会在赛查尔，讲她记忆中极少的有关母亲和父亲的回忆。她对他讲鲁斯，她是怎么一直照顾着自己，教她所有她应该知道的事，可她现在不见了。她问他会不会留在这里，永远和她在一起。这个时候安德鲁动了动，眨了眨眼睛，又静静地躺着。她紧紧地靠着他温热的身体躺下。他长满汗毛的手臂就像是巨大的翅膀一样。

第二天早晨，安德鲁翻身压到安娜身上，亲吻了她的胸、她的脖子、她闭着的眼睛。他的手流连在她撕裂的耳朵上。

"这看起来就像是被浪冲上岸的贝壳。"他是这么说的。

安德鲁走了，鲁本又回来了，她站在自己狭小的房间里，颤抖着。她努力想要振作起来。她给他弄了吃的，然后躺在他的身旁，但她无法停止颤抖。她整夜都在颤抖，在伸手不见五指的黑暗中，鲁本温热的呼吸声就在她耳边。直到第二天和煦的晨光中，他紧紧地抱着她，进入她的身体，她的手脚才安静下来。

安娜和鲁本在一起的最后几天对她是有好处的。她不再来回奔波、流汗、身体发冷、自言自语。鲁本回来之后，他找到了她所遗忘的东西。他让她看到了他唱着歌的世界，他宠爱着她的世界。那个有着安德鲁的手指、嘴、柔软的头发和温柔的声音的世界是虚假的，让她疯狂的。在鲁本的身下，她被带回到自己的身体，重新回到了真实的世界。

当鲁本第二次离开之前，他拿出了一小袋银币。

"这是给你的，为了你的脚，"他说，"我看到你脚走路还是一瘸一拐的。"

三个人在门口等着他，其中一个人的脸上包着布，第二个人又高又瘦，背对着她住着的那条小巷。

"鲁本，"第三个人说，"该走了。"那个男人的眼睛是灰色的，头发极短，贴着头皮。

"就来。"鲁本说。他要转身，但安娜伸手碰了碰他。

"你看见过鲁斯吗？"她问。

"她不在了。"鲁本说。可是安娜开始描述她的姐姐，她长什么样子。他打断了她，"我知道鲁斯是谁，我没见过她。我得走了。"

"你还会回来吗？"安娜问。鲁本低下头，用两只手捧着她的脸。他看起来有点惊讶，好像他手中捧着的是他这辈子从没见过的东西一样。

"我会回来的，"他说，"我保证。"

她再没见过鲁本。鲁斯的话是对的。所有来找她们的人都是迷失方向的人。安娜让他们觉得自己找到了路，但没有人会留下。甚至鲁斯自己也走了。有流言说有人看到她姐姐和一个从朱迪亚来的男人还有他的孩子们一起走了。她丢下了一切，但她的妹妹也不会怪她。

安娜会梦到鲁斯，她在梦里和她说话。在那个温柔的、蓝色的梦境里，鲁斯和她说那些孩子们叫她妈妈，她的丈夫会送她礼物，他们是真正被主祝福着。她让安娜去看他们，他们家里当然还能再住得下一个人。她亲爱的丈夫也有兄弟，或许那个帅气温柔的弟弟会请求安娜嫁给她？

可是，这所有的一切都会消失在日光中。就像安娜之前认识的男人巴沙，他总在夜晚到她这里，清晨就消失。他不打她，但他会扯着她的头发，永远只从后面进入她。他身上什么气味都没有，有时候当她醒来，他已经不在了。她有时候会想，他究竟是人，还是什么只在夜晚出现的邪恶生物。

这天早上，天刚蒙蒙亮，在安娜去水井那里，看到那只黑鸟之前。她醒来的时候发现巴沙站在那里盯着她。

"你在日光下真脏。"他边说边离开了她。

她立刻起身，冲着他大吼。她尖叫着，大喊着，巴沙跑开了。她不知道自己是怎么了。她一把抓起一个罐子，把它摔到了地上。这个罐子是她第二个男人艾伦送她的东西。他在他去世母亲的财产里找到了这个，然后想把它送给安娜做礼物。当时距离安娜第一个男人菲利普的时间还不长。菲利普对她许的所有誓言都是谎言，然后就离开了她。艾伦一直给她送礼物，当她拒绝他带来的东西的时候，他结结巴巴地告诉她，她不能拒绝他。他和她说，自己一点钱也没有，这就是他所有能给她的东西。听了这些话，她冲向他，抓花了他的脸。他当时跑了，但当天晚上他又回来了，强奸了她。他对她又踢又打，让她好几天都走不了路。

鲁斯找到了她，照顾她，告诉她这样是不对的。

"你不能让他们看到你这个样子，"她姐姐和她说，"他们会害怕你的力量、你能做的事情。他们会试着摧毁你，让你再次变得渺小。"

她的一只耳朵被撕烂了。安娜总是把它遮起来。

就像艾伦后来那天回来了一样，安娜知道巴沙也会在晚上回来的。除了等待，她什么都做不了。因为恐惧，她几乎瘫痪了。鲁本留下的伤痕又开始痛起来。轻柔的湍急水声在她受伤的耳朵里回荡。黑暗慢慢降临，爬到了安娜身上。她眨了眨眼睛，但逃脱不了，就像是沙子进了眼睛一样。她张开嘴，可她的舌头很干。她的身体里好像有什么生冷的东西，有一个轻柔的声音开始说话，低声地说着帝国的兴衰，尘埃中低微的生物、人和沙粒，风终将把它都吹走。安娜挣扎地想要空气，可她无法呼吸。就要结束了。再不会有清晨，再没有白天，没有月亮，没有星星，要是巴沙没有一下子把她弄死，那片青雾也会让她发疯的。她突然发现她所唯一拥有过的还算是美好的东西都已经消失了。她献出自己的人离开了自己，而那些离开她的人让她晚上不得安眠。

她蹲下身捡起地上碎掉的罐子的碎片。碎片黑黑的，很锋利。她抓起一块放在手中，对准了自己的另外一只手，在那里她的脉搏跳动着。

"上帝，"她说，"带我走吧。"

突然一阵巨响从外面传来,听起来仿佛是大海朝她冲过来的声音,直直地从巷子那里冲进她的房子。门被撞开了,一股力量击中她的胸口,几乎把她撞倒在地。她站起身,踉跄着倒退了几步,手里的碎片掉到了地下,身体撞到了墙上。她紧紧闭上眼睛,当她睁眼的时候,碎片还在地上,门大开着。一切都很安静。

很多年后,安娜还会讲起那天发生的这件奇事,那一刻让她觉得莫名熟悉,但同时让人很难理解:晨光,巴沙跑开,青雾,破碎的罐子,巨响,她去水井的那条路。安娜回忆她如何突然拥有了一种强大的力量,不再有任何东西能威胁她,压迫她。那是一道光,在黑暗中闪烁,拍打着翅膀,谁知道呢?事实就是,就在那时那地,在带着那个长圆形的、有着平坦底座的水罐去水井的路上,安娜变成了另外一个人。她的新人生在那声巨响和黑鸟之后开始了。不过,在那后来很多年里,她的故事里没有鸟,没有男人,没有巴沙、鲁本或是安德鲁。甚至亲爱的鲁斯也不在了。安娜的故事始于她自己说她听到的那声巨响。还有,安娜说她在水井边遇到了耶稣。

别的女人和她说,耶稣的头发和胡子就像是约旦河岸边的狮子。耶稣的身体是棕褐色的,那么柔软,好像她们能用嘴唇尝到盐的味道。耶稣的眼睛那么明亮,那么幽深,就好像是白天和黑夜一样。他的声音就像蜂蜜,甜美、厚重,如同黄金一般。

安娜不想用这些辞藻来谈论他。耶稣还有很多别的东西,就是这些东西把安德鲁和她最后一个吻以及鲁本温柔的歌声联系在了一起。他手指挥动特别的方式。他和她在一起，他笑起来的样子，好像是她让他害了羞。她在靠近他的时候，手指会感觉到温热。还有，还有更多——他坐在她身边吃饭时候的样子。他问她问题，倾听她的回答，他会耐心等着她说出自己的想法，然后再问更多问题。他们在井边最初说的话，没有犹豫，没有试探，就像是年轻的苍蝇第一次振翅一般。

"你从哪里来？"安娜问他，把手里的壶放到了地下。

"拿撒勒，"他回答，"加利利。"

"你在这里做什么？"她问。

"我们在旅行，在这里落脚休息。"

"你和刚才那些人是一起的？"她问，"那些女人？"

耶稣张嘴刚要说些什么，但安娜继续往下说，说他让她想起了安德鲁。

"你说话的方式，"她说，"哦，我说不清楚，或许你身上鲁本的部分更多点，他好的那一面。"

耶稣盯着她看。

"他们是什么人？"他问。

"哦，他们什么人都不是。"安娜说。

"我们有个叫安德鲁的，"他说，"你说的是他吗？"

安娜摇了摇头。"不，不。"她说。"我的安德鲁已经走了。要是他和你在一起的话，我肯定早就看到他了。"

"我们有很多人，"耶稣说，"安德鲁在拿撒勒等我们。"

安娜站在那里，一动不动。

"他长什么样子？"她问。

"他长什么样子？"耶稣回答道，"他是西门·彼得的兄弟，他和我很亲近。"

"他是黑色长头发吗？"安娜问，"他的眼睛是黑色的吗？

他的鼻子很长,鼻梁有点弯?他紧张的时候,是不是会举起右手,把手指放在嘴巴前面?"

"听上去就像是安德鲁,"耶稣说,"但我不能完全确定。你可以问问西门·彼得。"

"我想和你们走。"安娜说。

安娜不知道还要说什么,还能做什么。她是找到安德鲁了吗?她想试着保持冷静,把手在衣服上蹭了蹭,碰了碰自己的耳朵,听到了拍打的声音:空中有什么东西,拍动翅膀的声音。那是一只黑鸟。它飞过井口上方,安娜想,这一定是安德鲁。这是安德鲁给她的启示。

"我想和你们走。"她说。

"你要是愿意,你可以一起来。"耶稣说,"我们正四处旅行,传播上帝的福音。我们是自由的。你可以问问西门·彼得有关安德鲁的事情,他能给你更好的答案。我们现在准备回加利利去。我从拿撒勒来,我的兄弟们住在那里,我和他们一同长大。安德鲁现在和他们在一起。我想你可以和我们一起走,如果这里没有什么让你留恋的东西。"

"可是,你知道,你真的知道我是什么人吧?"安娜问。

耶稣看着她。"是的,"他说,"你就和我一样。"安娜听到有人说话的声音,她转过头。是她刚才在树旁看到的那些女人回来了,她们手里拿着小篮子,笑容满面地轻声说着话。她们一看到耶稣和安娜,就停下脚步,不说话了。安娜站在那里,一只手拿着水壶,另一只手放在胸前。

"你是谁?"她们中的一个人问。

"你是这里人吗?"另外一个人问。

"这是安娜,"耶稣说,"她要和我们一起去拿撒勒。"

"我想去见安德鲁。"安娜说。

她们中的一个人走过来，拉住了安娜的一只手。

"安娜，你好，"她说，"我叫奥珀，我知道安德鲁，他是西门·彼得的弟弟。"

"你能带我去找他吗？"安娜问。

奥珀点点头，微笑着说她可以。

别的女人加入了她们。她们中的一个人伸手要去摸安娜的头，安娜抖了一下。

"我不会伤害你的。"那个女人说。安娜让她的手抚摸了她的额头、颧骨和撕碎的耳朵。

"它受伤了，"那个女人说，"就像是装沙子的小皮袋。"另外一个女人，就是那个最年轻的、一直在笑的那个，抬手摸了摸安娜的耳朵。

"就像一个面团。"她说。

"这是被压的，"安娜说，把她们的手移开，"是我第二个男人干的。"女人们围着她，靠得非常近。耶稣说了句什么，安娜转身面对他。

"安娜，如果你喝水，喝这个水的话，"他边说边用手点了一下安娜水壶里的水，"你还是会觉得干渴。既然你已经选择了加入我们，那我告诉你，我们喝的水会转化成一种别的东西，它是有生命的。来，握住我的手。"

安娜握住了耶稣的手，他们十指相交。他的手摸起来有点凉，但却能给人温暖。她握着他的手，他把她拉到身旁，一层雾气包围着他们。

那是一天中的正午，安娜记得，虽然后来很多年后她再讲起的时候，她说一切都发生在晨光中。在她的回忆里，所有的一切都被他的光辉笼罩。她的手，她突出的耳朵，她低声叫着安德鲁的名字，轻柔地，那么轻柔。耶稣的眼睛，是明亮的黑色。湿热，但又冒着些许凉气的水井的气息，女人轻柔的哼鸣，灌木和树丛间小虫子发出的轻微的叫声。在那一天的正午，新的一天开始了。

安娜没有再回赛查尔。她等到了西门·彼得和其他那些人一起回来。奥珀把他介绍给安娜，告诉他她在找安德鲁。西门·彼得看起来很惊讶，说他弟弟从没和他提起过。

"不过，他平常是不和我说这种事情的，"他说，"我是他哥哥，你明白的。你是什么时候遇到他的？"

安娜向他解释安德鲁什么时候和她在一起，待了多长时间，又是什么时候离开的。在她说话的时候，西门·彼得拿着根棍子在沙子上拨弄。

"有可能，"等她说完之后，他开口说，"有年春天，安德鲁没和我在一起，大概就是那个时候。那是在主找到我们之前。我当时觉得我再也见不到他了，但他后来还是回来了。"

安娜点了点头，希望西门·彼得能再多说点，但他安静了下来。他的个子比安德鲁高，头发颜色更浅、更细，但他们俩鼻子长得很像。他站起身，扔掉手里的棍子，告诉她和他们去拿撒勒就能见到安德鲁。安娜向他表示感谢，可他说她不需要谢他，自己什么都没做。

"你来到主的身边，就像安德鲁回到我身边一样，"他说，"或许这一切一直在等待你，也许安德鲁也一直在等你找到他。"

一整晚的时间，安娜都在井边，和那些男人、女人还有孩子们在一起。她躺在露天下，盯着星星，想着安德鲁。

如果所有那些闪烁的东西都是相互关联的，你所需要做的只是用手指从一颗闪耀的星星滑到另一颗？那样会画出一个图案，它会揭示一切的计划吗？它会告诉你按一下这里，再碰一下那里，揭示一切，然后她就能和他在一起，弄明白他当时为什么要离开。

"我也是一样。"她身旁传来一个声音，是奥珀。"刚开始的几个晚上我也睡不着。我觉得他会来抓我，我从他那里逃出来的。"

"什么人？"安娜问，"要抓你的是什么人？"

"我曾属于一个男人，他把我关起来，晚上的时候把我藏起来。"奥珀说，"他说我是他的人，如果哪天我要是敢逃跑，他就会像对待牲畜一样在我身上烙印。"

奥珀的呼吸温热地喷在她脖子上。

"但我现在和主在一起，"她说，"我不再是孤独的，我们都不再是孤独的了。"

她握住了安娜的手。

"你认识安德鲁吗？"安娜问她。

"认识。"奥珀回答道。

"他是什么样的人？"安娜问。

"他人很好，"奥珀说，"不太说话。他是你的什么人？"

"他是我的一切，"安娜说，"我一直在找他。我睡不着。"

"你会习惯的，"奥珀说，"来，拉着我的手。你睡着前我都会在这里的。"

安娜跟着奥珀，她没有再问关于安德鲁的事情。她要见到他才能知道他究竟是谁，究竟是不是她的安德鲁。奥珀告诉了她其他人的名字，从女人开始，再是男人。那个叫玛丽的和耶稣很亲近的女子,对她表示了欢迎。

"你是我们中的一员了,"玛丽说,"我们会和你在一起,就像你和我们在一起一样。如果你有任何问题,你可以来找我。最开始这几天,我让奥珀陪着你。"

安娜问奥珀那些孩子都是谁。有些孩子有名字,有些孩子只被叫作男孩、女孩、小孩或是孩子。有一个小女孩的脖子和脸上有鲜红的印记,魔鬼的印记。第二天晚上,她到了安娜的身旁,坐在她的膝盖上。刚开始的时候,她不知道要做什么,奥珀就让她唱歌。安娜唱了,然后和女孩讲话,问她叫什么名字,从哪里来,肚子饿不饿。

"我叫艾斯特。"她只说了这句话之后就不再开口,只是把脸贴在安娜的胸口,坐在那里。

"艾斯特。"安娜叫着女孩的名字。

安娜不再是孤身一人了。奥珀总是陪在她身边,艾斯特会围在她身边跑,拉拉她的手,抓抓她的腿。她开始和安娜讲话了,说自己是从耶路撒冷跑出来的,从前和一些别的孩子住在一起。她说除了耶稣和安娜,她没有别的家人。她说自己十岁,也可能是十一岁,她也不太确定。安娜点了点头,摸了摸艾斯特的头发。

后面的几天安娜很少能看到耶稣。从赛查尔的水井到拿撒勒的路上,她一直想找理由接近他。耶稣的身旁有个特别的圈子,那是他最亲近的几个人组成的,玛丽和西门·彼得都在那里。安娜很难走到他们旁边,请求和耶稣说话。

有一天早晨,天蒙蒙亮的时候,她看到耶稣一个人在几块岩石旁边。他看起来很累,眼睛下的眼袋很明显,头发也打了结。安娜问他是不是一切都好。他说是,然后站起身来问她好不好。

"我都好,"她说,"他们一直很照顾我。"

"我们很快就到了,"他说,"然后你就能见到安德鲁了。"

安娜想问他是怎么和他们走到一起的,可话一出口就成了:"这里有和我一样的人。"

耶稣点了点头,但他说的却是,"不,这里没有像你一样的人,不像你。"安娜又一次感觉到他靠近了她,她感觉她的手想抬起来去触碰他。可西门·彼得冲他们走了过来。他叫着她的名字,请她和自己走。

"让主安静会儿。"他说。

"彼得,没事的。"耶稣说。

"主,你需要休息。"西门·彼得说。

"没事。"耶稣说。

"不,"安娜说,"他说的对,您看起来很累。我只是一直在想安德鲁的事。我很想看看拿撒勒是什么样子,我从没离开过撒马利亚。"

西门·彼得点点头。"其实也没有太多值得看的,"他说,"但是安德鲁会在那里。"

他们第二天到了拿撒勒。天空像一张灰色的毯子罩在山的上方,有些山羊走在通向城里的狭窄的小道上。孩子们最早看到了这队人。男孩和女孩挨家挨户地跑着,大叫着,大家都出来欢迎新来的人。安娜四处找安德鲁的身影,但没有看见他。后来才知道他去西弗利斯办事了,要到晚上才会回来。安娜站在原地,不知道自己该做什么。

"你现在也只能等待,"奥珀在她身旁说,"他会回来的。"

她陪着安娜四处看看。

一切都是新鲜的，所有人都在欢迎她。耶稣的一个兄弟抱起她。"看，"他说，"你在这里能飞起来，你知道吗？"他大笑着，奥珀笑骂他总是这么和人开玩笑。艾斯特扯了扯安娜，想要带她去看一个只有她知道的秘密地方。玛丽走过来询问她是不是一切都好，奥珀有没有好好照顾她。安娜点了点头。她一直跟在奥珀身边。她觉得很累。她意识到，自己已经抛下了在赛查尔的一切，所有她拥有的东西，她这个人。她距离安德鲁那么近，感觉好像这一切随时都会坍塌破碎。她想着不见了的鲁斯。安娜试着回忆她的声音、她曾经常说的话，那些让妹妹感觉安全、安心的话。

"奥珀？"安娜叫。

奥珀转身面对她，可安娜不知道自己要说什么，要问她什么。她只能等待，她想，所有的答案都会在夜晚出现。一切都会跟随着安德鲁出现。

"怎么了，安娜？"奥珀问。

"没什么，"安娜说，"没什么，这一切都是那么新。"

奇怪的是，当太阳下山时分，安德鲁回到拿撒勒的时候，安娜已经把这一切都忘了。她和艾斯特坐在一起，给她讲国王和王后们的故事。安娜回想着她曾经听过的故事，艾斯特坐在那里一动不动，眼睛睁得大大的。安娜停下来回想的时候，艾斯特会叫她不要停，接着讲下去。

"安娜，安娜！"奥珀大喊，安娜猛地站了起来，一下子明白了是怎么回事。

她亲吻了一下艾斯特。"他来了。"说完就冲着奥珀跑了过去。

一个男人沿着进城的小道走了过来,他的身后就是落日。他头发短了些,衣衫褴褛。他的眼睛盯着地面,好像在自言自语。然后,他停下脚步,抬起头望向她们站着的地方。

这就是安德鲁,安娜非常确定。他走了,但她找到了他。

安德鲁走完了他们之间最后这段距离,眼睛盯着安娜。奥珀什么都没说,她只是拉住艾斯特的手,让她不要靠着安娜。

"安娜?"安德鲁和她面对面地站着。

不知道能说什么,不知道该从何说起。安娜想起了鲁斯,她从没见过他,她多想让她见见他。她想他当时是怎么离开的,他是如何把她留在原地,让她落入鲁本和巴沙的手中。

"安娜?"他又喊了一声,抬起手,把她破碎的耳朵边的头发拨开。但是安娜拨开了他的手,抓住它,紧紧地把他的手握在手心。

"安娜,"安德鲁说,"你在这里做什么?"

安娜抓着他的手,不愿意放开。她靠近他,把她的头靠近他的胸口,听着他的心跳。他身上又湿又温暖,就是她记忆中的样子。

"安娜?"他又叫了一声。

但没等他说更多,安娜开口了:"我在这里,我找到了你。"

之后的一切发生得那么快。大家为夜晚做好了准备,火生好了,所有人都被安排了一个地方睡觉。安娜和安德鲁没有说很多话,他们只是拉着手,奥珀和艾斯特走在他们身后。安德鲁说他必须和耶稣谈谈,保证在天黑之前会回来。安娜让他去了,然后艾斯特走过来,抱住了安娜的腿。

"来,"奥珀说,"他不会跑掉的,跟我来。"

安娜和她去见了玛丽,她告诉她们可以睡在哪里。

她们被安排在一户人家住下。他们在墙角边帮她们铺了点东西睡觉。安娜和艾斯特坐在一起,不过她现在不讲故事,而是给她唱歌。安德鲁来了,问她愿不愿意和他在一起。艾斯特抓住安娜的手,紧紧地不放。

"去吧,"奥珀说,"我在这里陪她。"

安娜蹲下身,亲吻了一下艾斯特的额头,然后让她放开了手。

"现在我对这个地方已经很熟了。"安德鲁说,他们沿着一块大石头边的小道走着。他指着灌木丛那里,说那里是他和小孩子玩捉迷藏的地方。他冲他们摆摆手,说那个地方到处都是小路,他几乎知道所有的捷径。他和她说这边的山上雨更多,他和她说水果树的情况,有些孩子会收集树干流出的汁液,觉得这些汁液可能会变成蜜。安娜走在他身旁。她希望他不要说话,她想触碰他,她只希望他在,安静地待在她身旁。

安德鲁停下脚步。一棵孤零零的树在他们身旁。刚才在微弱的光线中安娜没注意到它。她看了一眼粗壮的树枝和安静挂着的树叶。太阳已经落山,可整片天空还有些光线,昏暗中带着些许明朗。离拿撒勒很远的平原上,有一个小小的篝火,看上去就像是炉子里剩下的最后一块燃烧的碳。安娜站在那里盯着篝火,安德鲁说那里估计是牧羊人。

"你想知道我那时候为什么离开了你？"他说。

安娜转身看着他，点了点头。

"那时候我一直在和西门，就是我哥哥西门·彼得争吵，"他说，"我自己离开了。在我到赛查尔的时候一无所有。我遇到了你，但我必须一直走。我必须找到活干才能活下去。我觉得你并不需要我，我什么都给不了你，我在那里什么都没有。我回到了迦百农，回到了西门身边。在那里耶稣找到了我们。"

"你离开了我，"安娜说，"你在我最需要你的时候离开了我。"

安德鲁什么都没说，只是看着前方。

"如果你知道耶稣是要去赛查尔，"安娜问，"你也会去吗？你会来找我吗？"

安德鲁摇了摇头。"不，哦，我不知道，安娜，"他说，"我不知道我是不是会带你来这里。我们中的一些人说士兵会来，他们在那里等着我们。我告诉自己必须要相信主的力量、主的慈悲。但哪怕是西门都在担心我们的安全。但是，我还是觉得我应该待在这里。以前，我和西门·彼得一起在迦百农遇到了耶稣。我跟着他来到了这里。我喜欢这里。"

"我一直在等你，"她说，"我以为你去了什么地方，你在那里等我。"

"我以为你已经忘了我。"他说。

安娜不知道还能说什么。她开始往前走，但她又回头，回到了他身边。

"你得告诉我，安德鲁，"她说，"你必须直截了当地告诉我。我走了那么远的路来到这里，我等了那么久。你必须和我说实话。"

安德鲁抓住她的手,放在自己手心。

"我一直不知道我有这一面,"安德鲁说,"我不知道发生了什么。我不清楚这是什么,但我想和你在一起。不是像和别人在一起那样。我想像现在这样和你在一起。我和耶稣谈过了,我问他这是不是正确的,我和你在一起是不是正确的。"

安娜沉默了。天黑了下来,大家说话的声音传到了他们身边。

"他说他为所有相爱的人点了盏明灯,"安德鲁继续说,"为所有兜兜转转、找不到出路的人。他说这盏明灯是为了所有被丢失的爱,照亮去应许之地的夜路。"

安娜用力想抽回自己的手,但安德鲁不放手。他的手指是温热的,她想起了他曾经抚摸她的方式。

"他说这是他所有能做的。"安德鲁说。

安娜想让他安静。

"我没有在等你,"安德鲁说,"我不敢等你。我以为我永远不会见到你了。"

"不要再说了。"她说,把他拉近。"过来就好。"

她回来的时候,惊讶地发现艾斯特不在那里。天黑了,所有孩子不应该还在外面,他们不应该一个人待着。奥珀坐在外面,坐在点好的篝火旁。

"艾斯特呢?"安娜问,奥珀一个激灵,突然发现艾斯特不见了。她站起身,去看艾斯特应该躺着的地方。

"你一走她就睡着了。"奥珀说。

安德鲁让奥珀等在原地,他们去找她。"万一我们出去找她的时候她回来了。"他说。

安娜和安德鲁四处寻找,问那些还没睡着的人。没人见过艾斯特,没人知道什么,然后他们开始去敲那些接受了刚来的人的人家的门。他们四处呼喊着,但没有人回答。当安娜最终放弃,让安德鲁陪她回来的时候,奥珀站在外面等着他们。她说艾斯特突然回来了。

"她不想和我说话,"奥珀说,"直接睡了。"

他们钻进屋子,看到艾斯特睡在安娜的毯子上,腿蜷缩在胸口,嘴张着,头发披散着,在头旁边圈出了一个圆圈。

"可能住在这里的人觉得她是麻风病人,"安德鲁低声说着,不想吵醒任何人,"或许她是被人驱赶了。"

"可这是在夜里,"安娜低声说,"她到外面做什么?"

"或许她在梦游,"奥珀说,"我见过别人有这样的。除了我们,她没有别的认识的人了。我们又对她的噩梦了解多少呢?"

安德鲁蹲下来,用手抚摸着艾斯特的头发。

"她发生过什么事?"他低声说,"我从没见过这种伤,他们是怎么称呼这个的,恶魔的印记?"

"我知道这是什么,"奥珀轻声说,"这是会腐蚀的水,我知道有个女孩被她哥哥泼了这个水。她的鼻子和嘴唇都消失了,眼睛也看不见了。"

"这应该是在艾斯特很小的时候发生的吧,"安德鲁说,"她现在多大了,十岁?十二岁?"

"这是恶魔的印记,"奥珀低声说,"谁都可能被印上,就像邪恶不会区分大人还是小孩,男人还是女人。"

"别说这个了,"安娜轻声说,"可能会吵醒她,她现在需要休息。"

她亲吻了奥珀，亲吻了安德鲁，祝他们晚安，然后躺在了艾斯特身旁。她小小的身体异常温暖。她理了理艾斯特的头发，轻轻地拍了拍她的脑袋。

　　"艾斯特，"她低声说，"我的小艾斯特。"

　　安娜闭上了眼睛。她想，所有的一切都不一样了，一切都是新的。这是一种很奇怪的感觉。她被赐予了新的生活，带着一些不平稳、一些变数。她早就明白好事之后肯定跟着坏事。鲁斯和她在一起生活了那么久，然后她不见了。安德鲁和她那么亲近，然后他离开了。鲁本对她那么轻柔地唱着歌，然后他在她好一点之后就离开了。现在一定也有什么坏事在等着她吧？会不会在某个清晨、某个傍晚，或是某个夜晚，她又被一个像鲁本或是巴沙那样的人带走？会不会在某一天，他们被一队士兵包围，因为他们选择跟随耶稣而受到惩罚？几年前在赛查尔城外，安娜曾见过六个被钉上十字架的男人。他们碎掉的骨头、指甲，扭曲的手指，那种气味让她恐惧地哭着跑回了家。

　　她紧紧地抱着艾斯特。她想到了安德鲁，他告诉她的一切，他在她紧紧抱着他的时候是那么安静。她抚摸着他的脸、他的脖子。她把手放在他温热的肚子上，他闭上了眼睛，低声地叫着她的名字。"安娜，安娜，安娜。"

　　清晨到来了，黑暗离开了，一切都升腾起来，明亮起来。艾斯特不想起床。她呜咽着，脸贴着安娜，说着："唱歌给我听，你能唱歌给我听吗？"安娜抚摸着她，低声地唱着，告诉她已经是早晨了。艾斯特终于起了床，但这一天她没有到处跑，一直待在安娜身边。那一整天，总有一只小手，细细的手指抓着安娜的衣服或是腿。

安德鲁来的时候，他抱起了艾斯特，把她抛向空中，叫她小淘气，问她昨天晚上去了哪里。但是艾斯特开始尖叫哭泣，安德鲁只好把她还给了安娜。他道了歉，一会儿带着他采的花回来了。

"这是送给你的，"他说，蹲下身来把花递给艾斯特，"请原谅我，我不知道我是怎么了。安娜和奥珀能照顾你，真好。"

艾斯特什么都没说，只是用一只手拿着那些花站在原地。

"我不会把安娜从你身边抢走的。"安德鲁说。

艾斯特抬头看了看他，点了点头。

"安德鲁是好人，"她说，"他可以去见国王。"

"国王？"安德鲁问，"那是谁？"

"他是我的国王，"艾斯特说，"他把我送走，是他送我来了这里，现在他要回来接我了。"

"你在说什么？"安德鲁说，"这是什么意思，艾斯特？"

但她什么都没再说，哪怕安娜和奥珀两个人都努力让她告诉他们她说的国王究竟是谁。安德鲁让她保证下次她见到国王的时候，她要带着他，或是奥珀和安娜一起去。艾斯特点了点头，同意了。

"或许孩子们是这么叫他的。"奥珀想。但是安娜觉得有点奇怪。艾斯特说"国王"的方式有点奇怪。

"孩子们爱耶稣，"安娜说，"他们不是这么叫他的。"

那天的晚餐非常丰盛，是给这群人和所有别的想要参加的人准备的。有一家人打开了家门，别的人帮忙在外面摆上桌子、火把和花瓶。玛丽请一些人帮忙搬食物，孩子们帮忙捡柴,生篝火,在花瓶中插上花。安娜和艾斯特站在一边,看着安德鲁雕刻木头。他和耶稣的一些兄弟们坐在一起,切着一块小小的、粗糙的木头,把它们变成房屋、熊、鸟、光滑的棍子和弹弓。安德鲁给了艾斯特一个小圆片,上面有一些小小的蚀印。安娜大笑起来,问这是什么。

"这是太阳呀,你看不出来吗?"安德鲁说,"这是永不落山的太阳,永远不落,永远发光,哪怕在最深的夜里。"安娜又大笑着摇了摇头。安德鲁是他们里面手工最差劲儿的,可孩子们很喜欢它。甚至艾斯特都开始喜欢它了。她把这个小木雕放在自己衣服里,冲安娜笑了笑。

安娜去帮忙准备食物,把它们装在盘子和碗里。她没有注意到安德鲁跟在她身旁。他走到她身旁,把自己的一只手放在了她的手心。

"安娜,"他说,"我能再和你谈谈吗?"

"我不知道要怎么说。"等他们从人群离开,走到拿撒勒边上之后,他说。太阳已经开始落山,黑暗随着一阵冷风缓缓袭来。

"我不知道这样的生活会持续多久,"他说,"我们像这样在一起的时间能有多长。"安娜想要说什么,但安德鲁先开了口,"不,请先听我说,安娜。我要告诉你,我不知道我们什么时候又会离开。在主召唤我们的时候,我想要你在我身边。我希望你也能和我一起走。我们上一次在一起已经是很久之前的事了,安娜,我以为你已经忘记了我。我从没想过在这个世界上,像我这样的人能和你在一起。但是现在,我不知道,让我试试,我要怎么说呢。是你,是你身上的什么东西,让我成了一个不一样的人。我还不明白那是什么，但那是我希望成为的人。安娜，我平常不这么说话的，我不会和别人这么说话。你是不同的，在我想着你的时候，我见到你的时候，在我听到你说话的时候。你知道那样的下雨天，就像整个天空都要塌下来的时候吗？下一次下雨的时候，如果我不在这里，如果我没有在你身边，那我就是轻轻落在你身上的雨水。如果你在雨里，我就是幸运地落在你鼻子上的雨滴。我会是你手中接到的水。我会是你睡梦中落在屋顶上的滴答声。我会是没有人会害怕的温柔的雨点。我会是滴在树冠上的雨，给孩子们留下小水洼。我会是轻柔地催你入眠的雨声。然后我会在梦里升起，就像是升起的阳光那般。"

那天晚上安德鲁和安娜就一直站在那里。他们手拉着手，越靠越近。他们接吻了，一绺绺的头发刮到他们的鼻子和脸颊。安娜闭上了眼睛，想象着雨，它一点点抚过大地，把所有东西都弄湿。她想到了鲁斯，她曾经说过："我们要做的就是让他们觉得他们找到了回家的路。"她觉得正相反，迷失了道路的是鲁斯和自己。她们一次次地迷路。只有现在，在安德鲁的手中，她才真正找到了路。

二

夜晚降临了。晚餐开始了，有人在唱歌，歌声中有一个特别高亢的声音，那是犹大。他带着其他人唱完了这首歌。这首歌好像让桌子、房顶都升了起来，甚至是周围地上的石头。歌声停下之后，耶稣开始说话。他讲到了那些弱小和软弱的、天父的国度、公平勇气，以及那些跟随他的人的痛苦挣扎。他看了一眼玛丽，她开始唱歌。一段歌词之后，犹大加入了，他们的声音交织在一起，歌唱着主、他神圣的王国、建立的一切、被摧毁的一切。等他们唱完，四周只听到孩子们跑来跑去的欢叫声。

安娜站在那里，看着大家在她周围走过，大家都在交谈，笑着，叫着。她听到安德鲁在说话，他温柔的嗓音。我会成为雨。你手中的碗接到的水。奥珀也在那里，她走过去拥抱了她，手里拿着一支蜡烛——小小的正在燃烧着的蜡烛。雨会催你入眠。男人、女人和孩子们跳着舞，他们的手环绕着对方，有的坐在地上，有的坐在矮墩子和条凳上。我会在梦里升起。那些用毯子包裹自己的人都拿掉毯子了，在微光里，他们身上的伤口像是黑洞，就像是升起的阳光。

他们都在那里，在一起。

"安娜。"有个声音轻轻地叫她。

"怎么了？"安娜回过头问，可四处没有人。有人在她脚边蹭了一下，她低下头，是艾斯特。她紧紧抱住安娜，说了些什么。

"你说什么，艾斯特？"安娜问。

"国王。"艾斯特说。

"什么？"安娜问，把头凑近艾斯特的嘴。

"我想带你去见国王。"艾斯特说。

艾斯特拉住了安娜的手，拽着她走。安德鲁在远处，安娜冲他挥了挥手。他也挥了挥手，说了点什么，但她没有听清楚。她微笑着，仿佛还能感受到他的手指、他的温暖、他身上盐的味道。

"来。"艾斯特说，安娜跟着她。她们离开了所有吃晚餐的人，安娜问她们要去什么地方，但艾斯特没有回答。

天已经黑了，火把和篝火被她们甩在了身后，安娜突然感到有些害怕。没人能看到她们，她们究竟要去哪里？她挣脱开了艾斯特的手。

"艾斯特，"她说，"停下。"

"就快到了。"艾斯特说。

"我什么都看不见，"安娜说，"我们离大家太远了。或者我们可以明天来，艾斯特，你可以在天亮的时候带我见国王。"

"就在这里，"艾斯特说，"你看不见吗？"

安娜紧紧盯着她们面前的一片漆黑。她看见了，那里有一个比周围更黑的东西。艾斯特抓住她的手，拉着她又靠近了一点。

这是一个山洞，她们得爬进去。艾斯特松开手，一下子不见了。安娜能听见她爬进洞里的声音。她跟着她，蹲下身子，用手摸索着自己前进的方向。

"回来，艾斯特，"安娜说，"我们不能到这么黑的地方去。"

没有回答。一切都突然变得异常安静。艾斯特不见了。

"艾斯特。"安娜大喊。

现在要回头已经太晚了，她不能把艾斯特留在这里，她必须得跟着她。她爬呀爬，膝盖和石头摩擦着。她试着站起来。"艾斯特，艾斯特。"她叫着，声音先是很响，突然又变轻了。她突然惊讶地发现自己的双手已经摸不到洞顶。这已经不再是一个小小、黑黑的洞了。她把手伸向前方微弱的光线中，她的手被一种奇怪的颜色笼罩。"我在哪？"她轻声说，然后听到了艾斯特的回答。这个小姑娘突然出现了，站在了她的身边。

"我们到了国王这里,"艾斯特说,"他在等我们。"

"国王?"安娜说,她蹲下身来,面对着艾斯特。"这个国王是谁?艾斯特。我们得回去了。如果发生什么事情的话,没人能找到我们的。"

"他是我的国王,"艾斯特说,"我小的时候一直是他照顾我、保护我的。我是他的王后,可他把我送走了。"

安娜从没听艾斯特这么说过。这些词句从她口中流淌出来。她的手根据那些词句挥动着。她在笑着,看上去很快乐。这让安娜觉得这里应该不会有什么威胁或是危险。

"可是他为什么要在山洞里呢,艾斯特?"安娜问,"你能请他出来吗?你能请他出来,到外面和大家在一起吗?"艾斯特没有回答。她只是跪了下来,低下了头。

"见见国王。"她说。

安娜站了起来。

她被靠近的那个男人吓了一跳。突然,她注意到他身上有种让她感觉很熟悉的东西。

"哦不,"她说,"这不可能。"

男人停住了脚步,举起了他手里的灯笼。他年纪很大了,眼睛是灰白的,他用手抚摸了一下她的脸。

安娜转身就想跑。她想离开这里,但她完全动不了,她的整个身体都卡住了。

男人微微笑了笑,放下了灯笼,他的脸又回到了黑暗中。

"我眼盲,但我能看到很多东西,"他说,"你看到的是什么?"

他举起灯笼,照亮了自己的身体。

眼前出现的男人让安娜颤抖。他找到了她。他把她骗到这里来,让她离别的人远远的。

"你看到了什么?"他又问了一次。

"你,你是怎么找到我的?"她问。

"我从来没跟丢过任何人,"他说,"回答我的问题,你看到了什么?"

"鲁本。"安娜说。

"很好,"他说,"现在,再看。"他把灯笼放下,过了一会儿再举起来。他又一次对着安娜问:"你看见了什么?"

安娜吸了一口气,举起了双手。

"你看见了什么?"他问。

"不,"安娜说,"哦不,我的主啊,帮帮我,走开,消失。"

"安静,"他说,"安静,回答我的问题。你看见了什么?"

她努力站直身体,看着他。

"巴沙。"她说。

"好的,"他说,"好的,现在,再一次,别害怕。"他又一次把灯笼放下一会儿,再举起来。

"现在,"他问,"现在你看见了什么?"

安娜用尽全力才能站着。她觉得自己的身体里有什么东西在支撑着自己。她死死地盯着面前的男人。

"艾伦。"她说。

说完这句话,她腿一弯,摔倒在地上。艾斯特还是没有说话。

"我不是他们。"男人站在那里说,"我不是你的小女孩以为的大卫王。我不是你的鲁本、巴沙,或是艾伦。你一直觉得我是你等待的人。你想着会回来的那个人。"

"不，"安娜说，"我没有在等他们，我不想他们回来。"

"你没听明白我说的，"他说，"不是你想不想，是你知道会发生的，你知道会来。我们之前见过面，安娜。你还记得吗？鲁本把你的腿弄断的时候，我在那里。我给你的腿上留下了那个记号。我把你的腿接好，把你还给了鲁本，之后鲁斯就不见了。现在我来了。你跟随的那个人，你的主，他喜欢讲故事。那些故事不是真的。不像我的故事，它们不是这个世界的故事。"

"我的主和邪恶斗争。"安娜说，她把双手握在一起。她开始照着别人教她的方式祈祷，试着回忆她每晚和奥珀一起念给艾斯特的祷告词。

"祈祷？"他说，"不是现在，我不希望它出现在这里。"安娜的手不听自己指挥了，两只手分开，落在了自己的身侧。

"你觉得我是邪恶的，"他接着说，"你以为我是控制火焰和恶魔、制造一切你遇到的苦难的人。可是我不是邪恶。我只是在光照在别人身上的时候，留在阴影里的人。所以，不要祈祷，不要在这里。你为善祈祷，可是善和恶都不是该祈祷的东西。你应该为从属一个故事祈祷，你能相信的故事，你会产生疑问的故事。我们总是有信和不信。在你相信你的主的时候，你相信你自己吗？我说，疑问和放弃再自然不过。让我们谈谈，让我们单独待一会儿。我永远不会那么肯定，甚至连现在我都在怀疑。你相信吗？我向你保证。"

安娜想看看艾斯特，但小女孩倒在地上，一点声音都没有。

"她听不见我们的声音，"他说，"她在别的地方。"

"你是她的国王吗?"安娜问。

"不是,我不是任何人的国王,"他说,"艾斯特看到的是照顾她的那个人。那个人给了她一个她可以从属的地方,他是她的王。我不是她的什么人。她在这里只是为了把你们中的一个人骗到我这里。"

"她现在和我们在一起,"安娜说,"她和耶稣在一起。"

男人转过头,灯笼微微在他手中转了一下。他背对着她们,前后摇晃着身体,然后转身,又低下头看着安娜。

"你的主,"他说,"我想和他谈谈,这是为什么你在这里的原因,安娜。我想见他,你们的老师,你们的土,你们的王。如果他不行,和他亲近的人也可以。我去见过西门·彼得,但他太难被说服了。或许你可以是我的起点。想想如果你们都失去了信仰,都不再跟从他。想想看,这样的故事会在所有地方降下阴影,一切他想说的都会消失,会创造出别的东西的。"

他盯着安娜。他的脸一会儿是鲁本,一会儿是巴沙,一会儿是艾伦。他的脸不断变换着。

"你要我做什么?"安娜低声说,"为什么我会在这里?你要我们做什么?"

"我不会伤害你的,"他说,"无论是你还是艾斯特。我都不会碰。但是我有个故事,我要把它种在你身上,像一颗种子。他喜欢说种子的故事,不是吗?你会是第一个听到这个故事的人。我会告诉你这一切会怎么结束,会发生什么事情。"

他笑了笑,张开了嘴。他的牙齿甚至也在变化,巴沙的牙齿,或者是鲁本的?可他突然安静了。

"那是什么?"他说。

安娜能感觉到她的手里有什么东西越来越热。

"那是什么?"他又说了一遍。

拍打声。安娜听到了,抬起了头。一只鸟在那里飞着,一只黑色的鸟。

"安德鲁。"安娜说。

"安德鲁?"男人说,"我没看到安德鲁,你把他藏在哪里,他是谁?"

安娜还没来得及说什么,那只鸟盘旋着冲她飞下来。它的羽毛那么黑。它说:"我爱你。"它的目光那么空洞、疏离。安娜站起了身。

"我爱你。"她说。

"这是什么?"男人说,"难道他的光到了这里?"

他冲向安娜,抓住了鸟。

"你觉得你能这样带着翅膀来这里?"他的手抓紧了那只黑色翅膀的动物。安娜听到了轻轻的一声脆响,噼啪一声,像是干柴着火的声响。男人张开了他的手,手中射出了光芒。光明确实来了,它找到了安娜和艾斯特。它落在她们和男人中间,男人往后退了几步。他看着自己手里的灯笼,那里的光已经灭了。他看了看他的手心。

"这说明不了任何事,"他说,"我还会回来的。你就随便玩你这点小小的光亮吧。"

他转身走进洞穴深处。安娜和艾斯特坐在那道光亮旁边。艾斯特翻了个身,安娜把她抱了起来。她努力找着出去的路。光跟着她们,让她能看见路。洞变窄了。安娜把艾斯特背在背上,让她用手臂搂着自己的脖子,带着她往外爬。光时明时暗,但她没有停下来,一直向前爬着。她觉得自己听到有士兵说着外语,听到有剑击打盾牌的声音。

四处都那么黑。有些人在大喊,有东西在空气中穿梭,随后,一切又停了下来,一次一次周而复始。这让她联想到动物被驱赶到田野上的声音。她听见敲打的声音,好像有人在把钉子敲进木头,然后她听见有东西断裂的声音。有人在笑,还有微弱的恳求的声音。她听见野兽吼叫、撕扯东西的声音。她还是找不到出去的路。突然,她听见了自己的名字。

有人在黑暗里叫着她的名字。安娜努力想爬起来。她把艾斯特放在地上,她周围的一切都消失了。空气好像变得更尖锐、更清澈。在很高很高的地方,星星在夜空中闪耀着。

"安娜?"有人在叫着,安娜答应了一声。

"在这里,"她大喊,"我们在这里。"他们那群人里的一些人过来了,安德鲁是最早发现她的。他用手搂住安娜,抱起艾斯特,把她交给了奥珀。

"你们跑到哪里去了?"安德鲁问,"我们一直在找你们。这么晚,你们到这里来做什么?"

安娜想要回答,可当她要张口的时候,奥珀说她们应该休息一下。

安德鲁点了点头。"是的,我们必须回拿撒勒去。"他摸了摸安娜的脸颊和额头。安娜想要和他说话,但他让她别说了。"没事的,"他说,"没事的,我们找到你了,我们找到你们了。"

"耶稣在哪里?"安娜问。奥珀和小艾斯特坐在一起,她睡着了,在她边上偶尔抽动着。

"她身体很烫,"奥珀说,"我不睡,我会照看她的。"

"他一个人出去了。"安德鲁说,"有时候他会这样。没人知道他什么时候回来。"

"你应该睡一会儿,"奥珀说,"你们俩都得休息一下。"

"你在那里做什么?"安德鲁问。他盯着安娜,好像在找什么提示,或是什么信号能告诉他究竟发生了什么事情。

"没什么,"安娜说,"她想带我去见国王,但我们在黑暗中迷路了。"

"你能找到回来的路的,"安德鲁说,"你们怎么走了那么远?"

"安德鲁,"奥珀说,"让她休息一下吧,已经很晚了。再拿点水来,艾斯特身上很烫。"

安德鲁站起身,不过他站在原地看了看安娜和艾斯特,又看了看安娜。大多数人已经睡了,周围很安静。晚餐很早以前就结束了,整个镇子都休息了。一只动物从他们身边窜过,安娜转头看了看,盯着黑暗。他们身边有什么东西动了动,或许是只老鼠在找食物。或许是什么小东西在挖沙子。

安娜整个晚上都躺着,听着黑暗中的世界。每次她一闭上眼睛,就会听到洞穴里的声音,冰冷,残酷,拼凑着一个她不想听的故事。她一直没睡着,直到最初的日光回来了,直到光明铺满了整个天空。

艾斯特爬到安娜旁边躺下来。她的身体不再那么烫了,安娜问起她的国王的时候,她大笑起来。她不知道安娜在说什么。安娜抓住她小小的身体,摇晃她,她开始大哭。奥珀把她抱了起来。"没事的,没事的,安娜只是累了,没事的,我的小姑娘。"

耶稣回来了。他更瘦了，但是他看上去不再那么筋疲力尽。安娜觉得还有些东西也不一样了，他身上有了更多的改变，只是她无法用语言来形容。他走到安娜的身旁，亲吻了她的头顶，轻声对她说："我会告诉你的，不过不是在这里，我会告诉你的。"

那天的晚些时候，耶稣和安娜坐在树荫底下，他们周围围绕着盛开的花朵。安德鲁没有问什么，他只是说他会等着，他会在那里等着她回来。

"我知道你在疑惑，"耶稣说，"为什么艾斯特什么都不记得，可你什么都记得。邪恶在寻找我。他会把你的一部分从这个世界带走，但他没有办法把你留住。"

"他是什么东西？"安娜问。

"他会在你睡梦中出现，但他不能触碰你。他会给你讲故事，但你要相信我们的故事。你会记得他，但你也会记得我，安娜。如果他再来找你，你就叫我吧。"

"是安德鲁，"安娜说，"是安德鲁来了。"

耶稣沉默着。他静静地坐着，眼睛黢黑、温暖。

"一座灯塔已经点亮，"他说，"为了所有失去的爱。"

安娜闭上眼睛，低下头。所有的一切都消失了，所有剩下的一切。她看见了安德鲁，看见了鲁斯。她看见了奥珀，看见了艾斯特。她回到了她在赛查尔的小房子，她回到了那口井的旁边。一切的开始就是一只鸟，一只黑鸟。

"我记住的就是耶稣。当我睁开眼睛的时候，耶稣就在井旁。"

安娜希望在她死去的那个早晨，自己躺在阿什凯隆的棕榈树下，在亲友的陪伴下讲这个故事。安德鲁很早就不在了。安娜已经很老很老了，比他们这群人里大多数人都要老。她看到了他们是怎么对待安德鲁的，她听说了很多传闻，听别人说其他人是怎么死的。她曾把他们中的一些人抱在自己怀中。是她把安德鲁从十字架上放下来，埋葬了他。

现在轮到她了。奥珀和艾斯特在她的身旁。一年之后奥珀也会去世。艾斯特，她已经不再是个孩子了，她会坐在安娜和奥珀的床旁。她再也没有提起过那个国王，也没有谈起过她和安娜消失的那个夜晚。艾斯特故事的起点是她遇见了安娜，终点是奥珀去世。有个信徒曾经说，在那不久以后，他在耶路撒冷看到过一个女人。那人脸上有和安娜的艾斯特一样的恶魔的印记，她在四处寻找一个叫大卫的人。不过他不那么确定，他的年纪已经很大了。

没有更多的线索了。艾斯特和安娜在一起，她们坐在阿什凯隆的棕榈树下，听安娜讲着自己的故事。安娜拉着她和奥珀的手，告诉她们她有多么想念安德鲁。

"我真的很想他。"她说。

安德鲁一直都在。不像艾伦或是鲁本，他没有在她身体上留下印记。他的名字不会在夜晚降临的时候带给她恐惧感。但安德鲁一直在，他就像是一盏不会熄灭的灯，在这个世界徘徊。有一天，他的光会回来，从门缝里，透过窗帘，像温柔的手指那样抚摸她的皮肤。

第六章　我们很孤独，你在这里

一

"我知道你在这里，"他低声说，"我几乎没有一个人的时候，不是吗？"他的手指回答了他，抚摸着他的脸颊，然后又绕到他温热的脖子上。"我有个故事，是给你的，"他说，"你想听吗？"手指从他的脖子摸到了他的下巴，开始拉扯他的嘴唇。"我也是这么想的，"彼得说，"我也是这么想的。"手指向下又摸到了脖子。彼得在黑暗中向前看。一只鬣狗在号叫，这是寒夜里的声音。"安静，"彼得说，"我们得安静，安静。"他把自己的一只手放在另一只手上面，有几秒钟的时间他不知道自己是要站起来，还是在往下倒。好像夜晚意味着他一直在往下倒，直到白天的光明笼罩他为止。

"有一个男人，"他低声说，"他的全身都冒着火。每天他醒来的时候，火焰都在燃烧，每天晚上，他就带着火焰入睡。他一直在想他能用这个火做什么，火能用来做什么呢？他去做了渔民，可鱼会被他吓跑，别的渔民都不愿意和他坐一条船。后来他开始盖房子，可房子会倒，因为他身上的火让房子变得特别脆弱。他的最后一次尝试，是种水果蔬菜，去迦百农和革尼撒勒的市场上去卖。有时候他甚至会去到更远的太巴列。可是,他卖的食物都会变干,卷皮。守城的卫兵看到他要卖的东西,都会揍他,赶他走。他第二天再回去,他们就把他的右手砍了。他的手掌流出的不是血,而是烟。烟从他的断臂中喷出来,把卫兵熏得满眼是泪。他乘机跑掉了。后来,男人在山里找到了一处避难所,遇到一些同样也在寻找避难所的人。他们一看到他身上的火焰和身体里冒出的烟,就邀请他加入他们,和占领者斗争。他们给了他一把剑和一支矛,带他去打仗。战斗开始了。罗马人打败了他们,打败了所有人。他和众人倒在地上,看到火焰熄灭,所有的一切都变成烟。第二天孩子们找到他的时候,他已经变成了一块炭,就像在太阳底下烧焦了的木头一样。"

"你觉得这个故事怎么样?"彼得低声说。

手指从脖子松开,在他面前的空气中摆了个手势。

"你每天晚上都会这样。"他的身后传来了一个声音,彼得转过头,可那里除了夜空什么都没有。

"你真的记得发生在主身上的事情吗?"那个声音说。

"安静,"彼得说,"你没有权力跟着我。"

那人伸出了一只手,犹豫着拉着彼得的衣服。

"让我看着你,不要迷路。"安德鲁边说边想拉住自己的哥哥。彼得挡住他的手,把他推开。

"还有其他人吗?有人和你一起来的吗?"他问。安德鲁说:"别傻了,大家都睡着了。"

"很快天就会亮了,"安德鲁说,"你能看到吗?"彼得转过身,但四周还是一片黑暗。"我能感觉到,"安德鲁说,"就好像是一种沉默的隆隆声。"

彼得觉得很冷。"现在还是晚上。"他说。他听见安德鲁的呼吸声，微弱的、带来温暖的声音。

"你和他谈过吗？"安德鲁问。彼得蹲了下来。他的手拍着地。他的皮肤很干，草很干，土地很硬，石头很冷。他曾经相信水能改变一切。

"看。"安德鲁说着，彼得转过身面对他。很远的地方有一点光亮，好像有什么东西被打开了一样，但他们所在的地方还是夜晚。

"你刚才睡了吗？"安德鲁问，彼得能听到他在搓着自己的手。

"睡觉？"彼得说，"谁还能睡得着？"安德鲁安静了一会儿，然后开始说有关主的话。彼得打断了他。"只是时间问题，"彼得说，"他阻止不了他们的。他们会把他吊死。他们会把我们都吊死，我们都不会被埋葬，我们的尸体会被喂狗。"

"他是主。"安德鲁说，"如果这样的事情发生了，如果这一切注定要发生，那主会和我们在一起。他会和我们在一起。"彼得用手抱住了头，感觉到头发很黏，皮肤很油。他的手在颤抖。

"你看到今天发生的事情了，"他说，"我们的自己人都很害怕，他们拒绝了我们。"

"西门，"安德鲁说，"我们大家都很害怕，但我们有信仰。我们知道那些没有信仰的占领者会对我们做什么，我们是知道的。可是我们不能对那些只拥有那么一点点、可能会失去一切的人进行道德审判。"

"我不是要审判他们。"彼得说。他站起身，朝着安德鲁的剪影走了几步。

"我们必须相信。"安德鲁说。

"我相信，"彼得说，"但是我们知道会发生什么。"

"我们必须相信，西门，"安德鲁又说了一遍，"我们必须相信。"

彼得想在黑暗中看清楚安德鲁的脸，但他的面前好像有别的什么东西。彼得想起曾经来到他们面前的那个陌生人。那个白天从山洞墓穴里爬出来的男人，潮湿腐烂的空气像泥土一样裹在他的皮肤上。他没有穿衣服，身上被裂口、刀口、感染和红肿的伤口包裹着。他的手垂在身体两侧，两只眼睛像是从海底捞出来的东西。他们的队伍停止了，彼得向前一步挡在了耶稣前面。那个东西发出了一个声音，就像是在暗袋里石头摩擦的声音。他们站在原地看着这个怪物。村里的人和他们说他曾经是个好丈夫、好父亲，直到他的妻子和孩子们都因为一种病去世了，他也被感染了。后来他就被邪恶控制了，一直住在安放他家人尸骨的山洞墓穴里。

耶稣把手放在彼得身上，把他拨到一边，向前走了一步。陌生人笑了一下，牙齿又黑又黄。然后他的嘴里冒出了话语，没有任何人听过这样的话语。耶稣又走近了一步，男人说话的声音变了，变成低声嘟囔，但耶稣没有停下脚步。

"你知道我是谁，对吗？"耶稣说，"你知道我不是来审判你的。"那个人沉默了。

"过来，走近一点吧。"耶稣转身对彼得和其他人说。他点了三个跟随他的信徒的名字，他们身上都有伤口，只是被遮挡了起来。

"来，你们过来。"耶稣说。他们三人走到他身旁。耶稣请他们脱掉衣服，露出伤口。

"看，"耶稣说，"这些人是和我们一起的，他们就是我们。"

那个人盯着那三个解开衣服的人,看着他们的伤口,看着其中一个女人的嘴巴。彼得从没听过她说话。她的嘴唇没有了,她的牙齿比牙龈的颜色还要黑。

好几个住在附近的人围过来,他们开始高声说话。耶稣把手放在了其中一个脱掉衣服的人的身上。

"他们不是不洁的,我们也不是洁净的,"耶稣面对那个陌生人说,"他们和我们在一起,我请你也加入我们的行列。"

耶稣对着他大声说:"那些他们施加你身上的东西,去吧。"他的双手举向天空,眼睛翻白,说出了最后两个字,"散去。"

那个人跪了下来,伸出他的手,感觉着面前的土地。周围人群说话的声音越来越低,没有人喊叫。

耶稣转身招呼彼得和托马斯。"去帮帮他。"他们走到男人身边,扶着他的手臂把他架起来,让他在他们中间。他的皮肤温度很低,身上散发出一种腐烂的气味,令人作呕的气味。他们能听见他在低声说话。他微微地颤抖了一下,刚才显得那么厉害的邪恶仿佛缩小了,碎裂了。

耶稣转身面对所有聚集在这里的人。他举起了他的双手说:"恶魔已经占据着这片土地,他们是黑暗的军队。他们的军队正在这片土地肆虐,穿过山谷,吹过山间,把我们赶出家门,把我们推倒在地,把我们用钉子钉在木头上。这支黑暗的军队在追捕我们,传播恐惧,我们被赶来赶去。他们锋利的剑和矛让我们充满邪恶。他们的邪恶充满我们的身体,直到我们再也不能忍受,做出极其糟糕的行为。他们的黑暗也占据了我们的身体,他们的恶变成了我们的恶。但是请记住以赛亚的话：我父耶和华必使患难中的人有力量，躲避暴风，躲避热浪。侵略者的呼吸就像风暴撞墙，就像干旱土地上的热气。先知以赛亚如此说，我对你们说，我要赶走那些魔鬼。我对你们说，我要把他们赶出去，把他们扔进深渊。"

耶稣说完之后，他站在彼得和托马斯搀扶的男人面前。他把双手放在他身上，身体前倾，冲着他的耳朵低语。

"主。"彼得说，冲着那群向他们走来的老人点了点头。耶稣转过身，伸出手，请那些人等一下。他请别的信徒过来帮助那个从山洞里出来的男人。他们扶着他走了，给了他一些遮盖身体的衣物和水。耶稣示意他已经准备好了。那些老人走了过来。他们向耶稣问好，然后年纪最大的那位老人靠得更近了一点，用只有耶稣能听到的音量和他说了几句话。

"你想从主这里得到什么？"彼得打断了他。耶稣转头看了一眼彼得。

"他们请我们离开。"他说。彼得转向和耶稣说话的老人。他的头就像是一棵枯萎的树干，稀疏杂乱的白胡子覆盖在他的脸上。

"我们已经失去太多了，"老人说，"我们什么都没剩下。我请求你们离开。如果占领者听到了你们说的话，如果他们来这里的话，我们会被他们赶出去的。"

彼得什么都没说，他扭头看着耶稣。耶稣点了点头，说好。他用手捂住自己的嘴，点了点头，说他们会尽快离开。

世界尽头的光线散开了。安德鲁望着他们身边金色的树干。彼得看着弟弟从黑暗中现身。他短短的黑色头发，他的长鼻子,鹰钩鼻,脸上的胡子的阴影,闪着光的眼睛。

"逾越节到来之前,士兵们会一直盯着所有人和所有事情。"彼得说。"庙里会有很多守卫。"安德鲁看着彼得。光已经回来了,很微弱,很微弱。夜晚已经过去,白天就要到来。草和树都保持着自己的形状和颜色。

安德鲁走到彼得身边。他刚要说什么,又摇了摇头,用手臂环住了自己的哥哥。

几天之后,他们一行人在凯撒利亚腓立比城外的几座小房子旁住了下来。彼得看到犹大一个人走到树旁坐了下来。玛丽在说所有的蜘蛛都有八条腿让她觉得很神奇。耶稣很沉默。约翰赞叹着这些八条腿的小动物能够织出如此强大的网,哪怕是动作最快的小昆虫也逃不过去。彼得和他们打了个招呼,拿了一些剩的面包,向犹大走去。

犹大抬头看着他。他的眼睛红通通的,脸很湿,身上气味很重。

"我给你拿了点面包。"彼得说,坐在他身旁的草地上。

"我很累,"犹大轻声说,"我不知道我还有没有更多力气了。"

"没关系,"彼得说,"我们现在可以休息了。"

"不,走在路上的时候还好一点,"犹大说,"坐下来或者睡觉的时候才最糟糕。"

"你在说什么?"彼得问他,他想看着犹大的眼睛。

"他们在这里,"犹大说,"他们在等着我们。"彼得张口想要说什么,但他又闭上了嘴,把面包递给了犹大。

"拿着,"他说,"吃点吧。"

犹大接过了面包。他听见耶稣说:"你怎么样,犹大?"

"他生病了。"彼得说。耶稣点了点头,走了过来。他坐在草地上,双脚并拢。

"我看见了我的父亲,我看见了我的哥哥,他们都在这里,"犹大说,他的声音很轻,"他们在等着我们。"

"我听你讲过你哥哥的事。"耶稣说。

"是的。"犹大回答。

"还有你的父亲。"耶稣说。犹大点点头。"是在离我们这里不远的山谷,是吗?"耶稣问。"士兵们要你父亲指认出你哥哥的身体,然后他们把你父亲钉死在十字架上了。你告诉我你想在晚上出去,把他们俩的身体放下来,安葬他们,但你母亲求你留在家里。你向你的母亲保证会为你的人民斗争,但不会像哥哥和父亲那样死去。"

犹大开始哭泣,他擦了擦脸,吐了口唾沫,咳嗽了几声,然后抬头看着天空。

"我能看见他们,"他说,"他们就在我们中间。他们已经腐烂了,父亲的身体上还有凸出来的钉子。"

"这是你的故事,"耶稣说,"所有人都有自己的故事,我们这个国家就是这样。这是我们的故事。但是,我们现在是在我们的主,我们的天父的光芒下。我们会有新的故事的,我们不再是孤独的了。"

"他们在这里,"犹大说,"他们在这里,我能看见他们。"

"那不是他们,"耶稣打断了他,"你看见的不是他们。"

可是犹大继续说下去。"他们想把我们打倒。"他说。耶稣靠近他,把手放在犹大的手上。

"听我说,"他说,"我和你在一起。不要为你的生命感到害怕。我们中有谁能为自己的生命增加一寸光阴呢?你的天父知道你所有的需要。寻求天国和他的公正,你会得到你所需的一切。"耶稣举起手抚摸犹大的脸。阳光透过树荫洒在他们身上。

"他们说谁是人之子?"耶稣问。

犹大咳嗽了几声才回答:"有人说是施洗者约翰,有人说是伊莱亚斯,还有些人说是耶利米,或者别的那些先知。"

耶稣点了点头,他的眼睛依旧紧紧地盯着犹大。"你呢?你说我是谁?"昆虫在树上发出嗡嗡的声音,不远处的房子里有小孩在大喊大叫,有女人在喊着男人的名字。

彼得的手放在了犹大的肩膀上,他们一同说:"你是弥赛亚,永生的上帝之子。"

夜晚降临,黑暗保护着他们。彼得在树间走着,用手抚摸树干。过了一会儿,他停住了脚步。他听到有人跟着他。他在黑暗中坐了下来。手指爬上他的胸口,在他的锁骨上停了下来。

"不是现在,"彼得说,"现在我没有故事给你。"

"西门,"他的身后传来了一个声音。

"我在这里,"彼得说,"我吵醒你了吗?"安德鲁的呼吸靠近了他,那种温暖的气息让他想起小时候他们睡在一起时的情形。

"我没有睡着,"安德鲁说,"我在等着你。"

彼得听见安德鲁坐了下来。他抬起头,穿过头顶的树望向天空。

"我听你讲了父亲的故事。"安德鲁说。

"我想一个人待一会儿。"彼得对他说。

"你知道的,我已经不记得父亲的样子了。"安德鲁说,

"我只记得我们找到他的时候他的样子。"

彼得站起身,冲着他觉得安德鲁坐着的地方走过去。他在黑暗里跌跌撞撞。

"菲利普和我说,他的两个叔叔和一个阿姨被带走了,"安德鲁说,"玛丽的父亲也被带走了,他那时候在找他的邻居。还有更多的人,有那么多人都有这样的经历。我们不是唯一的。"

彼得穿过黑暗,手在他的前方晃动着,撞到一些树枝。"你住嘴,"他说,"走开,我不想听这些事情。"

他停下脚步的时候,安德鲁在他身后,还在继续说:"你不睡觉,西门,你看上去很累。求求你,把父亲放下吧,放下你对他的所有记忆。"

彼得摇了摇头,但是他们在黑暗中,安德鲁什么都看不见。

"听我说,"安德鲁说,"你需要休息,我们需要你,我们是一起的,我们有那么多人,我们在这里不是唯一的。"

"我们不是唯一的,"彼得说,"但我们几乎是孤独的。"

"我们永远不会孤独,"安德鲁说,"我们在一起,我们一直都在一起。我们永远不会放弃,我们永远不会消失。"

"让我安静待着吧。"彼得说。

"不能这样,西门。"安德鲁说,"你必须放下父亲,你必须放下所有发生的事。"

安德鲁走了之后,彼得感觉有东西在他脚边动了一下。他弯下腰捡起了它。它有好多条腿,很硬,很小,感觉上它既脆弱又坚不可摧。他把它捧到耳边,听到很轻微的声音。那是它的嘴,还是它身上所有会动的部分在和他讲话?这是从这种生物体内传出的奇异的语言呢,还只是它舞动腿发出的声音？彼得一放开它，它就立刻消失了。他的手指温热，他把它们交缠在一起。

"我们在天上的父啊，"他轻声说，"你的国来临，你的旨意奉行在人间，如同在天上。"他的手松开，手指摸上了自己的脸。它们环绕着他的脖子，温暖地压按他的胡子、皮肤，还有皮肤下面跳动的脉搏。

"曾经有一个人，"彼得低声说，"没有人能听懂他说的话。他说的话语本身是清楚平实的，可被说出来的时候，就微妙到直接断裂了。他的手很巧，做过渔民，后来转做木匠。有一天，他决定去贩卖自己种的粮食。他去了他们这个地区的市场。人们买了他带来的东西，他挥动手臂，用脸上的表情表现他的东西有多么好，卖多少钱。有一天，有人偷了市场里的一个商人的钱，市场的守卫怀疑上了那个人。守卫试着和他交谈，但是他说的话没有人能理解。他们要求他讲清楚，但他讲话还是那个样子。于是，他们抓住他，搜他的身找被偷的钱。那个男人开始大喊，很多人围过来看热闹。守卫紧紧地抓住他的脖子，他太用力了，好像把里面的什么东西压碎了。他们没有找到被偷的钱。等他们放开他的时候，那个男人张嘴再发不出任何声音。他每次吞咽，嗓子里都会发出刺耳的声音，喉咙的皮肤也变成了一种深黄色。他回到自己家，接下来的几天，他种的所有东西都烂掉了。最后他只能离开家去了山里。在那里他遇到了装作听懂他说不出来的话的一群人。他们给他吃的，给他武器，让他加入他们和占领军的斗争。当他们一个接着一个被打倒的时候，那个男人是最后一个面对敌人还站着的人。他放下武器，想开口说话，可是发不出任何声音。士兵们慢慢靠近他，他知道如果他说不出正确的话，他们会怎么对他。于是他只好拿起武器，迎着他们冲上去。

"后来孩子们发现了那些尸体。这个男人的身体被压在那堆尸体最底下，当他的嘴突然张开的时候，语句突然喷发出来，只有那些孩子能够明白。"

"我只有这个故事，"彼得说，他的手指挡在自己的嘴边，"这里面什么都没有了。"他的手指落了下来，又围住了他的脖子。彼得坐在那里。最终，手指垂落了下来，他靠着树睡着了。

天还黑着的时候，他醒了过来，在地上摸索了一下，坐起身来等待。第一道光降临的时候，他努力找路回到其他人那里去。

他们继续在约旦河边游荡着。有一天晚上，彼得睡着了，梦到了会唱歌的鱼，还有他和弟弟划船过一条河。他们穿过了朱迪亚，最终到了伟大的耶路撒冷。

犹大更瘦了，他的头发垂落在脸前面。不过彼得和他说话的时候，他在微笑。

每天夜里，彼得躺在安德鲁身旁，他整夜躺着，醒着。他听得出来安德鲁也是醒着的，只有到凌晨的时候才会睡着一会儿。

他们分散开来。一些人去找吃的，一些人去搜集神庙里士兵和守卫的时间安排。彼得和耶稣在一起休息。他努力想要睡一会儿，但他的脑袋里隐隐作痛，他又喝了点水。最后，他终于睡着了，他梦到鸟儿在讲话，狗在死气沉沉的森林里游荡。醒来的时候，他特别口渴。

夜晚降临了，他们聚在一起吃东西。他们没有邀请任何陌生人和他们一起吃。现在他们很谨慎，不想吸引别人的注意。整个城市被严密地监视着,到处都是士兵和守卫。他们吃东西的时候,安静地讨论着他们在耶路撒冷看到的东西、遇到的人。他们中的一些人去过神庙,说那里到处都是商人和罗马的装饰。他们的讨论慢慢越来越大声,几个人同时在说话。一些人坐在地上,撕块面包在橄榄油里蘸一下,然后撒上一些盐。一个男孩开始轻轻地哼着一首摇篮曲,两个女人也跟他一起哼了起来。安德鲁靠向彼得,用手臂抱住了他的肩膀。彼得闭上眼睛,想象着他和安德鲁在沙滩上,水像毯子一样包裹着他们的脚踝。贝壳盖在他们的指甲上、皮肤上,好像他们刚从一个魔幻的世界归来,这是他们现在要蜕掉的闪闪发光的皮肤。

当他睁开眼睛的时候,他看见托马斯和约翰坐在耶稣的一边,玛丽坐在另外一边。他们好像都在说话,耶稣坐在那里很安静地望着彼得。彼得也回望过去。托马斯、约翰和玛丽在说话,但耶稣安静地坐在他们中间,望着彼得。彼得感觉到有什么东西在动,他看了一眼自己的膝盖,是他的手指。它们一根一根地抬了起来,先是一只手,然后是另外一只手。彼得看了耶稣一眼,耶稣还在看着他。耶稣张嘴说了些什么,托马斯和约翰停下了讲话,玛丽也停下了。

"我在你的身体里,"他说,"我从来没离开过你,我听到了你的故事。你的故事,也是我们大家的故事,这是我们的土地,这是我们大家的故事。"

"主,"玛丽说,"我没明白您的意思。"

耶稣的眼光从彼得身上移开,望向玛丽。"对不起,"他说,"是我的错,我刚才走神了。"然后他又开始和他们讲话,彼得在远处坐着,手放在膝盖上,他的手指上感觉到了一种陌生的、温暖的感觉。

"你和我们在一起,你和我在一起。"他低声说。

安德鲁从他身边走开,去了安娜那里。她给了他弟弟力量,他很确定,安德鲁和她见面之后就变了。彼得站起身,从其他人中间穿过,走到了犹大身旁。犹大笑了笑。他握住彼得的一只手,犹大的手指也是温暖的。有人拍了拍手,所有人都安静下来,犹大突然开口唱起了歌。他的声音特别美,就像是鸟那样高亢,然后大家都跟着一起唱了起来。彼得能听到自己的声音、安德鲁的声音,所有声音在房间里一起回荡。犹大的声音那么高,好像飘在所有人声音的上面,似乎只有那样的声音才能唱出他们学的这些歌。

他不知道自己在哪里。他站在他们中间,他在歌唱,握着手,然后他又走入夜色里,一切都那么宁静,但又到处都是声音。他肯定是离开了城市,走到了城墙外,这里有很多树,很多灌木,还有花儿淡淡的香味。

彼得坐了下来,他的手指还充满着熟悉的温暖。他又一次听到几天前他听到的鬣狗的吼叫,他的手指抖动起来。它们开始异动,从他的肚子爬上来,到了他的胸口、脖子,拉扯着他的嘴唇。他在黑暗中坐着,感觉到手指拉开他的嘴,伸了进去。它们进入他的嘴巴,要往嗓子眼儿里钻。他把它们拿出去。

"是你,主。"彼得说,没有回答。"我知道是你,主。我要给讲一个故事。"

"从前有一个人,他的眼睛能够看透任何东西。"彼得说,"他能找到海里的鱼,因为他能透过水看到鱼在什么地方。当他把鱼抓上来,他也能看透鱼的身体。于是他说取它的命是不对的。后来,他开始造房子,可等人住到房子里之后,他还是能看到房子的内部。于是他说那些人住在他造的房子里是不对的。后来他又开始种水果和蔬菜去贝特赛达的市场贩卖。他把东西卖给大家,大家也都愿意买他的东西,因为他能看透他们,了解他们需要什么样的东西。可是有一天,一些喝了一整晚酒的士兵们来了,他们开始骚扰这个男人。他让他们走开,不要骚扰一个诚实的人。其中一个士兵抓住他,说他是小偷。他们对他拳打脚踢,把他卖的食物都踩坏了。他们把他拖出城市,扔在路边。男人去了山里,在那里遇到了一群相信另一个世界的人们。他加入了他们与占领者的斗争。当他们一个接一个都被打倒,他能看透他们所有人,他能看到所有人都是一样的。敌人,也和他们没有任何不同。所以他扔下了武器,任由自己被打倒。

"他倒在离贝特赛达不远的一个山谷里,有两个孩子发现了他。那个年纪小一点的孩子刚开始没认出他来,但大一点的那个孩子看出这就是他们的父亲。他们把他从山谷拖出来,安葬在离他倒下的地方的不远处。"

手指环绕着他的脖子,很温暖。

"没有谁是他们杀不了的。"彼得说。

他又听到了鬣狗的声音,现在它听起来不像是哭泣或吼叫了,好像是笑声。

第二天清晨,他们醒来的时候觉得非常沉重。空气中有腐败的气味,外面的天空是灰色的。彼得起身,擦掉了脸上的口水。在他身边,安德鲁和玛丽帮两个小男孩站起身来。孩子们说着对不起，请求原谅，但安德鲁只是揉了揉他们的头发，让他们不要这样，去外面呼吸点新鲜空气。犹大取来了一点水，清洗地板。耶稣不知道去哪里了。室内很凉，但彼得还在出汗。他把手指按在肚子上。手指很凉。

"来吧，哥哥，"安德鲁说，用手搂住了他，"我们得收拾一下，这里看起来太惨了。你看上去也有点惨，去洗洗吧。"

他们收拾完之后，互相帮忙洗了脸和手，然后坐在板凳上。托马斯想要说话，但被制止了。约翰想找个人和他一起去城里，看看逾越节发生了什么，可是彼得让他们留在原地。玛丽也同意。没有人站起来，大家都坐在原地。当彼得慢慢起身去拿水喝的时候，耶稣突然出现在了他们中间。彼得完全不知道主是从哪里进来的，从哪个房间或是哪道门。

"兄弟姐妹们，"耶稣说，"我们去圣殿。"

彼得闭了一下眼睛，然后睁开，他的目光与安德鲁相接。他的弟弟站在那边，用手臂搂着安娜。他看上去更年轻了，好像过去的几天、几个小时没有发生过，时光没有增加他的年纪，反而让他更年轻了。站在这里的是一个非常年轻的安德鲁，望着他的哥哥。彼得转身看向耶稣。

"主，"他说，"我们在一起，不管发生任何事，我们都在。可是，那里有很多守卫和士兵，他们会立刻抓住我们的。"

耶稣说："我不知道会发生什么。"然后他更轻地说："我不知道。"随后，他大声说："相信上帝，相信我。"

"我们听主的。"托马斯说，但是他的嗓音很轻。他咳嗽了几声，"对不起，对不起，"他说。玛丽让所有人都做好准备,然后大家开始行动,彼此亲吻、拥抱,赞美主。

彼得朝着安德鲁和安娜走去。他张开手臂抱住了自己的弟弟,把他拉向自己。

"安德鲁,"他低声说,"如果我们分开了,就在迦百农见。"彼得看了他一眼,等着他表示接收到了这个信息。安德鲁点点头,和安娜一起从彼得身旁走开,冲着外面玩耍的孩子们走去。彼得站在原地,周围所有人都在前前后后地忙碌着,他们的声音就像在罐子里的昆虫。耶稣站在彼得身边,双手落在他的肩膀上。

"我知道你一直跟随着我,西门·彼得,"他说,"但是这一次,如果他们抓住了我,你必须跟随其他人离开。"

彼得张开了嘴,可耶稣把手放到了他的嘴唇上。

"我想跟你去。"彼得说。

"不,"耶稣说,"哪怕要有人和我一起去,也不能是你。没有人应该和我去那里。"

耶稣往前倾了一步,亲吻了一下彼得的脸颊。那之后,他就离开去找玛丽了。他对着她的耳朵说了些什么。玛丽摇了摇头,想要说什么,但耶稣也把手指放在她的嘴上,亲吻了她之后走向托马斯。玛丽看着彼得,但彼得转身向着门口出去了。他站在门口,灰色的天空像是一条面纱,遮住了整个世界。

"主。"他叫。可是他没有任何其他的话能说,又叫了一声,"主",再一次,"主"。其他人在他的身后,大家都走出来了。他们聚集在一起低声交谈,彼此耳语着。耶稣走出来的那一刻,大家都突然安静下来,停住脚步。他在他们的中间,看上去非常疲倦,几乎筋疲力尽。彼得不知道是什么,但他知道有些东西不一样了,改变了。耶稣没有停下脚步,他走在他们中间,他们跟随他朝着圣殿山,朝着圣殿走去。

二

"什么?"彼得说,"你再说一次。"约翰坐在他的身旁,试着解释他看到托马斯和安德鲁拉扯着下了圣殿山,离开了所有别的人。

"他们现在在哪里?"彼得说。

约翰摇了摇头。"你没听到我刚才说的吗?你没听明白我说的吗?我们分散了,跑散了,没人知道其他人在哪里。"

马太跑着进了马厩,彼得转身起来,把刀握在胸前。

"是我,"马太说,"彼得,是我。"

"我知道是你,"彼得说,"其他人呢?"

"是耶稣、菲利普和犹大,"马太喘着粗气说,汗从他的头发上流下来,渗透了他的胡子。

"菲利普和犹大?"约翰说。

"只有他们三个人?"彼得说,马太点了点头。彼得闭上眼睛,往后靠着一根柱子。他们藏身在一个马厩里,干燥的空气让他咳嗽。他的衣服被撕烂了,一只脚很疼。

"我要去看看他们怎么样了。"彼得说,吐了口唾沫,擦了擦嘴。马太和约翰看着他。

"外面到处都是士兵,"约翰说,"你现在不能出去,我们得等到天黑,我们必须出城去。"

彼得站起身来,感觉一下自己的脚。他能走,但想跑就很困难了。

"在这里等着,"他说,约翰和马太坐在草堆上,盯着他们面前高大的、留着胡子的男人离开。

到处都是人,没有人的地方到处是动物、墙、墙的裂口,还有士兵的盔甲和武器。彼得跟着人流走,但人流也朝着不同方向冲击着:一会儿带着他往这个方向,一会儿带着他往那个方向,过了好一会儿,他才终于摆脱了人流,朝着圣殿山的台阶走去。在那里他看见有几个士兵。彼得朝两个坐在地上的士兵走过去,他们的头盔就放在身旁。他问士兵发生了什么事,但他们只是看了他一眼,没有说话。

"圣殿里有反叛者。"一个士兵嘟囔了一句,冲着彼得挥了下手。"快走。"彼得还站在原地。另一个刚才什么都没说的士兵摇了摇头。

"他们长得都一样,"他说,"我们可以选任何人,不管他们告诉我们应该抓谁。"他看了看周围,但彼得是唯一一个在听他说话的。

"那你们抓了谁?"彼得问。

"一个反叛者或是犹太人,"士兵说,"或者两个,还是更多,我看不出有什么区别。几天之前,我们砍死了几个企图攻击圣殿的人。他们试图在晚上偷偷潜入,但我们打了他们个措手不及。他们倒是反抗了,还反抗得挺厉害。我们钉死了几个。不过要我说,我会让他们把整个地方毁了。"

"闭嘴,"另一个士兵说,"没人听你说话。你在和谁说话?"

"这种事会发生的,你知道,这种事会发生的,你呢?"士兵一直说,"你能和什么人聊天呢?"

彼得站在那里,看着坐在他面前的男人。这个士兵在高声地自言自语。他的手又大又粗,头发剃得很光,眼睛又小又灰。

"他们什么时候会被钉上十字架？"彼得问，他都认不出自己的声音了。他需要水，在哪里能找到水？

士兵咳嗽了一声，同时笑了起来。"只剩下一个人要被吊起来。"他说。

"闭嘴，"另外那个士兵又说了一次。现在他开始盯着彼得看了。

"他们在路上了，"爱说话的那个人继续说，"给你们这些人过节的时候看看，你们叫这个什么节？逾越还是什么节？"

"闭嘴。"另外一个士兵说了第三遍。"我听不下去了。"

"我不在乎，谁在乎？"士兵说。

彼得转身走了，边走边听到后面那个士兵继续高声地自言自语。他挤进人群，被一只羊绊倒了，站起来的时候撞到了一个手里紧紧抓着一只小公鸡的男人，他让他赶紧闪开。彼得站到路边，看自己要怎么回马厩去。他想找找有没有自己认识的人，他们那群人。他走进了一道门，墙壁透出一股冷冰冰的气息。

"主啊。"他说，还是这个词，他没有别的话能说了。他吐了口唾沫，踢了点沙子盖住。两个士兵突然出现，说他是猪、懒汉，让他清理干净。在他开口说话之前，他们就殴打他的颈部，把他推倒在地。他们冲他吐了口唾沫就走了。彼得站起身，用手摸着自己的嗓子。他的呼吸很困难，可是他不敢吐口水，不敢咳嗽。他低下头，努力着尽可能平静地走开。

约翰和马太用拥抱迎接他。他们一起坐在狭窄的马厩里，看着外面的天色慢慢变暗。彼得的手指交叉在身前，那是十根冷冰冰的骨头，上面带着血肉和皮肤。他低下头低声祷告，但他没办法像规定的那样做祷告了。他对其他人说，他们该走了。

"我们得离开这里。"他说。

他们离开了耶路撒冷，到了恩罗哥井，然后偷偷穿过了希嫩山谷。彼得的脚很疼，马太扶着他走。他们绕着城墙走，直到上了去凯撒利亚的道路。他们是晚上的时候到的，可所有的光都消失了，夜变得越来越黑。到处看不见人，只有城墙上火把的光照亮了入口处士兵的轮廓。马太嘟囔着要回去，但他被狗叫声打断了，哭了起来。他打着自己的脸，彼得必须去帮他。

"我们不能去那里，"彼得说，"士兵们在那里，狗也在那里，太晚了，一切已经结束了。"马太努力想要挣脱彼得，但彼得紧紧地抱住他。"我们必须离开这里，"他说，"我们必须接着走。"

夜晚包围了他们，他们一直到天亮才停下来休息。

他们一直走，穿过了撒马利亚，来到了迦百农和加利利海。

有些人比他们早到，其他人比他们晚到，所有人都待在那里。

彼得找到了安德鲁，他张开双臂，彼得抱住了他。

"你回来了，"安德鲁说，"是水，它召唤了我们。"

彼得想让安德鲁告诉他，他看见了什么，听见了什么，可是安德鲁只想抱着他。

"我们所有的一切都被撕碎了，包括我们的梦。"一天晚上安德鲁轻声对他说。

他们大家都住在一座房子里。他们互相讲着在圣殿发生的事，他们都是怎么逃脱的。有几个女人说在晚上走路的时候，她们看到了一个天使对她们说话。有一个人带着伤口，他说他的手上和脚踝上有新的伤，腿也很疼。托马斯说耶稣和他讲了他的国度的秘密。彼得没有在听他们讲话。

他只是坐在那里，只是在有人讲到犹大和菲利普的死的时候身体微微向前倾了一点。

"你看见了吗？"他问。他们中受了伤的那个人和他说士兵们让他走，因为他们不想靠近他，也不想和他说话。他找到了犹大和菲利普的尸体。他们被埋在一些石头下面，狗把石头弄开，正准备吃他们的肉。约翰让他们安静，让所有坐着的人一起祈祷，向主祈祷。

傍晚来临，日光消退，他们头顶上有什么东西笼罩了下来。他们坐下来吃东西。他们点上了油灯，天气变冷了，可彼得待在室外，坐在地上，靠着墙一言不发。安德鲁和安娜拿面包和鱼干给他，他也不吃。他的手很白，别人都劝他吃点东西，站起来，说点什么。一直到了晚上睡觉的时候，他才站起来说："我去打鱼。"

水黑黝黝地闪着光。天空中闪着星光。水拍打着他们的船，发出轻微的声音。他们离开陆地的时候，安德鲁轻声在他身边说："水是我们唯一拥有的东西，它一直没有改变。"

他们放下网，拉起网，再放下网。彼得活动着自己的手指，它们又湿又冷，他都没有知觉了，所以他就没动。每次当手指里有点热量的时候，他就拉起网，再把它扔出去。

他们整夜都坐在那里，没人说一句话，他们一条鱼都没打到。

天亮了，他们划着船回到岸边。彼得对着船尾坐着。他完全感觉不到自己的手指了，它们不干净也不白，完全是另外一种颜色。他用自己的手敲了敲船舷，只听见轻轻的"砰"的一声。他侧身望向水面，闭眼，再睁开，没有任何变化。所有其他的人都转身面对他。安德鲁想张口说句什么，可彼得听不见他的声音。他看见安德鲁的嘴，其他人的眼睛，在微弱的晨光里黑白分明。他随着他们的目光，低头看向自己的手。他的手指在他眼前闪着光。它们发着光，从他的肚子上爬上去，越过他的胸口，爬上他的脖子，最后停到了他的嘴上。彼得感觉到他的嘴唇传递出巨大的热量，到了他的牙齿、他的舌头。手指摸了摸他的脸：冰冷的火焰穿过了他的整个身体。

船上的所有人都开始大叫起来，他听到了他们的声音。

"他在发光，"一个人说，"他在燃烧。"

"原谅我，我的主，"彼得轻声说道，"我有一个故事，如果你想听的话。"他的手指打断了他，又一次挡在了他的嘴巴前面。"不，主，"彼得说，"我有一个故事，我有好多故事，主，你不想听吗？"他感觉到眼泪从脸颊下滑落，透进骨子里。有一种冰冷的东西在撕扯着他的身体。"我们是孤独的。"彼得说，他的手指还在继续，抚摸一下他，然后交叉着放到了他的膝盖上，仿佛是一罐温暖的灰烬。"你不再，"彼得说，"你不再和我们在一起了。你和我们在一起，我们还是孤单，你不再，你不再和我们在一起。你不再会和我们在一起，我们是孤独的，可我们和你在一起。"

船上的其他人听见了彼得的话，他们看见了彼得在发光。他们也开始一起,跟着彼得重复着:"你不再和我们在一起,我们是孤独的。你不再,不再和我们在一起。你不再,不再和我们在一起,我们是孤独的。你不再,你不再和我们在一起。你不再,不再和我们在一起。我们是孤独的。你不再在这里。"

第七章 一道光

来我这里,来我这里,听着。我眼盲,但我能看到很多事情。当光照在别的地方的时候,我留在阴影里。不要带着你的祈祷来,不要在这里祈祷。你为善祈祷,但善恶不是用来祈祷的。你应该为从属于一个故事祈祷,你能相信的故事,你会怀疑的故事。

纳达是你们中的一员。你们不相信他。你们不知道他有什么问题。你们不知道他在做什么,请听我说,让我来告诉你纳达的故事。

他非常饿,他偷了一条面包,他成了小偷。

他不承认自己有罪,他反抗了,他成了反叛者。

他逃跑了,隐藏在深深的夜里,他成了无名之辈。

"抓住那个贼,惩罚那个该死的反叛者。"他们大声喊叫着。只是,追捕他的守卫说他们什么都看不见,天太黑了。纳达已经跑得很远很远。虽然他们没有抓住他,纳达还是深深叹了一口气,因为他又是孤身一人了。

他这辈子总是孤身一人,他总是在去另外一个地方的路上。

有人说诚实正直的人是守法的人。但是,又是谁来决定法律是否正确呢?是谁制定的法律?你们这些坐在这里的人,你们知道为自己的权力斗争是什么样的吗?你们知道为了每天的面包、有一个睡觉的地方的斗争是什么样的吗？所有人都说"请原谅我们打扰了"，可是，有谁想原谅那些冒犯我们的人？诱惑一直在，善不会把任何人从恶中超度出来，只有你自己才能做到。因为你才是王国，力量和光辉，直到永远。你自己选择了你要从属于哪个故事。有人叫你们强盗，可是我选择称呼你们自由的斗士。当别人把自己沉没在破旧空洞的生活里的时候，你们从中解脱了出来。

从那个角度来说，纳达和你们是一样的。

你们遇见他的时候，没觉得他有什么远大的追求，但是他充满了力量。我能听出来你们在怀疑这个年轻人是不是过于软弱，他是否和你们不一样。

你不能怀疑纳达！他不会犹豫，不会请求慈悲。他很强硬，他属于这里。他当然也有软弱的时候，你也会有软弱的时候。或许当他和别人一起工作的时候，无论是在农场、石灰岩场还是采石场，或许他会想到母亲、父亲、兄弟和家庭。或许他会希望和别人产生用眼睛看不到的关联。

这是你能够给予他的。这是你能够让他与你联系在一起的。夜晚不再是孤身一人，白天不再像四只脚、一条尾巴的野兽一样四处爬行，找寻能入口的东西。你所能给予的就是纳达梦寐以求的：从属于谁，从属于比一个人更多的东西，成为一个团体中的一员。

所以，欢迎纳达吧。他会对你忠诚，他会把他的一切都给你。我带他到了这里，我给了他故事中的一个位置。

不过，我知道他心里还有别的东西，那是我无法把握的东西，一道光。我也不是什么都知道。我也不是什么都能控制。这是怎么进到他心里去的？是谁把它放在那里的？

和你们在一起，他会成为他应该成为的人，他生来就该做的人。我想你们会好好照顾他的。我觉得你能教给他黑暗和坚强，因为你是坚强的，你相信你所做的一切。纳达和你们在一起时是安全的，他心里的光会被熄灭的。

就是现在！他来了。我听见他走近了。

你不会记得我，可我说的所有话都会藏在你心里。

再见，我的强盗们，再见。照顾好纳达。

他们在那里等我。我说了句"你好"，但没有人回应。他们看上去很累。约兰低声地嘟囔着什么，熄火什么光，还是火？我听不清楚。他用一种很奇怪的眼神看着我。约阿施站起身来，叫其他人也起来。

"你们刚才在睡觉吗？"我问。

鲁本哼了一声。"天黑的时候我不睡觉。"他说。

约兰笑了。"你总是气呼呼的，鲁本。"他说，"你应该冷静点，洗个澡，老生气让你都臭了。"

鲁本摇了摇头，吐了口唾沫。"去你的，约兰，"他说，"听你哥的，赶紧起来。"

"纳达，"约阿施说，"决定了，你加入我们吧。"我点了点头，看了看鲁本，但他什么话都没说。

约兰伸出了他的手。我握住，感谢了他。"你现在属于我们这伙儿了。"他说。

约阿施也说了一样的话。"你现在属于我们这伙儿了。我们做什么，你就做什么。你做什么，我们就做什么。"

鲁本抓住我，把我转向他的方向。"纳达，"他说，"我们很强，我们相信我们自己做的事情。听约阿施的，我们要一直在一起。"

我点了点头同意了。"好的,"我说,"我和你们在一起。我属于你们。"

他们就这样接受了我。我就这样成了他们中的一员。

如果这一切都用清楚明白的语言告诉我,告诉我将会发生什么事情,或许有些东西就会不一样了。

我是几天前在比尔谢巴遇到约兰的。当时我正坐下来吃我乞讨来的一条面包和一些无花果干。他背靠房子的墙壁,站着对我笑,一半的身体藏在一堆陶器后面。我问他笑什么。

"笑你啊,"他说,"你看上去好像头发和胡子上还沾着你妈的血。"

我和他说我已经不记得妈妈是什么样了,但我记得他的妈妈,她可没把什么东西弄到我头发上。

"无论是上面还是下面都没有。"我说。

约兰笑得更厉害了。我冲他走过去,问他饿不饿。

"我不饿,"他说,"我吃过了。"不过他还是拿了些无花果干。我告诉他我的名字是纳达,他说他叫约兰,问我头发是这种颜色有什么感觉。我告诉他,我不知道该有什么感觉,反正它一直就是这样。

"女人们喜欢吗?"他问。

那是正午时分,阳光照在身上就好像在脑袋里面敲打一样,所以我们站在阴凉的地方。约兰对我说他是和哥哥一起来的这里。他的脸上都是伤口,红色和粉色的伤口。他的手脚上也有一样的伤口。我问他是不是受伤了。他说,并没有,不过他也不知道,他一直就是这个样子。我点了点头。有一次我在逃亡的时候有两天两夜的时间和一群传染病人待在一起。我当时特别特别饿。他们接纳了我，给我吃的，让我睡在他们睡觉的地方，在我离开的时候，我和他们握手，对他们表示感谢。我想，他们中的大多数人估计已经死了，但我没有被传染，所以我不觉得约兰的伤口对我会有任何影响。

我问约兰在做什么，知不知道哪里有工作可以做。他说不知道，他们也是刚到，不过很快就要离开了。当然他说他也不确定，一般都是约阿施和鲁本做决定。

"他们是你的兄弟吗？"我问。

"约阿施是，"他说，"鲁本不是。你去见见他们吧。"

我同意了。如果幸运的话，他们可能会给我点东西吃，给我个地方睡觉，或许给我点泹十。之前我在一个农民那里打工，但他在果树上的果子快长成的时候让我走了。他答应让别人留下工作，因为他们在那里已经工作很久了，他欠他们人情。那农民和我说等天气暖和点、水果成熟的时候我可以再去他那里。他给了我一点钱、一点吃的，不过我到比尔谢巴的时候，基本上都已经没了。

我们一起在城墙脚下走着。有些孩子会跑过来，看到约兰就开始尖叫。他骂着脏话，告诉我他总是得遮遮掩掩的，他得花那么长时间把自己遮起来。先是脚，再是脸，最麻烦的就是手。他那被诅咒的手，他是这么说的。我抓着布的一头，帮他先包了一只手，再包另外一只。

"这样就好，"我说，"要是太紧的话，你可以再换。"

约兰沉默了，过了一会儿说："走吧。"

"这是纳达。"约兰告诉自己的哥哥。约阿施走了过来，和我打了招呼。

"鲁本不在这里。"约兰说,"他出去办事了,一件事,所有事,你永远不知道鲁本会在哪里。"

"约兰,"约阿施说,"够了。"约阿施没有弟弟那么高,他的头发理得贴近头皮,他的目光像是在我的身体里射了两个洞。他问我是做什么的,在比尔谢巴做什么。我和他讲了农民和果树的事情,说我在找下一个活干。约阿施问我要不要加入他们,他们过了今天就上路。

"你会有吃的,"他说,"我们不会偷你的,看起来约兰挺喜欢你的。"我感谢了他,问他们在这里做什么。约兰又开始笑了。约阿施转身问他我知道不知道什么。

"他不知道。"约兰说。

"你信任他吗?"约阿施问。

约兰举起了他的双手。"他触碰了我,"他说,"你没看见他很强壮吗?"

约阿施转身面对着我。他的眼睛真的在发光,真的,我能感觉到我的脚、我的手、我的整个身体都开始发出嘎吱嘎吱的声音。约兰不笑了,站在我的身旁。

"要怎么样?"他问约阿施,"可以的吧?要怎么样?"

约阿施让他安静,然后告诉了我他们是什么人,他们做什么。

曾经,当我还很小,和一些别的孩子住在一个小房子里的时候,我碰到过一条站不起来的小狗。它的两条前腿都断了,所以走起来都是后腿拖着身体。我和另外两个男孩一起把狗杀了,剥掉了它的皮,把它清理干净想卖掉它的肉,可惜没人买。所以我们就把它扔掉了。另外有一次,我用棍子狠狠地打另外一个男孩的头,他倒在地上,双腿都开始颤抖。约阿施说的那些事对我来说并不陌生。我从雇我干活的人那里偷过钱，被守卫揍过，扔进过地牢。那时候，没有什么开始或是结束。我不是那种不小心撞上邪恶的老实人。我一直知道什么是善。但是好像有种模式，就像是沙地上的图案，显示了一切的秩序。我就是沙地上的那个图案。等到上帝审判的时候，我会做好准备。

他们接纳我之后，离开了比尔谢巴，去了希伯伦。我们在傍晚时分到的，约阿施让我们先在城外等一会儿，不要被别人发现。他先去了城里，带回来了一些吃的喝的。等到夜晚降临的时候，鲁本站起身来。

"纳达，"他说，"到这里来。"

他递给我一把刀，教我怎么把它藏在衣服下面，怎么握它。我和他解释，我不是没用过尖刀。他让我跟着他。

"这和你杀动物不一样，"他说，"动物不会说话，它们不会哀求你停下，也不会高喊上帝的名字。所以你必须得尽快结束一切，别犹豫，你必须得安静地干。这很简单，但也不容易。你明白吗？给你，这是你的了，别弄丢了，这就是你的一切。"

其他人都站了起来。约阿施盯着我看，歪着头，挠了挠脖子上的一个黑点。

"轮到你接受洗礼了，纳达。来，跟着我。"

我们进了希伯伦城。约阿施让他们两个人等着，领着我上了路。我们跌跌撞撞地走在一些房子后面。一群母鸡开始扇动翅膀，几条狗开始狂叫。

"做好准备，"约阿施说，"让我看看你究竟是什么样的人。"他举起一只手，在我前面打了个手势。然后坐下来，手里拿了几块石头和泥巴，让它们从指缝中落下。随后他站起身，走到一扇门前，敲了敲。有个声音问是谁，然后他暗示说他在等，一切都准备好了。门开了，有个男人走了出来。我看不清楚他的脸。那男人和我差不多高，他和约阿施打了声招呼，问在哪里。

"跟我来。"约阿施说。

"等等，"男人说，"这个人是谁？"他指了指我。

"他和我一起的，"约阿施说，"他会给你看的。"那个男人盯着我看了一会儿，点了点头，和我们一起出来了。

我们走到了外面的田野里，田里种着东西。约阿施小声地和那个陌生人说着话。我们停下了脚步，约阿施走到我身边，抓住我的肩膀，把我拉向那个陌生人。

"给我看看。"他说。

"你知道它在哪里，"男人对我说，"告诉我，我会给你很好的报酬的。"

我把手伸进包住我身体的那块布。

"你不说点什么吗？"男人问，"他是哑巴吗？他会说话吗？"

我走得更近了一点。

"怎么回事，你听不到我说话吗？"男人说。

我把刀捅进了他的身体。我切割着他的身体，感觉到他身体被撕开，感觉到温热的血从他身体里喷射出来，他好像想说什么，但我听不见他说的是什么。我拔出了刀，他还站着。

"结果他。"约阿施说。我抓住那个人，把他转过身，抓住他的头，切断了他的喉咙，把他放倒在地上。

约阿施走了过来，看着躺在地上的人，对我说："不错，你现在是我们中的一员了。"

约阿施和鲁本去那个死掉的男人的房子，拿走了所有值得拿的东西。我们一起离开，穿过希伯伦城，去往伯利恒。到天亮的时候，我们就躲起来休息。

我们晚上赶路，白天睡觉。我习惯了黑暗，它成了我的一部分。我不再摔倒，撞到自己的脚趾，我能看见之前没见过的东西，不知道存在的生物，还有微弱但炫目的月光。

到赛查尔之后，约阿施说我们可以休息一段时间。他给我们找了座能住的房子。鲁本离开了好几天。

在赛查尔的晚上，我总是醒着躺在那里。我一闭眼，就觉得自己瞎了一样。我跑到室外，拿着了块垫子和毯子，躺在房子的墙壁边。约兰还嘲笑我。有一天晚上，当我盯着夜空的时候，我看到了一道光。它先是闪着红光，然后是绿光，一直在移动。很快它划过了我头顶的整片天空。我没有和任何人提起过这件事。天亮之后，我到房子里躺下，一直睡到了第二天夜幕降临。

我们继续前进，穿过撒马利亚，穿过朱迪亚。约阿施想去海边，但鲁本不想去，他想等天气再暖和一点再说。他们俩吵了起来。在路上，我们碰到了一些士兵，但约阿施指着耶路撒冷的方向，对他们说我们要去那里给弟弟治病。士兵就让我们通过了，约阿施喋喋不休地说，我们必须要小心再小心，下次我们可能就没办法那么轻易脱身了。

有一天，我们没有赶路，留在我们的营地里。约兰和我说，他曾经听说过一个先知，他们说他是上帝之子。

"你想想，"他说，"上帝之子，想想要是他被吊起来会是怎样？"他笑着，他的牙齿黑黑的，像是碎石头一样。

这是第一次。第二次是约阿施和我们讲有个女人一直对着他喋喋不休。他已经完事了，也给了她钱，但她还是一直说，一直说。他问她在说什么，她说他没有在听。

"好吧，我是没在听，"约阿施和她说，"你究竟在说什么？"

女人和他说，她在讲一个触碰了她的人，他的手指里有上帝，他的眼睛里有上帝，他的长头发里有上帝。约兰开始大笑，问他干她干得有多狠。

第三次是在这一切之后，从我们遇到一场暴风雨到遇到马大为止。

我们察觉到事情不对的时候已经太晚了。我们一直在黑夜里赶路，没注意到那些预兆。

天空被乌云笼罩，风大得让约兰开始尖叫哭喊，约阿施大声喊道："怎么了？怎么了？"鲁本站在原地，抓着约兰，冲着他大喊。

约阿施抓住我，对我说："动作快点，我们必须离开这里。"

我离他很近，我们跑到了平原上的一处裂缝里。约阿施转头看了看我，他的眼神充满了癫狂。

"都在这里了吗？所有人都在这里了吗？"他说。

还没等我回答，约兰就把我往前推。一阵风让我跟跄了一下，差点儿掉下悬崖，但约阿施抓住了我的手，把我拉了上来。

"动作快点，"他说，"不要停下，跟紧我。"

雨开始下，雨点又大又重，我从没见过这种雨，打在身上就像是小石子一样。我们的眼睛都睁不开了。约阿施喊着我们，我一会儿能看到他的后背，一会儿看不见，一会儿他又突然出现在我面前。我记不得我们这样走了多久。我们就像是在水面底下，在海底行走，黑色的波涛挤压着我们。

约阿施能找到那个马厩简直是个奇迹。他把我们都拉到了那里面。我们倒在地上，一边吐着唾沫，喘着粗气，一边脱掉衣服。约兰在流血。约阿施跪在他身旁，让他站起来，告诉他必须要清理一下他的伤口。只是，他们俩谁都没力气再反驳，或是遵从对方的意见。他们只是那样坐着，赤裸着身子坐在草料上。鲁本把身上带的所有东西都拿了出来。"必须把它们弄干，要不它们都毁了，"他说，"一切。"可他一下也放弃了，重新躺回地上，咳嗽着，咒骂着。我摸索着在约兰身旁的干草里找了个地方，躺下了。

等我们终于缓过神来的时候，门口传来了一点点微光。约阿施站起身，说我们必须得把衣服穿上。

"这是人家的马厩，"他说，"我们不能这么瘫在这里。"

我们照做了，拖着脚步走到门口往外看。

天空像是被撕裂了一般，到处都是水。我们身处山谷的底部，溪水在马厩旁新鲜碧绿的草地上四处流淌。我从没见过这种场景，不知道自己身在何处。头顶有鸟儿在飞，体形很大的动物在周围游荡，牛在叫着，一艘船停靠在一棵巨大的树干旁边。

"你们是谁？你们怎么来到这里的？"一个男人说着话朝着我们走来。他的个子很高，头发和胡子都编成了辫子。

他拍了拍手，召唤着牲畜。然后，他又问了一次我们是谁，怎么来到这里的。约阿施咳嗽了一声，告诉他我们在风暴里迷路了。

"哦，"男人说，"看上去是这么回事。你们像是被浪卷上了岸。我还能说什么呢？来，跟我来吧，跟着我，我们得让你们到屋子里去，你们肚子肯定饿了。我是这里的家长，得把你们的衣服弄干，把你们的身体弄干。你们看上去就像是离开了水的鱼，告诉你们，我喜欢离开了水的鱼。"

我们跟着他穿过田野，到了一座用泥土和石头建造的房子前。他让我们进去，说我们可以脱掉衣服把它们晾干。他的妻子和孩子们还没有回家，他们出去放牧了。约阿施问他，我们现在在什么地方，男人说一会儿回去的时候他会指给我们看的。

"别担心，我会带你们去的。不过现在你们得休息，把自己弄干。吃点东西好不好？经历了这么一个晚上，你们肯定饿坏了。"

他拿扁豆汤配面包给我们吃。我们赤身裸体地坐在那里吃着东西，把衣服放在火炉边烤着。我们没有人说话，都听着那男人告诉我们这里的一切。他给我们讲着我们所在的这个地方的故事，最奇怪的故事，他讲他养的牲畜，天气是如此难以预测，这是上帝给予的征兆。我在暴风雨中被这样的天气鞭打。可到了这里，在火炉边，我觉得我的皮肤、我的头发、我的胡子都好像被抹上了油，再次变得柔软了。男人给约兰拿了一些布盖在他的伤口上，但他说不需要把伤口包扎起来。

"这里的空气很好，有祝福的光，在主的面前万物得以休憩，把伤口露出来对你有好处。"约阿施想说点什么，但男人打断了他。"你是他们的大哥，对吧？继续照顾你的弟弟吧，就像我们所有人一样。兄弟的血在地底下呼唤着我们，你能听到吗？"

我们没有人说话，但他冲我们挥了挥手。"现在穿上衣服吧。"他说，"衣服应该干了。我妻子和孩子们很快就会回来了，不能让他们看见你们这个样子。"

我们在那里过了一天，晚上他让我们睡在马厩里。约阿施说我们第二天就走。

"好，"男人说，"我把你们带到最近的路那边，你们到那里就能找到路了。"

他的妻子为我们准备了很多吃的。孩子们跑来跑去，笑着、叫着，他们甚至冲着约兰微笑。鲁本去帮忙照顾牲畜，约阿施和约兰坐在一起，陪年纪最小的孩子玩。他们的大女儿马大问我们是怎么克服所有危险的，又是什么力量把我们带到了他们这里。她脸上的头发落了下来，脸颊上透着温暖的红色，她的肤色比我见过的自己人都要浅。

孩子的妈妈让我们不要在意马大说的话："她太喜欢听故事了，别的什么事情都不关心。"她说着。马大脸红了，眼睛垂了下来。我走到她边上，问她喜欢听什么样的故事。她耸了耸肩，眼睛还是盯着地面。

"好吧，听我和你讲，"我说，"是什么样的力量召唤着我们，追赶着我们来到了这里。那时候夜黑得像最深的深渊，我们走啊走，一路和野兽搏斗。它们追着我们穿过山谷，吼着、咆哮着、大声叫着。天终于亮起来，当我们以为一切终于过去的时候，暴风雨来了。那种感觉好像是大海亲自来冲刷我们一样。雨水几乎要把我们撕成碎片。你看到那边的那个男人了吗？就是眼睛长成那样的那个男人。那是约阿施，是他拉住了我们。他找到了一根绳子把我们绑在一起。我们被水带着浮浮沉沉，不过因为我们被系在一起，就被一起冲到了这里。"

马大的手垂在身体两侧，嘴唇不停地在动。

"好了，"我说，"你喜欢这个故事吗？"她没有回答，只是站在原地，低声地自言自语。

"马大，"她妈妈说，"纳达在问你问题，你得回答。"

"我在记这个故事，"马大说，"我一直在收集故事。不好意思，我必须给自己讲一遍才能记住。"

我让她继续。她真是个古怪的孩子。她的眼睛好像总是在寻找什么。她的手指又长又细，像是易折的枝条。她和我说话的时候并不像是一个小女孩，也不像一个成年女子。她说出的话都像是从某个隐秘的地方提取出来的一样。

"我已经记住了。"她说，"我记住你的故事了。在你下一次需要这个故事之前，我能先帮你照看它吗？"

"当然，"我笑了，"这个故事是你的了。"

"不，"她摇了摇头，"我不会夺走你的故事，你也不能把故事给我。"她的妈妈打断了她，告诉她不能和客人争执，别说让他们糊涂的话。

"妈妈讲的故事最棒了。"马大说，"几乎每天晚上她都给我们讲故事。你能给我们讲讲耶稣的故事吗，妈妈？和我们讲讲你和爸爸遇到耶稣的事。"

"现在不行，"妈妈说，"我们的客人们需要休息。你没听到他和你说的吗？"

"你见过耶稣吗？"我问。

"是的。"马大说,她的声音好像在唱歌。"爸爸妈妈和他讲过话,他们跟随过他的信徒。"

"马大,你来给我帮忙吧,"妈妈说,"让我们的客人休息会儿。"

"可是,妈妈,"她没能继续说下去,因为妈妈抓住她,把她带走了,低声告诫她要安静,照她说的做。

我站起身,问他们有没有什么是我可以帮忙的。约阿施让我去打点水来。那个女人看了看约阿施,又看了看我,说没有必要。可是约阿施坚持说这是我们应该做的,这样才公平,他们不能做我们的用人。

"如果你愿意的话,"那位妈妈说,"你可以到溪流那边去。"我点了点头,她给了我一个罐子,告诉我往什么方向走。约阿施和我一道出了门。

"四处看一看。"他和我说,"四处看一看再回来。"

我沿着小道穿过一个小灌木丛,来到一条小溪边。水安静地穿过树丛,苍蝇和其他一些昆虫在水面上飞舞着,发出嗡嗡的声音。我还没完全从昨夜的暴风雨中缓过来,所以我在一块平整干燥的石头上坐了下来。

马大肯定在跟着我。她沿着小径到了我的身后。

"为什么你的头发和胡子是这种颜色?"她问我。我和她说她不应该来这里,但她只是哼了一声,说她已经大到能决定哪里应该去,哪里不应该去了。

"妈妈以为我去清理那片我们之后要种树的地方了。"她说,"你知道一棵树要花多长时间才能长大吗?"

我摇了摇头。

"很久很久。"她说,"所以我是今天还是明天去捡石头根本没区别。"

她继续和我说她平常是怎么帮她爸爸到田里劳动的，她一天的时间是怎么分配的，夜晚有多黑。"有时候我什么都看不到，"她说，"根本分不出哪里是上哪里是下。"

我和她讲，有一次我在海边看到过映照在海面上的夜色。她问我大海是什么样子的，有什么气味，会发出什么声音，海水比我们眼前的溪水重还是轻。我告诉她我也不知道，不过海水看上去似乎比溪水要重，因为它没有静止的时候。

"你总能听到它的声音，"我说，"你能听见它对着岸边低语。如果你把头放在水中，你会听到深处一直有声音在拍打、呻吟。"

"那水肯定是不同的。"马大说，她趴在石头上，把耳朵贴近溪水。一阵微风拂过，吹到我们身上。我们看到水面被画出了一道道图案。

我问她，她的妈妈是不是见过耶稣。

"是的，"马大说，"他从拿撒勒来，那是一个小地方，在山上，非常穷。这是爸爸说的。他的头发很长，有大胡子。妈妈说他触碰了他们俩。"

她的爸爸妈妈是在附近的市场里遇到耶稣的。他们看到他为一个付不出税款的农民说话。"把属于你们主人的给你的主人，把属于上帝的给上帝。"耶稣是这么和守卫们说的。他用手搂着那个农民，说："我们是上帝的孩子，我们需要每日的面包。"

在那之后，她的爸爸妈妈曾经去找过耶稣和他的信徒。他把手放在他们身上，他们接受了圣灵和火的洗礼。

"那就是主。"我说。我冲她笑了笑，但马大没有太注意我说的话。她继续讲耶稣的故事，倾诉她爸爸妈妈虽然没亲眼见到但是听说的故事。生病的人被治愈了，被感染的人变洁净了。一个出卖身体的女人被他洁净之后，跟随在他身边。反叛者从山里出来了，他们放下了武器。暴力的人接受了上帝的指引，他们的手指上飘着火焰。被遗弃的孩子们，那些被恶魔标记的孩子，围着耶稣的脚边奔跑，眼中有了上帝。

马大讲起话来完全不像是一个小女孩。她的声音好像有自己的生命，像是一条蛇在吐着信子，扭动着身体。马大讲的故事会在靠近结尾处突然结束，又突然开始。有时候她会提到人名，有时候会提到城市的名字。刚开始的时候，我以为她是要把所有事情联系在一起，根据这个世界的现实展现出清晰的模式。但后来我发现并不是这样。她让她的故事旋转扭曲着，好像一座城堡，环绕在我周围，抵御所有的邪恶。

我不知道我坐在那里听她讲了多久，我记不清了。

"爸爸最喜欢的故事，"马大说，"是一个男人被一群强盗袭击了，他们把他留下等死。"

我张嘴，但说不出话来。

"这不是耶稣的事，"她接着说，"这是耶稣讲的一个故事。"

她让我看到让男人脚痛的小石子，那个男人是怎样继续往前走，他是多想在天黑的时候给自己找片能遮风挡雨的屋顶。她告诉我那些强盗是怎样抓住他，他们如何剥光他的衣服，揍他踢他，撕扯他，最后留他一个人躺在路边。她告诉我黑暗和邪恶是如何来到他的身边，钻进他的皮肤，钻进他疼痛的手指，他的手和脚不听他使唤，一只眼睛无法睁开，破损的嘴唇是如何脱水破皮。她告诉我那些路过的人走过他身旁，没听到他声音的人，盯着他看然后又继续赶路的人。她告诉我他是怎么变小、枯萎，好像所有的一切都从他身上飘离。他是怎么融化，怎么腐臭，他是怎么想要大声呼喊。最终，有人停下来了。一个从撒马利亚来的陌生人扶起了这个人，给他水喝，让他骑在他的驴子上，让他安静下来，让他活下去，坚持住，不要闭上眼睛。

"父亲说我们要做这样的事，"马大说，"我们应该帮助那些需要帮助的人，为了那些弱小的人，我们要坚强。"

她沉默了，一绺绺黑色的头发被风吹起。

"那么，"我说，"你父亲是怎么说我们的呢？"

"父亲说我们不应该问你们是做什么的。"马大回答道。她蹲在那里，用目光上上下下打量着我。"他说我们要庇护所有需要帮助的人。"

我说她的父亲是个好人。

"是的。"马大说，"可是我还是得帮母亲轧谷子，父亲说我得在晚上帮忙照顾牲畜。可是其他的人都可以回家。她说我是最大的孩子，在弟弟们长大之前，我都得这么做。等我们回到家的时候，别人都已经上床了，母亲没力气再讲一个故事了。"

"你的弟弟妹妹很快会加入你的。"我说。我捡起几块小石子，把它们扔进小溪。我一直在想马大讲的这个故事。

"你是个好人吗？像我爸爸一样？"马大问。

"不，"我说，"不是的，我不像你父亲，也不像你母亲。"马大沉默了。"或许我在等着做一些好事，"我说，"或许吧，谁知道呢？"

"为什么要等？"她问。

"我不知道。"我说。"我做过一些事情,它们永远都过不去。那些你不需要听的事情。我做过很多坏事。不过你不需要怕我。"

马大站起身,站在那里。她的手和她细长的手指。她的嘴唇在动,她在静默地自言自语。

"你不用害怕,"我说,"我不会伤害你的。我把这个罐子装满水就回去了。你可以和我一起去,你也可以待在这里,你不用害怕。"

"我不害怕。"她说。

"好的,"我说,"好的。"我想微笑,但我没办法看着她。哪怕昨天雨水如此冲刷了我,我还是感觉自己很脏。我闭上了眼睛,一切都变成了黑色。这是正午时分,可这样的黑暗让我能休息一下。什么都看不到,什么都不用做,就留在黑暗里。

"你为什么做那么多坏事?"她问。

"我不知道,马大,"我说,"我答不上来。你该回去了,你妈妈会找你的。她不会希望你在这里和我在一起的。"

马大从我身边走开了。我静静地坐在那里,睁着眼睛盯着水面,波纹轻轻地颤抖着。过了一会儿,我站起身拿起罐子。马大已经走远了。我用水把罐子装满,把它带了回去。我不知道我应该同约阿施说什么。

我回去的时候,食物都已经准备好了。马大的母亲催促我坐到桌边。我们祈祷,吃饭,晚餐后,我们向他们道别。我把马大抱到膝盖上,感谢她给我讲的故事,告诉她如果有一天她去海边,她应该扔一块石头到海里去,把那块石头想象成我。然后我就能躺在海里,或许有一天第二次被冲上岸来。她说这是她听过的最奇怪的话，但我亲吻了她，告诉她我在等着做点好事，请她记住这一点。

她的父亲带我们回到马厩。

"明天早上我再来，"他说，"我会给你们带上点路上吃的东西，然后领你们到你们需要的地方。"他给了我们祝福，然后离开了。

马厩里满是阴影，我们站在外面。约兰摇了摇头，说他不确定，他有种不祥的感觉。

"我准备好了。"鲁本说，"谁会在意感觉？我准备好了。"

"我们在天黑了之后回去，"约阿施说，"你能找到路吗？"

鲁本点了点头。"嗯，明天没有他我也能找到路。"

我摇了摇头。"不行，不行，我们不能这么做。"我说。

"不能做什么？"鲁本说，"你是特别喜欢那个小女孩吗？我可以处理她，你要愿意看的话可以看。"

鲁本坏笑了一下。我转过头看约阿施。

"我们不能这么做。"我说。

"我听到了。"约阿施说，"我觉得你忘记你是谁了。"

"他们一无所有，"我说，"他们对我们那么好，那里有小孩子。我们平常也不干这种事情的，我们没必要这么做。"

"你知道我们平常都做什么？"鲁本说，"你才刚刚结束你的洗礼，现在该成人了。"

"我没有和你说话。"我说，眼睛一直盯着约阿施。

"我会和你去，"我说，"我会和你一起回去，但这是不对的。你知道这是不对的，约阿施。在这里我们看到了一些东西，我们从来没见过的东西。你知道这是不对的，约阿施。那里什么都没有，他们拥有的无非是他们脚下的土地而已。"

约阿施什么都没说。他站在那里盯着我看。我转身面对约兰。

"约兰，"我说，"说点什么吧。你今天和那些孩子们在一起，他们在和你一起玩。"

约兰转身面对哥哥。

"你知道，你说什么我就会做什么，"他说，"在这里我不是制订计划的人。但是我支持纳达，我同意他的意思。"

鲁本摇了摇头，嘟囔着说大家都变得软弱了。约阿施叹了口气，看了看空旷的田野，再抬头看了看天空，现在天色已经很黑了。

"算了。"他说。

"为什么？"鲁本问。"他们是那么容易下手的对象！"

"是，"约阿施说，"但这里没啥能抢的。就像纳达说的，他们什么都没有。"

"约阿施，"鲁本想接着往下说，但约阿施抬起手让他住口。

"我们还会再开始的，"他说，"不过不是在今晚，不是这些人，不是我们在这里的时候。他们给予了我们很多，我们得感恩。"

鲁本骂了句脏话，说我们都变软弱了。他对着自己嘟囔着，说反正自己也不喜欢杀小孩，他们那么小，干完之后他也会睡不好。然后他就去里头的干草上躺下了。约兰跟着他进去了，踢了一下鲁本，让他给腾个地方。鲁本没有说话，只是翻了个身。我说我可以放哨，但约阿施说没必要。

"去睡吧，纳达，"他说，"明天早上我们再开始。"

夜晚降临了，我们没有人睡着。约阿施连试都没试；

他就坐在马厩的门口，盯着外面看。我站起身走到他身边，但他没有看我，只是挪了下脚，让我能过去。

我们能听见田野上野兽的声音。一阵微风吹动了我身上的衣服。在我头顶，一切都在闪耀着。约阿施说了点什么。我没有在听。我和马大说的是什么？

"我们就是我们。"约阿施说。

我做过无法挽回的事情。

"我们做我们做的事情。"约阿施说。

我做过很多坏事。

"我不知道这意味着什么，"约阿施说，"我不知道它究竟意味着什么。"

我在等着做一些好事。

我们再也没有回去马大和她家。那场风暴、田野上的动物、那家人、年幼的孩子们、小溪，都变成了模糊的记忆。但是有什么东西深深触动了我们。约阿施和鲁本开始带我们开启了一个新的模式。

我们想要做好事。我们和反叛军还有富有的家庭签合同。我们保护他们的农庄和财产，监控道路，预防埋伏。约兰笑着说他们给了我们吃的喝的还有住的地方，好让我们不抢他们。有一段时间我们在追踪一伙强盗，把他们赶出朱迪亚。我们是按人头收费的，但约阿施说我们不应该杀掉他们。等我们去要钱的时候，差点儿打起来。还有一次我们受雇去保护一个有钱人和他的随从去耶路撒冷。我们现在也正陪同两个人去那个和平之城。他们的家境很好，但这次的钱是他们自己凑的。他们不希望任何人，甚至是自己的父亲知道他们出去了，还有去了哪里。

尽管如此，似乎还有其他东西依附在我们身上。鲁本开始觉得不舒服，约阿施好像也被影响了。他不喜欢雇我们的所有人。他说他们给我们钱，但不想被看到和我们在一起。对他们来说，我们只是工具，我们就像是他们用来掘地或是搬石头的东西一样。

一天傍晚，约阿施在我们闲聊的时候说，这种日子就要结束了。

"我能感觉到，"他说，"我没法控制它。"

他把剑和刀子都放在他的面前，用手指划过它们。

"我不想再杀人了。"我说。约阿施抬头看着我。

"你得睡觉，是吧？"他问。我还没回答，他就接着说："你得吃饭，你得喝水，你得拉屎，你得撒尿。这和这个没什么不同。我无法控制。我不是他们能买的，我也不是他们能驯服的动物。"

我们去耶路撒冷的路上，鲁本说我们留下了一个图案。

"我们走过的地方，我们在沙地上留下了一个图案，在地上留下了线条。"他说。

"你现在说话像个先知一样。"约阿施和他说。

鲁本接着说："我们和错误的图案混在一起了。"约阿施让他闭嘴，别说图案什么的了，他们差点儿打起来。约兰的伤口让他越来越难受，约阿施说是因为天热的关系。鲁本觉得我们应该回赛查尔待一段时间，他要去见一个叫安娜的人。可是约阿施说海边的空气对约兰有好处。这让我想起了马大和大海，她会见到大片的水面还有深处低沉的叹息声吗？

两个和我们一起旅行的人想和我们聊天。他们向鲁本打听他的武器,但鲁本没有理他们。

"拜托。"他们中的一个人说。他的脸很光滑,没什么胡子。他说他们也带了武器,为了自由。

鲁本停下脚步,举起了一只手。

"让我看看,"他说,"你们带了什么?"那个男子拿出一把刀放在鲁本的手里。

"很小。"鲁本说。

"够大了,"脸很光滑的男子说,"我动作会很快。"

"你下手得准,"鲁本和他们说,"要是你们下手不准,他们会抵抗的。你下手的对象会站在那,或许还会呼救。你没多少时间,对吧?"

这个脸很光滑的男子转身对另外一个男人说:"看我和你说过什么?他们很懂的。"鲁本刚想说点什么,就被打断了。

"我们要神庙的一个牧师的命,"男人说,"这是我们族群的反抗,我们受够了被人指挥。我们什么都试过了,这次我们要证明怎么能伤害他们。"

鲁本什么都没说,他只是看了看约兰,摇了摇头。

"我们和这件事情一点关系都没有,"我和他们说,"我们说好的只是带你们去耶路撒冷。然后就没我们的事了。"

"你们是我们的兄弟,你们和我们是一样的人,"脸很光滑的男子开始说,"我们要站起来对抗占领的力量,我们是把黑暗的军队推入海中的浪潮的箭头。"

约阿施嘟囔了几句,现在是个人讲起话来就像先知一样。

"我们的斗争是一样的。"另一个男人说。他的两只手都少了一根手指头,他的两只眼睛对着不同的方向。"你们在山里斗争，我们要把战斗引到城里去，和那些富人、那些和统治者合作的人战斗。"

"这和我们一点关系都没有，"约阿施说，"我们收了钱带你们去耶路撒冷，仅此而已。"

那两个男人几乎异口同声地说："我们什么都不会说的，我们信仰上帝。如果他们抓住我们，我们会自我了结的！上帝是伟大的！"

然后他们开始和我们说他们的计划，他们打算怎么爬上圣殿山，进到圣殿里面。等见到那个他们计划中的人，他们打算一个人和守卫讲话，另外一个人动手。鲁本问他们打算杀什么人，缺手指的人讲了一个我们从没听过的名字。约阿施让他闭嘴。

"我不想听你们打算做什么，"他说，"我不想知道名字。"

"他不是我们的牧师，"另外一个男人说，"他是占领者指定的人，他就应该像动物一样被杀掉。"

约兰笑了起来，那两个人沉默了。他们不喜欢约兰，一直努力远离他。

"他们不听你的，"约兰说，指了指约阿施，"他们一直说一直说。"

"你们活不下来的，"约阿施说，"你们逃不掉的。圣殿周围到处都是士兵。他们会抓住你们，把你们弄死。"

"你不明白，"八根手指的人说，"我们有自由的工具。哪怕我们没有成功，上帝与我们同在。虽然我们被占领，被黑暗的军队统治着，但是上帝的光无比强大。"

约阿施摇了摇头。

"省点力气吧，"他说，"去耶路撒冷的路还长着呢。"

可是，脸很光滑的那个男人不想安静。他说他们习惯这样。

"太多的人不想加入，"他说，"太多的人只是坐在那里等待奇迹的发生。你们都会讲摩西的故事、先知的故事，但你们不听从上帝的旨意，不让上帝的旨意发生。你们的先知只是坐在那里夸夸其谈，他们会穿越整片圣地，直到消失在沙漠里。我们见过那个上帝之子，拿撒勒的耶稣。他就是个傻瓜。他想两手空空，张开双臂，用圣言来对抗统治者。他们会被撕成碎片，然后钉上十字架的。我告诉你，那些在耶路撒冷的圣殿里的牧师会怎么做，他们会尿在他们身上。"

"你见过耶稣？"我问他们。他们俩都点了点头。

"我在吉尔伯阿山谷遇到他的，"八根手指的男人说，"我们和他还有他的信徒讲了话。那里有女人和孩子。你不能带那样的人去打仗。"

"够了，"约阿施说，"该休息了。我们在这里停一下。"

那两个男人坐了下来。我走到约阿施的身边。四周很安静，除了旁边的一棵树上有鸟在叫。

"我们为什么停下来？"我问，"不是应该在天黑前再走一段的吗？"

"纳达，"约阿施边说边拉住我，"你记得那天晚上我和你说我们要觉醒了？"

我不明白他在说什么。

"有时候我会迷失方向，"他接着说，"但我总能找回来。我想要做正确的事情，我们给那些人服务，远离我们曾经做的事。但是他们买不了我，我不能把我们卖了，我们不属于那些有钱人。我不能改变我是谁，我是什么人。有些夜晚，我怀疑我是不是已经变成了另外一个人。但现在我们努力过了，我们做得越多，时间越长，那两个有钱人的孩子说得越多，我就越肯定。我们要做回自己，做回我们应该成为的人。"

我还是不明白他在说什么。

"你说你不想再杀人了，"约阿施说，"可我们就是我们。做好准备吧，纳达，让我看看你是什么人。"

第八章 消失的光

他的脸红通通的,眼睛是蓝色的。他很英俊,是耶路撒冷的王。他叫自己大卫,所有他团伙里的男孩们都被依次称作大卫二号,大卫三号,大卫四号,依次下去。他们团伙里有七个女孩,她们被叫作拔士巴一号,拔士巴二号,拔士巴三号,直到七号为止。大卫从约瑟夫那里听了很多故事。就是约瑟夫让他们睡在里屋,面对着马厩的方向。故事里有国王,有战争,有王后和上帝的声音。

约瑟夫叫大卫"小孩儿"。他没有父亲,没有母亲,但他有约瑟夫:一个急匆匆的声音,有力的长着黄指甲的手,长长的、邋遢的胡子,亲吻的时候会让人痒痒的。大卫个头比较小,有些软弱,但他必须得谋生。他在厨房里帮忙,清理桌子,还要负责早上清扫地面。当他开始把其他人带进来的时候,约瑟夫也没什么意见,只要他们都来帮工就行。所以慢慢就变成了这样。在约瑟夫那个面对马厩的里屋,大卫短暂的国王生涯开始了。在那里,所有孩子向他表达忠诚,他也向他们承诺做他们的王,公正地领导他们。

所以,当拔士巴七号回到这里,身上满是被殴打、侮辱的痕迹时候,大卫别无选择,只能这么做。这就像水往低处流、太阳按照自己的路径运行、阳光会点亮天空、夜晚会把一切都变成黑色一样——他必须要惩罚罪犯。

拔士巴七号告诉他们发生了什么。大卫一直握着她的手，抚摸着她的额头和脸颊，哪怕她的半张脸和全身都覆盖着魔鬼的印记。小拔士巴七号一直在哭，可大卫告诉她要坚强。他和她说，闭上眼睛，想象一下石榴的味道，它的颜色鲜红得像天使的眼泪。他和她说大海的样子，它在白天闪着光，在夜晚闪着光，永远闪着光，哪怕它是那么深，有那么多在海底游戈的未知生物。大卫从来没见过大海，他也只吃过几次石榴，但他在约瑟夫那里给不同桌子服务的时候，他听过大人说过这些。

这为拔士巴七号打开了一个新的世界，这是她梦中的秘密。奇迹会发生，一定会发生，大卫，她的土，会打开，他的心会打开。有一天早晨，她会躺在他的手心，被拯救。在那之前她只是拔士巴七号，但现在她和他在一起，他也和她在一起。

对大卫来说，这是他第一次看到他身边的黑暗。之前他知道傍晚和夜晚是怎么样的，可他从未见过这种黑暗。它聚集在墙角，爬上天花板，甚至围绕在那些站在他身边的人的眼睛四周。他想，在拔士巴七号说话的时候，光明都跑到哪里去了。

大卫给他在耶路撒冷——这座和平之城的王国定了很多规矩，其中一条就是要远离圣殿，那是圣殿狗的领域。大卫明白这一点。他承认他的皇家权威没有遍布这个国度的所有角落。圣殿狗有自己的王——萨尔。大卫和萨尔从来没见过面。他们分治着耶路撒冷。

拔士巴七号很难解释她为什么去圣殿。刚开始的时候，她说她去那里拿东西，但她说不出来她要去拿什么。后来她告诉他们，因为有一个人，有一家人邀请她去他们那里。她最后讲的版本是大卫王和其他人能够相信的。拔士巴七号是被圣殿狗里的一个人诱骗到那里去的。那个男孩的脸上也有疤，从左脸划过鼻子到右脸的疤，他和拔士巴七号说她可以去那里，他给了她安全的承诺，说只要她牵着他的手，圣殿狗们不会对她做什么的。可是，当他们到了圣殿之后，男孩想要亲她，舔她，品尝她，她就挣脱他逃跑了。她拼尽全力跑着，男孩咆哮着在后面追她，然后她就被圣殿狗抓住了。他们把她带到了他们的地盘，对她为所欲为。她讲到这里实在太痛苦，大卫只能抱着她，直到她的整个身体停止扭动和颤抖。

  他必须要惩罚他们，他很清楚地知道这一点。他是王，他必须让一切回到正轨。他见过黑暗，它告诉他有什么东西开始了——所有他讲过的故事，有关王和战争，王后们和上帝的言语。这里是有规律的，他知道。一切被建造起来，一切被毁灭，然后再被建造起来。这样的事情会不断发生，一旦开始，就没有人能停止它。

  第二天，大卫要所有人都去约瑟夫那里帮忙。如果约瑟夫让他们走，他们就到里屋去，然后留在那里。他拿出了一些他一直攒着的硬币，这是他的全部了。他去了拔士巴七号那里，亲吻了她，告诉她很快一切都会结束的。

  在约瑟夫没留心的时候，大卫偷了他只有去圣殿才会穿的袍子。大卫穿上了袍子，它对他来说太大了，但它很干净，上面没有任何破洞或是污渍。

  他上了圣殿山之后，一直紧跟着一个带着三个孩子的父亲。他跟在他们后面，这样就没人会发现他是孤身一人的了。他跟着这家人走了一段路,然后和他们分开,转而跟着另外一家人。那是两个女人带着两个小男孩。大卫一直这么走着,在圣殿四周来来回回地走,直到他看到那个脸上有疤的男孩,那个诱骗拔士巴七号的男孩。那个男孩和所有的圣殿狗一样,在这个时间他们干的事情都一样,蹲在地上,面前放着一个小碗。大卫知道他们会学狗叫,这是他们之间的信号。如果男孩叫起来,那他就会暴露了。圣殿狗仰着头,让所有路过的人都能看到他被割过的脸。

大卫注意到有个圣殿的守卫站在不远的地方。趁着没人看他们这个方向的时候,大卫走到了带疤男孩的旁边,向他的碗里丢下了几个他攒了很久的硬币。随后,大卫朝那个守卫跑过去,大喊:"小偷,小偷,他偷了我的硬币!"守卫转向了他的方向。

"他偷了我的钱,"大卫大喊,"他偷了我的钱。"

守卫走了过来。"孩子,在哪里?"他问。"他在哪里?"大卫指了指脸上有疤的男孩。男孩这才意识到发生了什么事,他站起身,抓起碗和钱,边跑边学狗叫。可守卫已经开始追他。男孩消失在人群里,可另外一个守卫从后面出现,紧紧地抓住了他。守卫拎起男孩,拿走钱,把碗扔在地上。碗摔得粉碎。他们招呼了一下大卫,大卫冲他们走了过去。圣殿狗死死地盯着大卫,但他还没说话,守卫们就问大卫他丢了几个硬币。大卫告诉了他们是几个。一个守卫弯下腰,捡起所有跟摔碎的碗一起掉在地上的硬币。他把大卫的钱还给他,揉了揉他的头发。

"去找你的父母吧,"守卫说,"告诉他们没什么大事,都及时解决了。"

"骗子,"那个小男孩大喊道,"骗子。"可守卫扇了他一个耳光，让他闭嘴。

"谢谢，"大卫对守卫们说，"我父母在等着我，知道你们帮助了我，他们会很高兴的。"然后他冲着那个男孩低声说："没人可以碰我的王后们。"

守卫们把男孩带走了。大卫知道他们会伤害他，会把他关起来，最终会把他扔到属于强盗和反叛者的坑洞里。可是在那之前，或许就在现在，圣殿狗已经知道了，萨尔可能已经知道大卫做了什么，所以大卫匆匆地赶回他的王国。他跑着穿过耶路撒冷，一路回到约瑟夫的地盘，听到他大声喊他，问他去了哪里，为什么穿了他的衣服。大卫道了歉，但约瑟夫揍了他一顿，让他去清理那些大人们完事后的烂摊子。

当他最终被允许上床的时候，他的手下们都在屋子里等他。他们为大卫欢呼，确实，大卫被像王一样对待。有关他做的事情的流言和故事已经传到了他们的耳朵里，甚至连拔士巴七号都起身欢唱他的名字。

那天夜里，大卫梦到自己站在一块目力所及都很平坦的土地上。他身下的草那么绿，风吹过发出沙沙的声音。他抬起眼睛，能看到夜色像一块毯子一样，慢慢地盖到平原身上。可是，在这无尽的黑暗后面，他能看到有东西在微微闪着光。他伸出手，说了点什么。可是当他醒来的时候，他不记得自己说了什么，也不明白为什么他要对那点微小的、闪烁的光说话。

拔士巴七号后来和大卫在约瑟夫那里待了一段时间。约瑟夫不希望她在客栈出现，她必须待在厨房里，这样就没人会看到她。大卫教她所有她应该做的事情。约瑟夫也表扬他们这些天做事动作很快。可是有一天晚上，约瑟夫把大卫拉到一边，说需要和他谈谈。

"听着，小子，"约瑟夫说，"我不在意你往这里带的这些人，但是这个女孩，就是现在在帮忙的这个，她有恶魔的印记。我知道，我知道，你肯定觉得我们这么说很奇怪，但确实是这样。我不能让我的客人看到我在这里收留那么多孩子，何况里面还有一个带着恶魔的印记的人。你明白我的意思吗？"大卫点了点头。

"你明白我在说什么吗？小子？"约瑟夫揉了揉大卫的头发，亲了他一下，然后让他走了。

那天晚上，大卫睡不着觉。他睁着眼躺着，周围的人像小动物冬眠的时候一样在他的周围熟睡着，打着呼噜。天快亮的时候，他迷迷糊糊地才反应过来大卫六号不见了。他站起身叫醒大家，问他们谁知道大卫六号在什么地方。有谁看到大卫六号了吗？前一天晚上呢？没人能给他一个明确的答复。大卫派他们出去找，所有的大卫和拔士巴都出去了，除了拔士巴七号。

后来，所有人都回来了，他们解释着发生了什么。大卫几乎喘不上气，他的嗓子里，身体里好像有什么东西，在紧紧地掐着他。所有的黑暗都从墙里散发出来，从所有人的眼睛里飘出来，环绕着他。

"走开，"他开始大喊，"走开，走开，走开！"

直到拔士巴七号帮他洗了脸，理顺了他的头发的时候，光明才回来。他想坐起来，但拔士巴七号说他应该躺着。她和他说别的人都在约瑟夫那里帮忙，他们的王应该躺着。她会照顾他。大卫躺着被拔士巴七号照顾的时候，他开始回想所有发生的事情，所有应该要做的事情。一切被建立的，一切被毁坏的，一切要被毁灭的，一切要被建立的。王和战争，王后们，没有上帝的言语，只有黑暗。

前一天晚上，当大卫醒着躺在那里，听着周围人的呼吸声的时候，大卫六号正躺在泰罗边谷的房子墙角。拔士巴一号和拔士巴二号报告了发生在大卫身上的事情。她们一大早被大卫派出门，她们四处找啊找，直到看见几个士兵冲着希罗亚水池的方向跑过去。有些大人在那里喊叫，有个孩子躺在地上。士兵到了孩子那里，把他抱起来带走了。拔士巴一号和拔士巴二号认出了那就是大卫四号，她们知道他被杀死了。他的眼睛和嘴巴都张着，可他再也看不到，再也无法呼吸了，他的整具身体上都沾满了从自己身体里流出来的各种液体。

拔士巴一号和二号站在那里，眼睁睁看着大卫四号被带走。好些孩子围住了她们，那是圣殿狗。从他们中走出来一个比其他人都高一个头的男孩——那就是萨尔，圣殿狗的王。他指着拔士巴们说："把你们在这里看到的告诉你们的王，告诉他是我除掉了他的一个战士，就像他除掉了一个我的人一样。"

大卫听到这些话，感到黑暗笼罩了下来，让他无法呼吸。

"我这是做了些什么啊？"大卫躺着低声说。

拔士巴七号俯身在他的身边。"我的王，"她说，"不要动。"大卫看着她，他的眼睛看着她鲜红的伤口，伤口让她的皮肤像是一种别的物质一样。"这是恶魔的印记。"拔士巴七号说。

"我知道这是什么。"大卫说，有人告诉过他这些疤是怎么来的。那些被遗弃在野外，或是扔进水里等死的孩子们被恶魔发现,然后恶魔会把孩子当成是自己的,在他们身上留下印记,最后把孩子送回这个世界。他们会变得更大更强,但是被毁掉了,为了给人们看在他的眼里,人究竟是什么东西。

"你见过恶魔吗?"大卫问她。

"这是水把我烧伤的。"她回答说。

"水烧伤的?"

拔士巴七号点了点头。

"发生了什么?"大卫问。

"我不知道,"她说,"我只记得它烧我。"

"这些伤口是谁留下的?"

"我不记得了,"她说,"我会做梦,我睡觉的时候到处都是它。"

"你几岁了?"他问。

拔士巴七号沉默了一会儿,然后说:"十岁。"

"十岁?"他问。

"十岁。"她回答。

"到这里来。"大卫说,把拔士巴七号拉到自己身边。他脱掉了她的衣服,又脱掉了自己的衣服,她躺在他的身下。这件事必须完成,这是王选择他的王后。拔士巴七号是个好王后,她很安静,除了他穿透她的时候轻轻的啜泣。完事之后,他把她从自己身边推开,让她擦一下自己,把衣服穿上。他感谢了她做的一切,然后站起了身。

"王要去哪里?"她问。

"我要做好一切准备。"他说。

天灰灰的,冷风在吹,他能感觉到天快下雨了。这是一年中最冷的时候。大卫想象着大卫四号整晚躺在地上慢慢死去的样子。他祈求上帝当时迅速地就把大卫四号带上了天堂，没有让他躺在地上，哀求着他的王去救他。

大卫让他们所有人都待在室内。只有在中午太阳最好的时候，他们才能到城里去，必须在夜晚降临前回来。他自己继续去约瑟夫那里帮忙。

日子一天天地过去了，一切如旧。他们有自己的节奏，有工作要做，有自己小小的任务。当所有的大卫和拔士巴都回到屋子里之后，大卫一个人出门了。他到很晚才会回来，但没有说他去了哪里，做了什么。他很仔细地点人数，睡觉前确定一遍所有人都在。拔士巴七号现在睡在他的身边，没人对此说什么。他是他们的王，可以自由选谁来做他的王后。

晚上，他总是会做同样的梦。平坦碧绿的草坪，黑暗的风暴，在他醒来前，一点光微微地闪烁。他做好了一切准备，梦是这么告诉他的，他对此非常肯定。他的面前有一个方案，他只需要沿着这个方案走就行。

那天清晨，夜色还薄薄地笼罩在城市上方，大卫把所有人都叫起来，让他们带上他们所有的东西，穿上所有衣服，跟着他走。大卫们和拔士巴们问他发生了什么事，但他让他们保持安静。

"我之后会解释，"他说，"但是现在照我说的做，动作要快。"

所有人都准备好之后，大卫让他们跟着他走。他们离开了约瑟夫的房子，朝着耶路撒冷城外的方向走。他们一直走到了城墙边，被看守的士兵们拦住了。大卫对士兵们说他们这一行人要离开这里，不会再回来了。

"让我们过去吧,"他说,"你们再也不会见到我们了。"

看守们笑了起来,让他们通过了。

大卫和他的手下沿着往凯撒利亚去的方向走了好久。有一大群带着驴和货物的男人女人站在那里等他们。大卫走到其中一个男人身边,指了指跟随他的人。他和男人说了一会儿话,把一个钱包放在了他的手里。

"我信任你,"大卫说,"我和赛查尔那里也说过了,那边有人在等你们。如果他们中的任何一个人不见了,不在了,你会受到惩罚的。"

男人点了点头。大卫朝自己人那里走过去。"别害怕,"他说,"我要把你们送走了。这个男人和他们的人会把你们送到赛查尔,到了那里之后,你们就要靠自己了。我不知道等待你们的是什么,但你们是安全的。别再回这里了,耶路撒冷,和平之城已经不属于我们了。你们必须离开,找到一片新的土地,在那里生活。"

所有的大卫和拔士巴都喊叫起来,他们转身望向自己刚刚离开的城市,拔士巴们跪倒在地,拉扯着自己的头发。

"听我说,我是你们的王。"大卫说,"我知道你们一直跟随我。但这次你们得去跟随别的人了。从现在开始,大卫二号会带领你们。他会带着你们走,照顾你们。照我说的做,照大卫二号说的做。"

说完这些话,他把大卫二号拉到一边,低声对他说:"听着,我只给了那个男人一半的钱。我把另外的一半给你。你到了那里再把钱给他。不要让任何人看到你的钱。他不知道你们中谁的手上有钱。"

大卫二号接过另外那个钱袋。大卫拥抱了他,祝福他此后一切顺利。然后,他走到了拔士巴七号的旁边。她什么都没说。她只是静静地站着,盯着他。

"我的王后,"大卫对她低声说,"听我说,我要送你走了。你以后不需要再用这个名字了。你会是一个新的人,远离所有的不幸。你的名字叫艾斯特。"

她的眼睛里充满了泪水。

"我想和你留在那里。"她说。

"不行。"大卫说,"哪怕要有人留下,也不是你。没有人应该留下。"

大卫俯下身,亲吻着她的脸颊。

"跟那些人走吧,"大卫说,"如果发生什么事,如果你能在什么地方看到光,就跟着光走。我梦见过,我知道它存在。虽然现在看不见它,但它是存在的。等你找到它的时候,就跟着它。你是艾斯特,你是自由的。"

她对大卫点了点头,她的王弯下身,再一次亲吻了他的王后,然后离开了。他离开了他们所有人,回到城里去。因为只有他一个人,守卫们就让他进去了。那群人离开了,永远没有再回来。

大卫没有回到约瑟夫那里去,因为他刚才给人家的所有钱都是偷来的。回去也没有任何意义了。不,大卫没有回去他已经失去了的家。他去了圣殿,去了那个贼窝,萨尔坐在那里等他。前一晚,大卫给萨尔送了消息,告诉他,他会来求和。

走上圣殿的台阶时,大卫的膝盖突然一软。但是,他又努力站了起来。"不要在这里,不要在这里。"他走到了边上的巷子里。他祈求上帝原谅他所做的一切。他偷的钱,对约瑟夫的背叛,把自己人送走,切断他和他的王后间的联系。他祈祷着,希望自己能得到做完这最后的事情,最后一件事的力量。

他回到了圣殿的台阶上,他的腿支撑他走到了顶端。

圣殿狗在圣殿等着他,一切都准备好了。大卫环顾四周,等着黑暗的降临,可是只有一道微弱的日光照在他的身上。一切都准备好了,只有这件事他没有预料到。黑暗没有降临。

他们带着他去到了一个安静的小广场。他没有认出来他们在什么地方。不过这也没有什么关系。他跟着他们走,他的王后和他在一起。他想象着她身上的气味,她的眼睛好像缀满星星的天空。直到萨尔开始说话,艾斯特才从他脑海中离开。

"所以,你就是大卫,"萨尔说,一直盯着他,"那么矮,你这种人怎么能成为王呢?"

"是主封的我们,"大卫说,"主也会废了我们。"

"主,"萨尔哼了一声,"这里没有什么主。看看他给我们的东西,你不要和我说什么主。"

"我很快就要走了,"大卫说,"你最好在结束之前把你想说的话都说完。"

"你在说什么?"萨尔说,"我给你多少时间,你就有多少时间,这一切结束之后,耶路撒冷就只会有一个王。"

"他们不希望我们在这里,"大卫说,"在我们做出这种事情以后,我们就像是地里的蚂蚱。我让他们跟着我,跟着我们,等你把我们带到了这里。他们会找到办法把我们从这个圣城里赶出去的。"

萨尔看了看边上的人,问有没有人听明白他在说什么。

"他们来了。"大卫说。就在萨尔要打断他之前,守卫们包围了他们。他们抓住那些小孩子,把他们推倒在地上,拉着他们的头发,冲着他们大吼。萨尔拿出了一把刀,但两个守卫一把夺过了刀,一拳把他打倒在地。

大卫安安静静地站着,双手举向天空。他感觉不到任何事,听不到任何声音。所有的一切都准备好了。大卫闭上了眼睛,没有再睁开,甚至当守卫们带走所有的孩子,大卫王、萨尔王和他的人,把他们带出耶路撒冷,朝着墓地,朝着那个已经在地上挖好的大坑走去的时候,都没有睁开。在那里,他们所有人都会透过伟大的黑暗,被带到主的面前。

第九章 我们只有水

一

在安娜找到我的时候，我和哥哥西门已经追随耶稣很长时间了。我们已经汇聚了一群男人、女人和孩子，他们不属于任何地方。我们给他们食物，照顾他们。我和主在一起，他的箴言活在我的身体里。哪怕我有所有的信仰，能移动山石，我依旧什么都不是。所有的一切都是支离破碎的。我只能理解很小的一部分。当安娜来到我身边的时候，我终于真正明白我是被上帝所知的。

我尽我所能地靠近她。当我触碰到她的时候，我发誓，那种感觉就仿佛我不是一个人。我不再是安德鲁，我是安德鲁和安娜。她的黑色卷发，她棕色的眼眸，小巧的鼻子，她的手指是那么干净、清凉，她撩起头发绑起来时露出的洁白的脖颈。甚至是她总是藏起来的被撕裂的耳朵，它就像是一块柔和的、神圣的石头。我们睡在一起的第一个晚上，她给我看的。她洗脚的时候她的脚趾几乎是全白的，她的一条腿上有个小小的伤疤。我们属于彼此。我和她合为一体，她是我的。

西门很高兴安娜找到了我。他还记得我们遇到主之前，我离开过他。我们只有彼此。我知道他觉得如果失去了我，他就失去了一切。当时我离开他是为了找寻一些什么，找寻我们之外的东西。在我的旅程中，我遇到了安娜。但是，我还是遗弃了她。我找不到平静。我一直在寻找，不停地寻找，直到我的路又将我带回了迦百农和加利利。

当我再次见到彼得的时候，他没有说什么，只是拥抱了我。"我不会再让你离开了，"他说，"我不应该让你离开的。"

在那之后，他总是说是主将我带回到了他的身边，或许也是主将安娜带回到了我的身边。

耶稣是在加利利海边找到我们的。现在我们在迦百农有很多人，他经常会在那里。当大家谈论所有发生的事情的时候，我不太说话。西门和我都不想回忆他带父亲的尸体回来，或是所有那些清晨我们两个人站在齐膝深的水中拉网的事。那时候谁都不在。我们也不想记起那些饿着肚子的夜晚，充满了疑惑和不确定。除了水，我们一无所有。有时候我太冷了，仿佛手指都要冻掉了。

我和安娜在一起的时候，我的手指仿佛会发光。

她刚来的时候，我以为她是另外一个女人，直到有人提醒我这是我曾经抛弃的女人。曾经有好多时候，我看见她走在我的前面，有些夜晚，我听到她在黑暗中等着我。但那天晚上，当我在通向拿撒勒的路上看到她的时候，她站在奥珀和艾斯特身旁，这一切就像是一场梦。太阳在我的身后，她们沐浴在温暖的阳光下。安娜没有说什么，她就站在那里。我必须触碰到她，我必须确定那真的是她，有血有肉的她。

最初的几天，我竭尽所能地想要靠近她。我和她一起走,轮到她去泉水取水的时候帮她拿桶。夜幕降临的时候,我把孩子们都聚集起来,带他们去妇女那里,只是为了能见到她,和她在一起。我和犹大一起给孩子们唱歌。我低沉的声音和他高亢的声音融合在一起。我刻木头,努力做一些小动物,耶稣的一些兄弟教我怎么做。我觉得我带着一些像是小鸡、小熊或是小狮子的木雕来哄孩子们睡觉的时候,安娜是欢喜的。

对安娜来说,这是一种全新的生活,对我们两个人来说也是一样。我们彼此靠近,习惯对方睡觉、醒来、晨起祈祷、饮食、晚上洗漱的方式,我们的手握在一起那么合适。我们坐在一起吃晚餐的时候,她的腿贴着我的,手指碰着手指,没有别人注意到。将我们连接在一起的纽带已经形成,一圈圈地像一张网一样将我们包围在中间。

有一天晚上,我找不到她了。我叫西门和我一起去找她。我们发现她坐在离我们大家睡觉的地方不远的地方,在一堆冷冰冰的石头旁哭泣。我问她出了什么事,但她不回答。她只是站起身抱住我。我带着她回到了大家的中间。

"很晚了,"我说,"天气那么冷,在这里坐着也做不了什么。来吧,牵着我的手,我们回去吧。"

安娜后来告诉了我她的问题。为什么她会在夜晚惊醒、尖叫,她腿上那个小小的、苍白的伤疤是怎么来的,她的耳朵是怎么被撕裂的。我原本永远不会问她的,我不想听到她是怎么被伤害的。但我明白,她身上带着的痛苦记忆已经成为她的一部分。那是不会被抹去的,它不会消失,她每天都背负着它。它蠢蠢欲动,在夜晚的时候又会一波波涌出来鞭打她。安娜告诉我了一切,因为这是她唯一能够继续带着这样的伤痛坚持下去的办法。她把它转化成语言,让她的伤口和记忆不会变成深入她的皮肤、血液和骨头的疾病。它们只是小小的伤疤，邪恶无法取得胜利的小小印记。这是上帝给予了我们身体，给我们生命的印记，痛苦和沉重，快乐和轻柔。

我们结合的时候，我们的故事也结合了。我告诉了她发生在我们父亲身上的事情，西门和我是如何独自生活。安娜的眼泪掉了下来。安娜向我倾诉她的姐姐鲁斯，她的那些男人。我无比愤怒。但安娜没有说出整个故事。那些故事会突然结束，突然开始，它们没有结尾，只是不断地进行着。我不太明白她想要告诉我的是什么。有时候她会提到一些名字，说这是二号，或是三号，或是五号。有一次她和我讲鲁斯的事情，讲她们是如何互相照顾。有时候，她会想象姐姐在某个地方过着幸福的生活。有时候安娜会唱歌，歌一唱完，就会讲鲁斯是怎么教她唱这首歌的故事，一切是怎么开始的，那天的天气是什么样子的。所有事物都是割裂的，所有事物都是有关联的。或者说，我希望所有的事情都是关联的。我想紧紧地抱着安娜，把所有坏的东西都赶走，让她始终坚信黑夜之后永远有光明。

现在我的年纪大了一点。我意识到我们每个人都有那么多故事。只有我们自己才能理解这一切是怎么联系在一起的，却看不到其中的规律。我努力去理解，安娜也努力去理解。可是，一切都在流动，就像沙漠里在风中的沙子。

我们的人太多了，我记不住所有的故事。有一次，我听到有人在讲西弗利斯的格罗巴的故事，他和托马斯关系很好。他们说他的左手少了几根手指是因为他在山里和士兵打仗的时候，手里用薄木板做的盾太弱，手指一下子就被砍掉了。不过格罗巴杀掉了那个士兵,活着逃了出去。现在他和我们在一起,少了四根手指,但是多了点智慧。西门从前总是这么说。西门对那些拿武器的人没什么耐心。我和他说过,他应该给那些放下刀剑和盾牌跟随我们的主的人更多尊重。

"他们确实比之前更聪明,"西门说,"但还是不够聪明。"

有一次我们扎营在吉尔伯山下的峡谷里,我们注意到有一群人在靠近我们。因为他们带着武器,我们中的一些人开始担心他们是强盗。不过,当这群人靠近我们的时候,他们和我们打了招呼,说他们只是想和平地扎营。这一小队人的领头的告诉我们他是指挥官。

"虽然你们眼前只有我们这几个人,但我们的人很多。"他说,"我们就像是影子,我们的数量只有在伟大的太阳的光芒变弱的时候才会增加。"

"到了夜晚,就没有你们了。你们都会消失在黑暗中,"西门说,"欢迎你们来这里,"他接着说,"但请把武器拿走。"

"如果你想的话,我们可以把所有东西都放下。"指挥官说,"但要做到这点不容易,我们带着的东西可不是那种一天的工作结束就能放下的工具。我们带着的是通向解放的工具。"

"那么,"西门说,"你们可以在别的地方解放。等你们完成了,欢迎你们和我们坐在一起。"

指挥官生气了,问西门他是不是就是大家说的那个先知。西门说他不是先知,他只是不希望我们身边有武器出现。

"和平王子在我们中间,"西门接着说,"如果被人看见我们中有人带着武器,敌人就会多找到一个追杀我们的理由。"

指挥官点了点头，转身对他的人说让他们放下武器。西门对玛丽示意了一下，他们俩一起去找耶稣。可是他们怎么都找不到他，没人知道他去了哪里。玛丽觉得他自己一个人去了什么地方，有时候他会这么做。西门叫我带些人去找他。就在这时，主从渐渐黑下来的夜色里出现，走进我们生起的火照射出的光圈。

"主，"西门说，"来了些反叛者，他们想和你聊聊。"

主叫了几个与他最亲近的信徒，我也跟着他，让其他人继续为夜晚做着准备。做饭，收集柴火，组织好祈祷的小组，照顾生病的人。大家也决定了晚上由谁来负责站岗。

我们一起坐下来分享了昨天吃剩下的东西。反叛者把我们给他们的所有东西都吃了，但没有人说话。主看着他们的指挥官，问他们为什么来，想要什么？

"我们听说了你的故事，"指挥官说，"我们听过你做的事、你说的话。我们都在和同样的力量对抗，对抗黑暗的军队。我听说你是和平王子，所以我想来见你，更了解你一点。"

"和平王子？"主转身面对西门和其他的人，"你们听说过这个说法吗？和平王子，我没被这么称呼过吧？对吗？"

几个人笑了起来。耶稣道了歉，说他们并不是在笑他们。随后，他和他们解释了我们是什么样的人，在做什么。指挥官开始问问题的时候，耶稣请托马斯、约翰和玛丽来回答。他自己静静地坐在一旁听着。西门拿着一根木棍在沙地上画着画。

"你亲眼看到我们的人是怎么被杀掉的，那些占领者还有那些和他们合作的人现在是怎么掠夺我们的国家的，"指挥官说,"他们是野兽、怪物,毁灭一切崇尚上帝和我们的历史的东西。如果我们不抵抗,我们就会像牲畜被屠夫杀掉一样被他们杀死。我们必须团结起来,共同战斗。我们必须团结起来,把他们赶到海里去。"

"放下你们的武器吧,"主说,"然后我们可以团结在一起。如果你们想加入我们,我们会欢迎你们的。"

指挥官沉默了。他拿出一个小皮水袋,喝了一口,然后冲身后吐了口唾沫。

"我们永远都带着武器。"他说,"没有人能够不带武器成为王者的,要成为王者就不可能不用武器。"

"现在这些王者呢?"主问,"他们的王国在哪里呢?"

"你那么长时间又去了哪里?"指挥者回答,"你现在在哪里?在野地里。我没看见你戴着王冠,你周围都是妓女和麻风病人。"

我们中的好些人开始抗议,我也准备起身,但主让我们都安静。指挥官没有说话。他扫了一眼我们,然后把目光又转向了主。

"你们是谁?"他说,"你们不过是一群在野地里流浪的做梦者。你们还在做摩西的梦。梦该醒了。我不想看到敌人攻击你们的场景。"

"到时候你们会在哪里?"西门问,他的话差点儿让我跳起来。西门很长时间都安静地坐在那里,这是他说的第一句话。"他们到来的时候,你们会在哪里?"他接着说,"你们会在山里,洞穴里,还是你们会坐在那里,把你们的规则刻进石板?"

"你是谁?"指挥官问,"这是谁啊?"

"这是西门·彼得,"主说,"他是我最亲近的人之一。"

"既然他和你关系那么近，我就不追究了。他说这话是什么意思？我们一直在抗争，我们在为我们的人民而抗争。我们在为上帝而抗争，我们不想要外国的神和敌人的锦旗。你知道我们失去了多少人吗？你知道多少人为了我们的抗争牺牲了吗？"

"那是为了什么？"西门打断了他，"他们为了什么死的？他们发生了什么事，你怎么能在他们死后给他们附加那些东西呢？"

"我什么都附加不了，"指挥官回答道，"那是由上帝来决定的。但我可以给他们荣誉，我能让这场抗争继续下去，就像我们每天做的一样。"

"然后你就会死去，"西门说，"你们不是英雄，世上没有英雄，只有人。在这个世上，你要么是继续活着的人，要么是被撕碎的人。"

听到这里，指挥官站了起来，所有他带来的人都站了起来。

"听听我们主的话吧，"西门说，"放下你们的武器。黑暗的军队力量太强大，它会吞噬你们所有人的。"

"彼得。"主开口了。

西门站起身，看向主。"我说完了，"他说，"主，我不想和这些人有什么关联，他们想要战争，他们和这片土地上的士兵和守卫一样，都依靠人命活着。"

然后他就走了。我站起身跟着他。在我们身后，我听见他们还在继续说话。

"西门，"我说，"等等我，你怎么了？你怎么能这么和他们说话呢？"

西门停下脚步面对我。他什么都没说，只是站在那里看着我。我走到他身边的时候,他抓住我的肩膀,把我拉近。

"我的弟弟啊。"他低声地说。

反叛者们聚集在一起。在我们第二天出发之前,他们会和我们一起度过一个晚上。他们中的一个人朝我们走过来。他看上去比别的人年纪都大,手里拿着一根棍子,在身前点着地。他走到我们面前,我看见他的眼睛灰白,就像是鱼眼睛一样。

"你们好,西门·彼得和安德鲁,"他说,"我眼盲,但我能看见很多东西。我想和你谈谈,彼得,如果你有时间可以分给我这个老头子的话。"

西门和我都跟他打了招呼。老人伸手摸了摸西门的脸,然后摸了摸我的脸。虽然他的眼睛看不见,但看起来好像他在直勾勾地盯着我们。

"当光照到别的地方的时候,我留在阴影中,"他说,"你对他们很严苛,西门·彼得。"

我盯着老人的双手:它们苍白且满是污秽。他多大年纪了,他怎么还能带着武器四处行走呢?西门看上去也在担心同样的事情。

"你年纪那么大。"他说,"你和这群人混在一起要做什么呢?指挥官他们是怎么说服你的?"

老人没有回答,只微微笑了一下,说:"你们不应该对他们那么严苛,想想他们的牺牲。"

"那是不对的。"西门告诉他,"除了造成更多的牺牲,这不会带来任何结果。无论是暴力的群体胜利了,还是统治者继续按照他们的方式进行,我们的国家都会被毁灭。"

"你怎么知道会是这样呢?"老人问。"或许这是唯一的途径。"

西门想开口反驳，但老人挥了一下手杖，西门没有说下去。

"听我说，"老人说，"听我说，西门·彼得。我接近不了你的主，我试都不用试，我最多也就能接近你了。现在你在我的面前。我要给你讲一个故事。我一直想做一个能改变这个世界的人，我还在尝试。当你开始信奉你的主的时候，你相信你自己吗？要我说，怀疑和放弃是再自然不过的了。让我们单独待一会儿，我和你聊聊。我几乎从来不肯定什么，现在我依旧在怀疑。你能相信我吗？我向你保证。"

老人的声音像是低声的吟唱。我想张嘴，可它就是张不开。西门更是沉默，一动不动。我站在原地，老人对着我们说话的时候，西门依旧拥抱着我。我不记得他讲了什么故事，这段记忆几乎已经消失了。那个故事也不是讲给我听的。我只记得他的声音，到处都是，还有他谈论着耶稣的死。我感觉心里好像有什么东西在疯长，长到我的嘴里，戳我的喉咙，我什么都做不了。我想干呕，我喘不上气。我不知道这一切持续了多久，不过一会儿之后，老人沉默了，西门开始动。

"走开。"西门对他说。

"你知道这一切会怎么结束。"老人说，举起他的双手伸向彼得。"握住我的手。"他说。

"你不能。"西门说。

可是那个男人站得那么近，他抓住了西门的手，用自己的手包裹住它。西门的身体立刻开始颤抖，他都快倒到地下了，我必须扶着他，我冲向那个老人，让他放开西门。

"弟弟。"老人说着回头看我。

"走开。"西门低声说，老人用灰色的眼睛盯着他。他侧了一下自己的头，说："又一次，又是这样，这是什么？是从什么地方来的？"

随后，他离开了我们，并不是从他来的方向走的，而是步入了夜色里，一路自言自语。我差点儿大喊起来，因为我的声音突然不再被限制，但是西门制止了我。"不要，"他说，"让他走吧。"然后他整个人瘫倒在地，扶都扶不起来。

"西门？"我问，"西门，你听得见吗？"我蹲下身，把他的头放在我的腿上。

"什么？"西门问，"发生什么事情了？"

"他碰了你。"我说。

"安德鲁，"他说，"别和任何人说这件事。不要把这个人的事情告诉别人，你能向我保证吗？不能有其他人听到这件事，我们不能传播他想让我们传播的思想。不要告诉任何人你今天晚上听到的关于耶稣的事情。向我保证。"

我无法用语言形容刚才发生的事情。那个盲眼老人不见了，我几乎想不起来他说了什么。现在好几年过去了，它只是一段模糊的回忆。有时候我觉得这大概就是个噩梦。不过，我做到了西门让我做的，我没有和任何人说过这件事。

"它就要来临了，"西门轻声和我说，"它会发生的，就像这个老人说的那样，所有的一切。但我们要把它变成一件伟大的、美丽的事。"

"西门？"我叫着他，但他把手指竖在嘴唇前，示意我安静。然后他指向天空。我抬头看，感觉有东西落在了我的脸上。

"雨。"我说。

"安德鲁,"西门轻声说,"我的小弟弟。你现在已经长大了。你找到了安娜。我现在和你说的,希望你能记住它。你在听吗?"

"是的。"我说。

"所有他说的话,所有他想让我们相信的东西,他们就是这么哄骗父亲加入他们的,后来他们就留他在那里死去。"

那天晚上我和安娜待在一起的时候,我请她不要说话,我请她听雨声,听雨是怎么传播到所有的地方去的。我坐在她的身边,把我的脸埋在了她的头发里。

"怎么了?"她问。

"你还记得那天晚上我说的话吗?我说的关于雨的话。"

"我就是雨,"我说,"没有人会害怕的雨。"

那晚我躺在那里,却没有睡着。那是我第一次看到西门在黑暗中起身走开,远离我们。我跟着他。他在我前面,走走停停,然后开始说话。刚开始的时候,我以为他是去见什么人,他们在交谈。但慢慢地,我发现他是一个人。他在自言自语。他的声音模模糊糊地透过夜色,讲述着父亲的故事,发生在他身上的事情。我转身回去躺下了。我睡不着。我望向夜空,试着在星星之间连线,画出图形。西门回来的时候我才刚刚闭上眼睛。

后来,那些反叛者还是离开了我们。我们得到了那些不使用暴力的人的欢迎,那些在主的恩赐下工作和生活的人。我们一直遇到新的想要跟随主的人。那是些好日子,我记得他们。

但事情总是有变化。有些东西降临到了我们身上，很难用语言来描述。我似乎看到有什么东西在天地相接的地方移动。可我一眨眼，它就不见了。有时候我觉得我听到空中的云彩中有什么声音传来，但又什么都看不到。我们不像从前那样常在夜晚唱歌了。我们中的一些人在低声讨论他们在那里等着我们，有士兵会在晚上来。

我们穿过撒马利亚，靠近朱迪亚的时候，遇到了几个在田地里劳作的人。他们很瘦弱，看上去病恹恹的。我们在加利利很少看到这样的情况，这里的人都很疲累，满怀恐惧。他们抱怨着占领这里的势力收的税太高，他们也抱怨那些强盗团伙。他们说有士兵会在清晨在他们门口大喊，抓走所有家里的男丁，不管他们是年轻还是年老。

那个时候的西门看上去很伤心。他晚上总是不睡觉，我会在夜里起身，看到他在树丛中。他在那里和自己说话。他的手开始颤抖，他不想让我们看到，但我是他的弟弟，我注意到了。我告诉了安娜，她说我们大家都很害怕。

"我们的父亲当时肯定也是这样的。"我说。

"不要这么说，"安娜说，"别让那个故事一直跟着我们了。"

她没有说更多的话，我们拥抱着彼此。这是唯一能让我睡着的方法。我梦见了水，梦见我们的手变得冰凉。然后我突然醒来，开始寻找西门。可是我们的周围除了夜色就只有我们这里小小的篝火留下的灰烬。那时候我们还不知道西门将是继续带领我们前行的人，西门那双颤抖的双手将为我们带来温暖。

二

每天清晨起床,妈妈都会告诉我,我不是个小孩子了。
"你是最大的孩子,西门。"她说。

每天晚上,安德鲁总会让我给他讲个故事。我们的父亲已经离开好几天了。他去了山里。别的孩子告诉我,我才知道这一切。去了那么多人,可没有一个人回来。但我今天看到士兵从那里回来了。我没有和任何人说,连安德鲁也没告诉,可是我觉得我知道,一切都结束了。爸爸会回家的。我要告诉他,我们没有东西吃了。

一切都是黑的,我努力不吵醒安德鲁和妈妈,摸到了门的方向。我像是被装进了一个袋子,沉到了湖底的那种感觉。父亲和我说过,以前的人经常这么干。他们会把那些没用的孩子装进装满了石头的袋子里,划着船把他们带到湖中央,然后把袋子扔进水里。这就是为什么我们没有船,他说,这和我们富裕还是贫穷没有关系。你不知道深水处的鱼吃的是什么。

到了室外,我感觉亮了一点。不是有光线,只是一切不是黑色的,只是夜晚。我以为外面会很安静。我曾经听到过夜晚的声音。我曾经也在晚上和爸爸一起出过门,我们去拖网。可是,那是在湖边,和这里感觉很不一样。这里到处都是声音。

母亲不和我们说任何关于父亲的事情。现在,她脚走路有些问题,所以最近都是我陪着她去泉边。我和她说我自己也能去打水,不用她陪,但她不听我的。"这是为了你的弟弟,"她说,"这是为了安德鲁,让他觉得一切事物还是原来的样子。"

我必须要让父亲回来。我知道要怎么说。母亲病了，安德鲁和我在挨饿，我们没有吃的了。如果他还不知道，我可以和他讲那些士兵的事情，我见过他们，他们会回来的。

那条路我记得清清楚楚，从山边的小道蜿蜒向上。我更小一点的时候，曾上去过一次，去帮忙赶羊。我们在它们后面边跑边大声喊。我问父亲为什么我们自己没有羊。他说我们拥有的只有水，他说这话的时候好像既没有开心，也没有不开心，就好像事情本来就应该是如此。羊是羊，水是水。

我摔了好几跤，但没有受伤。没有划伤和擦伤，我还是好好的。母亲总是让我要小心。如果安德鲁或是我受伤了，哪怕只是一处小伤，伤口可能会变大，把我们害死。

我不停地走啊走，感觉地平面在我脚下慢慢升高。我在上山了。我用手帮忙探着路。月亮在闪着光，我能看见我要去的方向。

当道路变得平坦的时候，我听到了动物的声音。我停下脚步，挥动着我手上的棍子。如果它们冲着我过来，月光能让我看清楚它们。它们占不到便宜的。爸爸总是这么告诉我，只要是你能看见的东西，就占不到便宜，所以我们能在阴影里捉到鱼。

我一直往前走，然后在原先的草地上我看到了形状奇怪的树林。在这块平地上，在山势再次变陡之前，高耸着一片树林，之前它们是不在这里的。我站在月光下看着这片树林。野兽们就在那里。它们吼叫着，咆哮着，发出各种各样的声音。它们用后腿站立，拼命想要往这些奇怪的树上爬。我紧紧地握着手里的棍子，紧到手指都开始疼痛。我不能更往前了。这是唯一一条我认识的路，我需要走进这片树林，穿过这些嘶吼着的野兽。我不想回头：妈妈会发现我做了什么，然后把我锁起来。没找到父亲之前，我是不会回去的。

清晨到来了。我一直坐在这里，看着光线从一道细小的红线变成我头顶这片日光。野兽们安静了。我从一直坐着的那块大石头上爬下来，向这片陌生的树林走去。我梦见过它们，我梦见过这些树，它们在召唤我。

等我走到近处，我看到一些木桩、木板插在地里，碎裂的，红色的，潮湿的，我闻到了一股恶臭。有些野兽叫了几声。我听到了嗡嗡的声音，有什么东西在哼鸣，到处都有人的声音。我认出了他们的脸，那些嗡嗡声，我知道他们是谁。他们没有在说话，只有那种嗡嗡的声音。狗和鬣狗啃食了他们的骨头，有一根柱子已经几乎空了，只有一只手还挂在上面，嗡嗡作响。我知道他们是谁。我继续走，穿过那些嗡嗡声，我在他们中间。他们是一座森林。手指、脚、鼻子、指甲、手、头发。鸟儿发出粗粝的叫声，我没见过这种鸟，没听过这种声音。它们在吃着他们的耳朵、眼睛、面颊和嘴唇。鸟在我头顶飞过，我问它们知不知道我父亲在哪里。

"父亲，父亲，"它们叫着，"你的父亲是谁？"

我告诉它们谁是我父亲。它们知道他在哪里吗？

"父亲，父亲，"它们叫着，"跟我们来，跟我们来。"

我跟着那些鸟。它们指引我穿过树林。一张脸冲我眨了眨眼睛，有些手指在动。

"跟我们来，跟我们来。"鸟儿叫着。然后我看见了父亲——他被挂在高处，很高的地方。

我冲他大喊："父亲，父亲。"

他微微笑了一下。"西门，我的孩子，"他说，"我知道你会来的。听着，钉住我的这根柱子没有很牢固地固定在地下。你能看见吗？只要你好好地推一下这根柱子，小心手，别被木刺扎到。"

我开始推，我把全身的力气都压到柱子上。柱子开始倾斜，倒在地上，发出"砰"的一声。我跑到父亲的身边，他还在冲着我微笑。

"谢谢你，西门，"他说，"谢谢你来找我。抓住我的手，抓住，对，就是这样，然后拉。加油。对，就是这样，好。然后另一只手，还是这样。好好地拉，拉这里，对，就是这样，加油。好。现在只剩下脚了。你别看它是用一根钉子钉的，你可能会觉得这会好弄点。不是的，我的小伙子，这比刚才那个更糟，因为钉子钉得更深，不仅仅穿过一根骨头，需要穿过两根骨头才能弄出来！敲它！谁能想到呢？来吧！哦，等等，把你的棍子拿过来，你真聪明，西门，你真是我的好孩子，总能准备好正确的工具。对，就这样，它们出来了。不过，钉子现在还在我的脚里，它只是从木头里出来了。让我抬起脚，放在石头上，然后你从另外一边敲打这根钉子，就像你要重复用一根钉子的时候一样。对，你以前从我这学的，对吧？你可以这么告诉你母亲，你是从父亲那学会的。好了，现在扶着我，帮我起来。我们最好赶紧回家，这样你的母亲不会太害怕，她总是那么容易紧张。我们最好从山上下去，我们不属于山里，我的小伙子。我曾经告诉过你的。你还记得我们从前来这里帮忙赶羊的时候,我和你说的话吗?你很喜欢赶羊,我记得你特别喜欢,问我能不能也养羊。当时我告诉你的,我的孩子,我们不属于山里。我错了,我真的错了。有个老人对我说,他告诉我虽然他眼盲,但他能看见很多东西。他说他是光照在别处时,待在阴影里的人。他说我应该试试,他说我属于山里。我必须照他说的做,我必须看看这里有没有我们的出路、我们的自由。但是,是他让我走上了歧途。我们所有的只有水,我现在明白了,我们有的只有水。不要让任何人欺骗你,我的孩子,世上有很多人会给你讲各式各样的故事来诱骗你。它们的开头都是很甜蜜的,可还没等你反应过来,它们就会给你留下苦涩。如果有任何那样的人接近你,让他们滚开。对主忠诚,跟从他指引给你的道路。留在水边,没有人会碰你。没有人会碰我们,只有主才能给我们裁决。只有主能指引我们的道路,水就是他给我们的。"

第十章　找到的和失去的

鲁斯找到妹妹的时候，她倒在地上呻吟，一只手捂着耳朵。她明白艾伦的故事结束了，一个新的时期开始了。现在又剩下她们两个人了。

鲁斯靠近的时候，安娜想要藏起她的耳朵。她的眼泪一直在流。她扭过头不看她的姐姐。

"没关系的，"鲁斯说，"别哭了。它会停止的。一切都会停止，让我们重新开始。"

安娜的一个耳朵被撕烂了，又红又肿，扭曲着粘在她的头发上。她的脸看起来伤得还不算太严重，只有一只眼睛肿着睁不开，一边脸颊上的皮肤有点擦伤。不过，当鲁斯帮安娜脱衣服的时候她才开始担心。安娜的脖子肿了，她的呼吸很粗重，一动就呻吟不止。她的后背和身体两侧满是黑色、蓝色和黄色的淤青。鲁斯用手摸着她的身体，想看看有没有地方断了，或是脱臼了。不过，她没有什么发现，她让安娜安静地躺着。

"我去找人帮忙，"鲁斯说，"我去找比我更懂的人来看看你。"

"不需要，"安娜低声说，"别走，我不需要更多的帮助，我需要你。"

"没事的，安娜，"鲁斯说，"在这里躺着。艾伦不会回来了。他和你结束了。是艾伦干的,对吗?"

安娜点了点头。她看着鲁斯,再看了看门。一阵凉风从后边的巷子吹到她们身上。一些鸟儿落在外面的地上,鲁斯俯下身子靠近安娜,亲吻了她的脸颊。

"没事的,我会陪着你。"鲁斯说。

安娜好起来了,但她的耳朵没法复原了。鲁斯注意到安娜总是会把它遮起来。她想,如果有哪个男人能用手轻轻抚摸她的那只耳朵,那他一定很爱她妹妹。安娜好像永远无法处理好男人离开她这件事情。这就好像每次男人抛弃她,她都必须被毁掉,把这个世界终结一样。安娜会受伤,被殴打,破裂成碎片,然后再恢复,和新的男人开始新的关系。她还能忍受几次?

鲁斯就更习惯于这个世界的运行。"我知道分寸,你要是明白这一点,就不那么容易摔倒、受伤。"从前,她总是和来找她的男人这么说。她想把这点教给自己的妹妹,但安娜不听。好像她在等什么人,等会用没有人触碰过她的方式触碰她的那个人。鲁斯在安娜说起这些信念、等待和被触碰的时候,总是摇头。你怎么才能让自己的兄弟姐妹听你的,你怎么才能让他们明白怎样是对他们最好的呢?鲁斯愿意做一切事,只要能让自己的妹妹过上好日子。

她们聊天的时候,鲁斯总是对安娜强调,找一个尊重她的男人去爱。仅此而已。

"仅此而已?"安娜说。

"这里面代表了很多意思,"鲁斯说,"尊重你的男人不会伤害你。和你在一起的人,会一次又一次地来。和你在一起的男人,会和你生孩子,造房子,和你一同向主祈祷。"

"这确实有很多意思。"安娜说。

"他们不比我们现在身边的人多什么,"鲁斯说,"但比我们拥有的多得多。你不能期待所有来找你的男人都是好人。来找我们的男人都迷路了,他们想要的不过是——哪怕就是那短短一刻——他们找到了回家的路。"

鲁斯从没告诉过安娜,她觉得她们俩也迷路了。她害怕妹妹没办法忍受这样的生活,漫无目的的游荡。如果鲁斯能给安娜什么,任何她作为姐姐能给她的,无非也就是让她相信有一个人终究会到来的,相信她们俩姐妹就是定量,是永恒,在世界上有人正在寻找她们,会有这样一天到来的。

鲁斯发现安娜躺在自己家的地上,耳朵撕裂。她把她耳朵撕裂的部分缝合起来,照顾妹妹。她晚上坐在安娜身旁,早上帮她清洗。她给她讲她小时候记得的故事。她说着那些她觉得会有帮助的话,比如:

"已经结束了,新的美好生活就会开始了。"

"或许这样才是最好的,他那么坏,现在他不在你身边了。"

"主和我们同在,他会看见我们,他不会让我们被毁灭的。"

"我是你的姐姐,我会照顾你的,我们的爱那么强大,爱会给你救赎。"

"你很快就会好起来的,所有人会看到你是多么美。"

"会有别的人出现,好人。"

"一切都会变化。你很快就会忘记他是谁,他做过什么。"

鲁斯觉得这是个转折点。她不想看到那些邪恶造成的伤口、肿胀。不，鲁斯觉得是时候了，现在，终于，她们自由了。被撕裂，被摧毁，然后再次站起来，重新振作迎接新的生活。安娜想要听鲁斯的话，让她的话语和建议带着自己在这世界上穿行，走进一个好男人的怀抱。

可是，这一切没有什么用，妹妹没有像姐姐那样做。

很快，安娜遇到了一个叫鲁本的男人。他的身形和苍白粗壮的手让鲁斯感到害怕。他不理会鲁斯，不当她是安娜的家人，不当她是她的姐姐，她在他面前和死人一样。有一次她来找安娜，鲁本坐在门口的凳子上，从一个小酒壶里喝酒。她停下了脚步，他没有对她说一句话——他只是把酒壶举到嘴边，眼睛盯着她的身旁。

"安娜在吗？"她问。

他摇了摇头，把自己的凳子转了个方向，背过身看向屋子。

"她去哪里了？"鲁斯问。

"姐姐。"他说。

她想要开口说什么，但他冲她摆了摆手，让她离开。

"她出去了，"他说，"我在等她回来。"

鲁斯不想和他一起等。或许安娜是去市场了，或是水井那边，也许她会在那里。

"我喜欢她。"鲁本突然说，"我不觉得你能对此做什么。"

"我只希望你能好好对待安娜。"鲁斯说。

"好，"他说，"我会好好的。"他低声嘟囔了一句什么，然后突然站起身。鲁斯吓了一跳，往后退了一步。可是，他完全不关心她，只是站在那里，努力保持着平衡，然后转过身走进了房子。

那个时候，鲁斯也遇到了一个男人，她觉得可能这会是她等待的男人。这和从前不一样，这一次是不一样的。他会在市场里找到她，请她帮照看他在卖的水果和橄榄油。为了表示感谢，他会送她一些无花果和橄榄，让她第二天再来——如果她需要工作的话。几天之后，他和她说他住在赛查尔，不过只会停留很短一段时间，很快他就要回加沙去了，他是那里的人。他请她和他一起去，丢下一切，去那里开始新的生活。鲁斯开不了口，她没办法告诉这个男人她希望带着妹妹一起走。可是，她也不知道要怎么开口和安娜解释这一切。

这是一段纠结的时光。鲁斯一直纠结着被她找到的幸福和她所面对的困难的情状。她告诉自己，必须找到安娜，把这一切告诉她，告诉她自己将要离开，她们要分开了，她的姐姐被人找到了。

可是，鲁斯无法这样去找她。她也不想再见到鲁本。他的存在让她想起自己曾经经历过的男人——那种会挠挠头就突然揍你脸的男人。不过，安娜现在还是完整的，鲁斯想，她对此有点惊讶。第一次见到鲁本的时候，她想不到他居然会表达感觉，甚至是爱意。不过，她慢慢地发现，他提到安娜的时候有些微妙的东西，他在她的房子的时候有种安心的感觉。在艾伦对妹妹做下那种事情之后，鲁斯有点开心，起码鲁本会在那里照顾她。

但是鲁斯错了。当她意识到这一点的时候，她诅咒着自己和自己懦弱而失败的梦想。

一切是在她最没准备的时候发生的。没有人会记得那一天。天空灰灰的，有风在刮，突然刮起的一阵强风让人揉眼睛，吐唾沫，不停地咳嗽。你能在空气中闻到雨水的气味。她的男人不见了。鲁斯回到空荡荡的房子，里面只剩下几样东西。破碎的盘子，满是破洞的毯子，一双像木头板子一样硬的拖鞋。鲁斯一下子明白发生了什么。她知道他离开了，自己被抛弃了。她没有问为什么，也没有寻找答案。她不会让那些问题出现在脑子里的，这就是这世界运行的规律。

她去了井边。潮湿的水汽和淡淡的花香被风吹散了。四处没有鸟叫，只有树丛里微弱的摩擦声。她的耳朵里好想有东西在击打着，一下一下地撞击，在她的胸膛里，在她的肚子里撞击。鲁斯起身慢慢地走回城里。她想见安娜，她想告诉她一切。鲁斯说的话，所有她说过的话，那些她让安娜沿着那条直直的小道走的话，所有她曾经说过的话。她必须大声、清楚地把它们说出来，把一切都和它们紧紧地固定在一起。这样她的世界就会再次成为她所从属的地方，和她有关联的地方。

但是，当她到安娜家的时候，那里也是空荡荡的。地上有一摊小小的、黑色的污渍。鲁斯还没用手摸，闻它的气味就知道那是什么了。

"我的上帝，"她说，"亲爱的上帝，别让他带走我的妹妹。"

鲁斯拦住了几个从边上跑过的孩子，敲邻居的门，问他们有没有看到什么，听到什么。最后，一个住在附近的女人说鲁本曾跑来找人帮忙。那个时候，他抱着安娜，她的腿断了，骨头都露出来了。鲁斯想知道他们往哪个方向去了，去了哪里。

"我不知道，"那个女人说，"我让他们去找住在示剑城那块平地上的那个老人了。他之前帮过我们。"

鲁斯问清楚了是在哪里，对这个女人表示了感谢，然后赶紧出发。她不知道自己要怎么想这件事。鲁本救了安娜，他一个人带着她去寻求帮助了。究竟发生了什么事情？是艾伦回来了吗？是安娜摔倒，把自己弄伤了吗？或者这是鲁本干的，但他后悔了，希望弥补，让一切都回到原来的样子？

"哦，上帝，亲爱的上帝，"她低声地自言自语，"帮帮安娜，帮帮安娜，帮帮我的妹妹，我恳求你，拜托，亲爱的上帝。"

当鲁斯找到那个老人住的小房子的时候，她遇到了鲁本，他刚开始不想让她进去。他说她应该离开。鲁斯从没见过他这个样子。他直勾勾地盯着她，抓住她的肩膀，把她从他身边推开。他的眼睛红通通的，手上沾满安娜的血。

"你做了什么？"鲁斯问，"她在哪里？你对她做了什么？"

"他会治好她的，"鲁本说，"他向我保证了。走开，离开这里。"

"不，"鲁斯说，"我不会走的，我要见我妹妹，我要和安娜在一起，让我进去。"

"你没听到我说的吗？"鲁本说，抓住她。"走开，她会没事的，但你得离开，现在离开这里！"

可是，鲁斯不听他的。她努力想要挣脱，她开始尖叫。鲁本紧紧地抓住她，想让她安静，请求她安静。

"让她进来吧。"房子里传来了一个声音。鲁斯停下了尖叫，身体也不动了，但鲁本还抓着她。

"走,"鲁本说,"现在就走。"

"进来吧,鲁斯。"那个声音说,鲁斯从鲁本的手中挣脱,弯腰穿过了那道矮门。

安娜躺在一块毯子上。她的一条腿和脚被包在布里,毯子边上有一盆鲜红的水。那个老男人坐在地上,抚摸着安娜的额头。他转过身面向鲁斯:他的眼睛是灰白色的。

"姐姐,"他说,"你来了。"

鲁斯没有说话,她看看安娜,再看看老人,然后再看着安娜。

"我眼盲,但是我能看到很多东西,"他说,"当光照在别的地方的时候,我留在阴影里。我会治好你的妹妹。她会重新开始的。"

"我会照顾她的,"鲁斯说,"她谁都没有,只有我。我谁都没有,只有她。"

"你们不再是彼此的了。"老人说。"她被送给我了。"

"她没有被送给任何人,"鲁斯说,她走向安娜,跪在毯子上。她抱住安娜,想要把她拉起来。

老人站了起来,面对着鲁斯的方向。他像在盯着她看,虽然他的眼睛看不到任何东西。老人笑了笑。"鲁本,"他说,"幸好有你在这里。"

鲁斯突然感到鲁本抓住了她,把她提了起来。他的一只手抓住了她的脖子,另外一只手控制住了她的双手。

"安娜要倒下,被毁掉,"老人说,"就像你们这种女人都会倒下一样。可是,鲁本弄断她的腿之后,他选择做件好事,他决定把她抱起来,四处求人帮忙。他想要救她。他找到了我,请求我帮助她,治好她。你很惊讶吧,我猜。"

鲁斯想要说话,但鲁本让她闭嘴。

"不，不，"老人说，"让她说，没关系的。反正一切都已经决定好了。"

"放她走，"鲁斯说，"让我走，放了我们。"

"她是自由的，"老人说，"鲁本保证过的。我其实希望她就保持这个样子，像你一样的女人。一个会倒下，被摧毁，消失，在撕碎她的所有人的怀抱里腐烂。她正朝着那个方向去。或许她的未来会有什么不一样，或许她会回到原来那种模式。但是，鲁本和我做了个交易。他来求我救安娜，他做了件好事。我必须请他再做件坏事，这样我就不会失去他，鲁本就不会离开我的故事了。"

鲁斯想要挣脱，但鲁本紧紧地抓着她。

"他不会放你走的，"老男人说，"你知道为什么吗？他不会放你走，因为他应该是要做坏事的，可是他为了安娜做了好事。"

鲁斯感觉自己的整个身体都在颤抖。她双脚用力踩着地面，努力站稳。

"不要，鲁本，"她说，"我是她的姐姐，你不需要做任何事。让我们走。"

"你不明白，"老人说，"我都和你讲了那么多遍了。鲁本救你妹妹的时候，他做了我意料之外的事情。他逃离了我为他准备的故事，所以我得让他回来，我必须解决掉他做的好事。他可以拥有安娜，只要他回到自己的故事里去。我现在就是这么和他讲的：抓住鲁斯，做你通常做的事情。"

鲁本把鲁斯抓得更紧了，用力把她拖出了那间小房子。灰色的日光晃了她的眼睛，她想尖叫，但鲁本捂住了她的嘴，一拳打在了她的头上。先是一下，然后再一下，再一下，再一下。

她醒来的时候，一切都是黑的。她想要动一下，但头好疼，她起不来，她感觉大地在翻滚，就好像她见过的大海翻腾的时候一样。

"你醒了。"有个声音说。

这是鲁本的声音，他坐在她的身边。鲁斯感觉很害怕，手不由自主开始抓着地上的沙子。

她摸了摸自己的头，上面黏黏的，碰到的时候很疼。

"我就是我，"他说，"没有什么能改变我。但是，我再也不会这样伤害她了，我保证。"

"鲁本。"她低声叫他。她的嘴很干，她的头很疼，她的脚很冷。

"给。"鲁本到了她身旁。他手里拿着一个皮质小水壶，让水流进她的嘴里。

"谢谢。"她低声说着，她想要坐起来，但起不来。"我会死吗？"她问。

鲁本蹲在她的身旁。"是的，"他说，"我是为了她才这么做的。"

"我想不起来了，"鲁斯说，"安娜在哪里？发生了什么事？"

"我想让你知道，我这么做是为了她。"他又说了一遍。

"照顾好她，"她说，"照顾她。"

鲁本说他会的。

"我会送来光的，"鲁斯说，"如果你不照顾她，我会送来光。"

鲁本点了点头，用手抚摸了她的脸。他用手指划过她的额头，抚过她的鼻子和嘴。鲁斯能感觉到他温热的皮肤，她亲吻了一下他，亲吻了他黏糊糊的手指。

"上帝与我们同在，"她低声说，"他能看见我们，上帝的爱会救我们，我很快会被治好的，会有人来，一切都在生长，很快你会忘记我是谁，很快你会忘记他们做的事。"

最终，鲁本举起了他的手，站在她的上方。鲁斯闭上了眼睛，深吸了一口气。

第十一章　它不会离开

我们接近结局了，但有新的事情正在发生。

当我结巴、语句卡住、说不下去的时候，娜奥米不会说什么，她只会盯着我的眼睛。可是，我会看向别的地方，我会闭上眼睛，捏紧拳头。我的整张脸就像我的手一样，努力想要抓住那些词语，再把它们扔出来。等我终于说完之后，她会说："雅各布，不要抵抗它。"我觉得我要发疯了。她知道什么叫作抵抗吗？她知道说不出那么简单的话是怎么一种感觉吗？

我想要记住耶稣的话。我想要记住我的父亲，记住他坐在那里，等着我把话讲出来的样子，记住他和我说话的样子。我努力回忆我以为的我母亲的样子，她在我的梦里出现过，手上发着光。

我们已经旅行了很长的时间，我瘦了很多。我一直抓着自己的身体，从手臂到脚。娜奥米把我包裹起来，让我不要抓。她让我必须与它抗争。我告诉她，我已经记不得她让我抗争的是什么，又不让我和什么抗争了。她说我是个傻瓜，但她没有放弃我。她抚着我的脸，亲吻我，和我说，无论我怎么样都没关系。

"我还是你的,"她说,"我们属于彼此。"

我们到处旅行,传播耶稣的言行。有些人欢迎我们,但也有些人很害怕,不想被看见和我们在一起。最近我和陌生人说话有些困难,我不想再去敲不同人家的门了。对娜奥米来说,那也不容易。她一个人去的时候,很少有人会请她进去。一个没有男人陪伴的女人,还长着一张会让孩子们躲起来的脸。

去迦百农是娜奥米的主意。耶稣在加利利的时候就住在那里,彼得和安德鲁都说过。住在那里的时候,他们在水里的时间比在岸上的还要多。我们可以在那里重新开始,娜奥米是那么想的。我们在那里会见到别的人,和他们一起祈祷,去耶稣曾经传过教的犹太教堂。我可以得到休息。

到了那里之后,我望着眼前的湖水,娜奥米去找能让我们过夜的地方。我脱下草鞋,把脚浸到水里,这好像是步入另外一个世界的步骤,冰冷而洁净。我记得我的父亲每天起床后,都会用水清洗自己,做祈祷。每天早晨,一个新的开始。我们家很富裕,我的父亲和统治者关系很密切。在他和我度过的最后几年里,他有几次说过他并不喜欢这个国家的统治。我想他是很信任我的。我想他知道我会做正确的事。他去世之后,我把一切都留给了兄弟们。我用耶稣指引给我的方式开始了新的生活。

可是,我现在很担心一切都要分崩离析了。我不再拥有父亲的力量,我不是被主选定的那个人。

一切都变了,一切都改变了形状。清晨醒来的时候,我充满信仰,我赞美笼罩一切的光芒,新的一天到来。然后,我就失去了它,让它从我指缝中划过,离我而去。到了夜晚,我想藏起来,我把自己裹在毯子里,对着自己说话。我想记住所有美好的事情。比如，父亲带我去见耶稣。可是更多的时候，我会想起我在峡谷里的旅行，扎卡河的河水奔腾，流进哈拿尼雅的领土。哈拿尼雅会离开那个黑暗、空旷的洞穴，进入我的梦里。他的脑袋已经枯萎，别的声音从中飘出来。那是耶稣从他黑乎乎的嘴里发出的声音，然后我就会醒来，开始抓挠自己的身体。

在迦百农聚集了很多我们的人。有些人在得知耶稣出事之后很害怕。有些人的信仰更坚定了。到处有很多故事在流传，有关他的人生，他所做的一切。我不想告诉他们，他对我意味着什么。谈论这些事情不太对劲儿。所有这些故事，他们讲的所有的故事，需要一个人好几辈子时间才能做到。不用多长时间，我们就会开始争论什么才是真实的。不用多长时间，我们就会有新的法律、新的规则，建立真正正确的信仰。

我们和住在教堂旁的一户人家住在一起，他们的房子很小，但那些孩子们不害怕娜奥米。他们会围着她的腿转圈圈，吵着谁能在她给他们唱歌的时候坐在她的膝盖上。和这些孩子们谈话很轻松，但当我要和大人说话的时候，我就会开始结巴，说不下去。

每天晚上，我和娜奥米坐在一起。她尝试让我说话。她还是不放弃，她希望我能说点什么，什么都可以，只要我坚持下去，不和我内心里的东西抗争。我会讲我小时候的故事，讲我和父亲在一起的事情，比如那一次我决定要离家出走，住到山里去。我父亲注意到我从房子里偷偷溜了出去。他叫住我，问我要去什么地方。然后，他问我身上有没有带吃的，带了什么东西可以在冷的时候裹住我自己。我给他看了我带的所有东西，他点点头。"好的，我的儿子，这很好。"他说，"你要怎么才能找到路呢？"我指了指我计划的方向，告诉他我会顺着这条路走。"好的，雅各布，"他说，"你很仔细，这很好。"然后他弯下腰，把我抱起来，亲了我一下，给我了一个拥抱，祝愿我旅途愉快。

娜奥米问我走了多远才回头。我告诉她我并没有走，我发现自己还是更想和父亲待在一起，娜奥米大笑起来。

"那你为什么想要离家出走呢？"娜奥米问我。

"我的弟弟们总是欺负我，"我说，"他们都觉得我有病，是中邪了，差不多就是这样。我不知道，我记不清所有的事情了。我记得我的父亲，但不是所有的事情。"

"那就对了，"娜奥米说，"就是这样。"

我看着她。

"你没有在抗拒它，"她说，"你刚才没有卡住。"

我想告诉她这不意味着什么，它又回来了。一切又都卡住了。我的整个身体开始挣扎，抽紧。

"不要让它控制你。"娜奥米说。

我让她安静，我想要安静地坐着，我身上所有的小伤口都开始痒了起来。

"没关系，"娜奥米说，"你不是邪恶的，我不在意别人说什么，也不在意你自己是怎么想你自己的。你没有被恶魔标记。耶稣碰过你，他把那些都赶走了。"

我摇了摇头，告诉她有些东西改变了。我不知道是什么，但在那一天，有东西引领我去了那个山洞，去了那个独眼男人那里，去了哈拿尼雅的头骨那里。娜奥米说不是这样，没有任何邪恶的东西在指引我们。

"耶稣触碰过你之后，"她说，"没有人有那样的力量。"

可是，我不相信她的话。在这个世界里，有些东西是不同的，我们心里有这些不同的东西。它会在哈拿尼雅和他的追随者心中生长，它也在我身体里生长。

有时候，我们会一起去加利利海的岸边散步。有时候，我会一个人去。我告诉娜奥米我需要安静，我要思考。

那里有另一种生活，另一种节奏。渔网，水中不同颜色、不同形状的鱼，孩子们冲着远去的船只招手、喊叫，他们回来的时候，孩子们也在那里等待着。有时候，我会看见年轻人找不到船上的工作，就站在浅湾那里撒网。他们回到岸边的时候，我会故意保持距离，我不想和任何人说话。

那天早晨我起床的时候天还黑着，娜奥米和那家人都还在睡。我路过了城里所有的房子，走到了湖边，看着那些船向远处的深水驶去。有位老人坐在离我不远的几块石头上，盯着我看。我还有些睡眼蒙眬，就走到水边去洗脸。我扫了一眼那位老人，他还在盯着我看。

我回到家的时候，娜奥米坐在那里等我。她告诉我她做了个很奇怪的梦。我想要好好听她在说什么，但我做不到，我低头看着自己的双手。我的手很柔软，父亲让我免于粗重的劳动。我被训练做他的生意。我是他的长子，我原本应该继承、经营我们所拥有的一切，所有的一切都应该是我的。但是，父亲在他自己也不知情的时候，带我走上了一条不同的道路。他想要赶走我身体里的邪恶，所以带我去了耶稣那里。现在父亲和耶稣都已经不在人世。从主将手放在我身上那一天起，好像已经过了一辈子。

"雅各布，"娜奥米说，"你没有在听我说话。"

"我做不到，"我告诉她，"我没办法专注于任何事情。

我感觉一切都结束了。"

"没有结束。"娜奥米说。

"不,结束了,"我回答道,"如果这不是结束,那什么才是呢?我们在做什么?我们在告诉人们他是怎么回来的,但我什么都没有看见。他们抓住他的时候我不在那里,他们把他钉上十字架的时候我不在那里,他复活的时候我也不在那里。"

"不要说了,"她说,"你不能这么说。"

娜奥米拉住我。她把我拉起来,当我站起身来的时候,她开始推我,把我推到墙上,捶打着我的胸膛。不过,她没有什么力气,过了一会儿她就停了下来,靠在我身上。

"不要说这种话,雅各布,"她轻声说,"你必须相信,就像我相信你一样。要是你没办法相信别的,那就相信我。待在这里,待在我身边。不要离开,和我待在一起。"

夜晚来临的时候,我们和房东一起去了教堂。月亮升起来了,大家点燃了篝火和火把,所有在迦百农的耶稣的信徒都聚集在了这里。娜奥米和另外一对从朱迪亚最南边过来的夫妻说着话。他们年纪比我们大,那是安德鲁——西门·彼得的弟弟和他的妻子,她叫安娜。他说他们准备去海边,然后通过海路去利西亚和亚洲。我没有说什么,但娜奥米和他们讲了我们是什么时候第一次见到了耶稣。

"我记得,"安德鲁说,"我还记得那一天,我们不明白为什么他坚持要待在那里。"

他看着我,眼睛眯了起来,好像在努力回忆什么事。

"你是不是那天晚上去见了主?"他问。

我点了点头。

"你们说了些什么？"

我望向娜奥米，但她的眼睛没有在看我。

"我们中的好些人都很疑惑，"安德鲁说，"我记得西门觉得有点受伤，因为主让他离开他。"

那个名叫安娜的女人微笑起来，好像我们其他人不知道的故事有什么好笑。在那一刻我觉得我受不了了。如果他们这么强大，如果上帝就在我们身上，在我们的指尖、脚趾和舌头，那他们就能看见、听见我身上耶稣的力量已经耗尽了。

"呃，呃，呃，呃呃，我，我，我很高兴，"我和他们说，"和，和，和，他说，说，说这，这个。"

安德鲁张嘴想要说什么，但安娜伸出手按住了他的手。我们周围别的人也停下了谈话。娜奥米看着我，她的目光让我稳住心神。

"他，他，没，没，没有说任何，何话，我看到他，他，他在试着，着说，但，但，但是，他做，做，做不到。他，他呃，呃，他，呃，呃，呃，他就，好像和，和我，我，一样。他，他就，就像，你们现，现在，在看到的，的，一样。但，但，一切他说的，的不，不是，是你，你们看，看，看到的。因，因，因为邪，邪恶，恶还，还，还，还在，在我，我身，身上。"

安德鲁站了起来。他看着我和娜奥米。

"我们有很多人，"他说，"在那里的很多人都听过他说话，被他触碰过。这从来不容易。甚至是我的哥哥，西门·彼得，他都满是怀疑。在主还活着的时候，我看见过他在夜里不睡觉，四处游荡。我不能理解所有的一切，不理解主告诉我们的一切，或是他做的一切。我只能告诉你这一点,让你明白。雅各布,我们是孤独的,但他在这里。"

我再没有力气说话了。这种感觉仿佛是我的腿已经走了一整天。我的脖子很疼,我想要平稳冷静地呼吸。我们周围有人开始唱歌,更多人加入进去。我没有力气抬头看,我只能坐在那里,盯着地面。我孤身一人,他不在这里。

第二天娜奥米和我一起去了湖边。我们没看到什么,只是沿着水边散步。那些船已经出去了,有些人在浅湾那里撒网。天空是灰色的,一阵凉风吹过水面,卷起小小的、白色的浪花。很多人都在忙着腌渍打来的鱼。有一群孩子从娜奥米身边逃开,但她只是冲他们笑笑。突然,她停下了脚步,问我认不认识他。我不知道她指的是谁,是什么意思,直到我抬起头,看见了之前见过的那个老人。他朝我们走了过来。

"我不知道他是谁,"我说,"他昨天也在这里。"

"或许在你和父亲生活工作的时候,他认识的你。"娜奥米说。

我没有回答她,只是看着老人向我们走来。虽然他年纪很大了,他的肩膀还是很宽,手非常大。他的眼神很尖锐,个子很高。

娜奥米和他打了招呼,显然老人很惊讶是她开口,而不是我。他盯着娜奥米的脸看了一会儿,然后看向我。

"我听说你们是跟随拿撒勒的耶稣的人,"他说,"我听说你们是不同的。"

娜奥米对他说,她不太明白他想说的是什么。

"我是个老兵,"他说,"我是罗马人,年轻时为大希律王服务。那已经是很久很久以前的事了。"

娜奥米看着我。我拉了一下她的手,把她拉到我身边。

"为什么你不说话?"老人问我。"他不能说话吗?"他对着娜奥米说。

我问他为什么要跟着我,他想要什么。他盯着我看。

"我从没见过有人这么说话。"他说。

"我想要拯救点什么,"他说,"你们的主出生的那天晚上,并不是一切都失去了,当他们在耶路撒冷杀死他的时候,也不是一切都失去了。我以为你听到我曾经是什么人的时候会逃跑的。你们现在落单了,我觉得和一个人单独谈谈比和整群人谈要容易些。"

娜奥米看上去很紧张,环顾四周。不过这里只有我们自己、几个孩子,还有几个还没上船的渔民。老人紧锁着我的视线。

"这里没有别的人,"他接着说,"没有人埋伏,我是一个人。看着我,我年纪很大了,衣衫褴褛。我只是想和你谈谈。"

"你是谁?"娜奥米问,"你在这里要做什么?"

"我的名字是加图。"他说,"在你们的主出生的时候,我曾经在那里,在伯利恒。"

夜晚降临的时候,娜奥米去了教堂。她要告诉别人加图以及他告诉我们的事情。她想问问安德鲁是不是想要见见他。加图和我待在一起,我们坐在小房子的旁边,身上裹着这家人借给我们的毯子。风已经停了。加图指着星星,说那天夜晚有一颗星,特别特别亮。

我抬起头,一切都是黑的。当加图问娜奥米她经历过什么的时候,她给他讲了自己的故事。我之前也听她讲过,但这一次似乎这个故事有了那么一点不同。我不知道为什么，似乎其中的一些地方我已经忘记了。加图为娜奥米对他这个陌生人显示出来的真诚而感动。他用两只手握住她的一只手。

"我们撕碎了很多人。"他说。

然后，他开始讲述自己的故事。这对他来说很困难，他讲得断断续续，时不时就得从头开始，不太确定哪些是他记得的，哪些是在回忆中添加的。

他和我们讲了很多年前在伯利恒的那个夜晚。他们闯入的所有的房子，他和他的同伴杀掉的所有小孩子。我想起我们现在居住的人家的小孩子。加图和我们说他们杀掉了比他们年纪更小的小孩。他们做了他们被雇用做的事情。

"我还做过别的事情，"他说，"可我只想告诉你们这些。我在那个地方。当时我们有好几个人，我们做了所有我们能做的，可是你们的先知还是逃过了这一劫。我很高兴他逃过了，如果他在那里被我们杀死了，那我就什么都没有剩下了。"

娜奥米问他为什么要来找我们，为什么要告诉我们这些，加图沉默了。他说他自己也并不完全知道。他想做这件事情已经很久，他究竟是什么人，他曾经究竟是什么人。

"我剩下的时间不多了，"他说，"我已经比很多人活得久。我一直相信我自己做的事情，我是做得最好的那一个。当我年纪大了，他们不再需要我的时候，我有了一种新的生活。我四处游荡，当我遇到像你这样的人的时候，我想告诉他们那天晚上我曾做过的事情。它一直跟着我，永远都抹不掉。"

加图沉默了，静静地盯着天空。这种感觉很奇怪，可是我喜欢坐在他身边。我不想见别人。我不知道自己能否忍受和其他人待在一起，那只会让我想起那些逝去的一切。

"一直是这样的吗？"加图问。

我转头看他。

"你讲话，"他说，"一直都是这样的吗？"

我点了点头，然后和他解释并不是一直这样。有一段时间这种状况曾经完全消失过。

他等我说完，然后接着说："然后它又回来了？"

我刚想说什么，想要告诉他耶稣曾经把它赶跑过，但是他摇了摇头。

"或许它不会消失，"他说，"或许这就是你的一部分。"

我对他说，这不是我的一部分。这是一种病，是被放在我身体里的东西。

"但它会变化的，"他说，"我能听出来，你现在说话不像早上时候卡得那么严重。你能自己控制它。"我盯着他。"或是这不是在你身体里的东西，雅各布，或许这就是你。你说话的方式，就是你。"

我告诉他我不是这样的。我告诉他，我和他一样高大，我是我父亲的长子。我和耶稣谈过话，我曾经充满了他的力量。我可以是另外一个人，我曾经是另外一个人。但现在我什么都不是。我失去了一切，我坚持不下去了。

"这是怀疑，"加图说，"是我们的一部分，就像我们心里都有怀疑，都有邪恶一样。这是我们的一切的 部分。我们只能接受它，和它抗争，不让它控制我们。我由着它控制我，但你一直在和它抗争，你从没让它吞噬你。你必须这样坚持下去，雅各布。你必须让它变成我们所有做的好事中的一部分。"

我和他说并不是这样。"不是这样,"我说,"这是别的东西,是被放在我身上的。"

加图又沉默了。

"你不可能明白的。"我告诉他。

"我们明白什么,或者不可能明白的其实并无所谓,"他说,"我相信它。为了这个,我才要努力继续下去。有人哄骗了我,他引出了我身上的邪恶,我遵从了他。当时我选择了那个故事。可是,现在我选择了不同的东西,我不想继续成为那个为我写好的故事的一部分了。"

他的声音变成了含糊的低语,但他看着我微笑。

"它不会消失的,雅各布,"他说,"你说话的方式就是你。我们会被我们做的事情改变。不因为我们想什么,不因为别人告诉了我们什么。我刚才说的那些是耶稣给你的,对吗?他给了你勇气和力量,让你成为另一个人。他没有带走让你抽搐、堵塞你语言的东西。他改变了你,他让你自己去做,他让你看到你能如何与它共存。"

有人冲我们走过来,是娜奥米,她手里举着一根蜡烛,走在黑暗中。

"雅各布,"她说,"加图,他们想见你。"

加图站了起来。我还坐在原地。

"你一起来吗?"加图问我。

我摇了摇头。

娜奥米想要说什么,但加图把手搭在了她肩膀上。

"他会留在这里的,"他说,"等我们回来,他会等着你。他哪里都不会去。"

娜奥米看了看我,然后走近我,亲吻了我的脸颊,抚摸着我光秃秃的头顶。

"来吧,"她让加图跟着她。他们穿过夜色,那根蜡烛小小的火光抖动着,就像是小鸟的翅膀在扇动。

我们在迦百农住了下来。娜奥米和我都不想离开。我们和曾经一起旅行的一对夫妻一起搬进镇子边上的一座房子。加图被相信耶稣的箴言和人生的人接纳了。清晨,夜色还未完全消散的时候,我去码头遇到了加图。我们看着渔船出发,沿着岸边散步。有时我们会交谈,但有时也会一言不发。加图和我讲他当兵之前的日子。他讲所有他不想再见到的东西。他说没人会来这里找他,他依靠自己找到了来这里的路。

这样清晨的见面对我很有好处。我觉得有些东西松弛下来了。当语句堵塞在我身体里的时候,我试着就让它去,不去改变它,不和它抗争。我和他讲我的父亲,讲我们的旅程。我告诉他我和娜奥米曾经遇到的那个独眼男人,我被骗进的那个山洞。晚上我不再做梦,上床闭上眼睛,等再睁开的时候,天已经亮了。

有一天早晨,加图和我一起上了一条船。整个世界都在动,湖水既沉重又生动,好像是什么懒洋洋的东西要把我们挤出去一样。我们帮忙拉网,那些鱼看上去就好像挤进了一张闪闪发光的毯子。

加图病了。娜奥米和我轮流坐在他的身旁。他经常说起那个清晨,说起那天的湖、船,还有鱼。有一天晚上,他在发热出汗,他说他想自己也被包裹在那样的毯子里,那样闪闪发光的毯子。

过了很长一段时间,加图好起来了。他看上去更苍老了,皮肤在阳光下特别苍白。我扶着他走到码头,他经常想静静地坐着。在我们住的房子旁边有一棵大树。我在那里做了一张小小的、简单的条凳,这样加图就能在白天的时候在树荫下坐着或者躺着。

娜奥米和我决定继续旅行下去。我好像终于又准备好了。如果卡住了,我就随它去,我不再和它对抗。或许我们遇到的人会因为我们的样子体会到我们的诚恳——毁容的女人,和说话结巴的男人。我们在上帝的眼中是平等的,我们依旧被他的爱拥抱着。

我们离开前的那天晚上,加图又病了。我让他坐起身,喝一点我们帮他烧的开水。

"我想听,"他轻声说,"接着和我说话吧,雅各布。"

我就和他说话,说加利利的海,突然扬起又突然消失的海浪。说他第一次来找我们,说那些我们坐在一起,裹着毯子谈话的日子。

"这是个好故事,"他轻声说,"是吧?我终于拯救了一点什么,不是所有的东西都失去了。"

第十二章　马大的故事

很久很久以前，有一个小女孩叫作马大。她经常在田里劳作。她是家里最大的孩子。在弟弟们长到足够强壮之前，她都得跟着父亲去田里帮忙。他们已经劳作了整整一天，父亲的手脚都很脏了。马大也很脏，手指很疼。不过现在已经是傍晚了，他们很快就可以回家了。然后，她的母亲就会给她讲一个新的故事。

* * *

马大非常喜欢夜晚。比起白天，她更喜欢夜晚。当夜幕降临，所有的一切都隐藏在夜色中。她的弟弟妹妹会在她身旁爬来爬去，所有人都很温暖、很舒服。母亲会坐下来，给他们讲故事。

马大记住了很多故事。有时候，他们一起去田里的时候，马大会讲故事。她一遍又一遍地给弟弟妹妹讲这些故事。他们有六个兄弟姐妹：耶霍哈斯、约瑟夫、雅各布、耶户、暗利，还有马大。

"给我们讲一个母亲讲过的故事吧，"约瑟夫说。马大开始讲。

* * *

她给他们讲太阳和月亮换位置。她给他们讲那只蹄兔从海边一直走到沙漠里去寻找自己走丢的孩子。她给他们讲那只住在山上洞穴里的熊。她给他们讲蛇和蜥蜴总在争论谁才是最聪明的。马大给他们讲故事的时候,她总能在心里听到母亲的声音。

*　*　*

但是有一天晚上,马大很累很累了。这一天特别漫长,她和父亲一直在外面的田野里,直到天黑透了。马大一直在收割亚麻。她的手指太疼了。父亲说他们必须在秋雨之前把所有的事情都干完。这时候马大就特别怀念帮母亲碾谷了的日子。

她在地里的时候,她看到有一群人在路上。他们身上披着各式各样肮脏的衣服,走起路来也很奇怪,好像是在踮着脚尖走。突然,那群人中的一个人冲马大走过来。他的鼻子已经没有了,他雪白的牙齿从一个大大的红色口子里露出来,看起来好像在冲她笑。马大开始尖叫,那个男人转过了身子。马大的父亲走过来,把她抱了起来。

"他们生病了,"他说,"他们不危险。我们自己家里也有这样的人。"

马大的父亲抱着她,亲了一下她的头发。那群人走进了夜色中。

*　*　*

她父亲带她回了家,母亲和弟弟妹妹们都在等他们。天已经很黑了。油灯的光笼罩着他们,仿佛像是一张毯子。马大的母亲把她抱在膝头,开始讲故事。这是一个很美的故事,说的是一只蚱蜢努力弹奏音乐,虽然它的一只翅膀已经断了。马大闭上了眼睛,想要努力忘记那张露着白牙的脸。她能感觉到母亲温暖的手指在她身旁。

* * *

太阳出来撕裂了黑暗。马大的父亲让她这天早晨和弟弟妹妹待在一起。约瑟夫问他们能不能玩捉迷藏的游戏,所有人都大喊"好",然后看着马大。马大笑了,他们都跑着散开去。

* * *

耶霍哈斯坐在一块石头后面,约瑟夫在一丛灌木旁躺平。耶户快数完数字了,马大越过了田里的一堆石头。父亲就在不太远的地方。他冲她挥挥手,她也挥了挥手。石头还挺凉的。她坐下来躲了起来,手在凉凉的石头上摸来摸去。她没注意到没有人在大喊、大笑。石头几乎是柔软的。所有的一切都沉默了。

* * *

突然,她听到了约瑟夫的哭声。马大从石头后面跑出来。她的弟弟妹妹们都坐在水井后面的灌木丛旁。他们好像在和什么人说话。可是父亲在田里,母亲去小溪边了。约瑟夫怎么在哭?

马大到了他们身旁,看到一个男人坐在灌木丛里。他的年纪很大了,眼睛是灰白的。他笑了,说:"我眼盲,但我能看到很多东西。当光照在别的地方的时候,我留在阴影里。你一定是马大吧,大姐姐马大。"

"为什么约瑟夫在哭?"马大问他。

老人依旧在笑,转过身去看约瑟夫。

"我给约瑟夫讲了个故事,"他说,"但我想他不太喜欢。"

* * *

马大用手臂搂住了约瑟夫,摸了摸他的头发。

"约瑟夫和我说,你也喜欢讲故事。"老人说。

马大抬头寻找父亲的身影，但没有看到他。

"在我讲话的时候你得听我的。"老人说，他的声音让她感到一阵寒意。她看着他。

"你有什么故事可以讲给我听吗？"老人问。

马大摇了摇头。

"好吧，那我有另外一个故事，"老人说，"既然你们都在这里了，你们都可以听。"

"我们不想听你的故事。"马大说。

她抱住约瑟夫，示意弟弟妹妹们离开这里。

* * *

"你的父亲和母亲都不在这里，"老人说，"我可以把你们中的一个人带走，永远不再回来。"

马大感觉自己要被冻住了，好像有什么东西压在她的肚子上。约瑟夫还在啜泣。

"我们或许可以做个交易，"老人继续说，"马大，我给你讲一个故事，你也给我讲一个故事。如果我让你哭了，我就赢了。不过，你的故事如果能让弟弟妹妹停止哭泣，笑起来，你就赢了。"

马大点了点头。

"好，"老人说，"我有一个为你珍藏了很久的故事。"

* * *

"很远很远的地方，有一个很黑很黑的湖。在湖的中央有一个岛。每年夏天，孩子们都会到那个岛上去。他们的父母会划船带他们到那个岛上，然后和他们挥手道别。那些孩子们一起唱歌，一起做饭，直到夏天过去，他们的父母会来接他们。没有人知道究竟是为什么，但那些孩子从岛上回去之后就会变得有些不同，好像他们被充满了一种奇怪的光。"

* * *

"可是，没有黑暗哪来的光？如果没有黑夜，怎么会有早晨的阳光呢？

"有一天，一位父亲去了岛上。他想要看看那里是不是一切都好。他不知道的是，他的船上有一条蛇，一条非常坏的蛇。当父亲的船到达小岛的岸边时，蛇咬了他。父亲倒下死去了。跑过来看发生什么事的孩子们也被蛇咬了。蛇穿行于这个岛，咬死了所有它找到的人。没人知道蛇用了多长时间。后来，等到大人们再来到岛上的时候，一切都很安静，只剩下波浪和吹过树林的风声。所有孩子都没命了。"

* * *

老人开始微笑，把双手举向天空。他看了看约瑟夫、耶霍哈斯、雅各布、耶户、暗利，然后又看回到约瑟夫。他还在哭泣。耶霍哈斯冲着马大伸出双手，叫着"妈咪，妈咪"。雅各布看着别的方向，耶户和暗利眼睛盯着地上。

"好了，马大，"老人说，"现在轮到你了。"

* * *

马大闭上了眼睛。她能听到老人在咂巴着嘴，她能听到他的呼吸声。马大把眼睛闭得更紧了，然后她脑海里听到了母亲的声音，听到了弟弟妹妹们晚上环绕着她爬来爬去时的笑声。

"来吧，"老人说，"我想听我的故事。"

马大睁开了眼睛。

"这不是你的故事，"她说，"这是我们的故事。"

然后马大开始讲。

* * *

"很远很远的地方,有一个很蓝很蓝的湖。湖中央有一个小岛。每年夏天,孩子们都会去那个岛上,触目所及都是鲜花。他们的父母会给他们一个大大的拥抱,松开,再抱一次,才让他们走。'你们要相互照顾哦!'他们和孩子们说,'过几天我们就来接你们!'"

* * *

"孩子们冲他们挥挥手,努力不要笑得太厉害。因为他们简直太激动了。他们期待着听到自己纤细的声音像鸟叫一样回荡在树丛间。他们期待着教对方唱歌,手拉着手。那些在岛上的日子就像夏天的清风,温暖而明亮,温柔而美好。"

* * *

"但是,有一天,有一条蛇偷偷地溜上了这个小岛。它吐着蛇信。

"'嘶嘶。'它一直发出嘶嘶的声音。

"孩子们看出来了这是一条毒蛇。

"'亲爱的蛇,'一个孩子说,'你在这里做什么呀?'

"'嘶嘶,我来这里是要警告你们,'蛇说,'你们得小心狼。'

"'狼?什么狼?'孩子们问它。

"'嘶嘶,你们必须小心熊。'蛇说。

"'熊?什么熊?'孩子们又问。

"'嘶嘶,你们必须当心蛇。'蛇说。

它扭动着身体冲他们爬去。"

* * *

"孩子们跑着散开了。他们有些藏在树丛中,有些藏在小木屋里，有些试着到水里游走，但是没过一会儿就放弃了，转头游回来。蛇正在水边等着他们。

"'嘶嘶，'蛇说，'到我这里来。'

"就在这时，蛇身后的树林里出现了名叫加图的士兵。他带着一把宝剑，一下子就把蛇劈成了两半。

"'上岸吧，'加图冲着水里的孩子们大喊，'出来吧，都出来吧！'他冲着躲在树丛和小木屋里的孩子们大喊。

"孩子们都冲出来围住了加图。他们伸出手臂拥抱他，他也伸出手臂拥抱孩子们。"

* * *

"'亲爱的孩子们，'加图说，'我在远处听到你们的尖叫，就偷了一条停泊在水边的船过来了。'

"'你是从黑暗军队里来的，'一个孩子说，'你为什么要救像我们这样的孩子呢？'

"'我一直在等待做些什么好事的机会，'加图说，'我做了那么多的坏事。'

"'你为什么做了那么多坏事呢？'孩子们问他。

"加图没有回答。但是他们看到一滴眼泪顺着他一边的脸颊流了下来。加图擦干了眼泪说：'我不知道。我听了一个故事，一个糟糕的故事，然后我相信了它。那已经是很久很久以前的事情了。'

"孩子们拉着他的手说：'跟我们来吧，讲个好故事，和我们待在一起。'

"孩子们和加图一起穿过了这个小岛，他们的声音就像鸟叫一样回荡在树林间。"

* * *

"不，"老人说，"这不可能。"

马大搂着约瑟夫,约瑟夫搂着耶霍哈斯,耶霍哈斯搂着耶户,耶户搂着雅各布,雅各布搂着暗利。没有人还在哭泣。他们站在那里,睁着眼睛,微笑着看着对方。

"怎么可能?"老人说。

"我们要回家了。"马大说。

"不,"老人说,"留在这里。"

马大带着弟弟妹妹往家的方向走。

"留在这里。"老人在他们身后大喊着,但他的声音那么微弱,那么微弱。他们背对他走了。

马大没有回头,嘴里不停说着:"走,走。"他们的父亲突然出现了,他抱起了约瑟夫和耶霍哈斯,问马大发生了什么。马大转过身想要指那个男人,但那里已经没有人了。

* * *

那天晚上,马大睡不着觉。妈妈给她讲完故事,熄了灯之后,她依旧醒着躺在那里。直到弟弟妹妹们都睡着了,发出沉沉的呼吸声,她还是睡不着。夜已经深了。马大觉得自己不再喜欢夜晚了。一切都是那么黑。万一光永远不再回来该怎么办?

第十三章 大火

　　四十年过去了，我们的土地上有过一次叛乱，四处都是罗马人的军队正朝耶路撒冷进发的传言。在这四十年里，我时常会在脑海中见到纳达的样子。他红色的头发和胡子。他在最后一夜微弱的声音，他叫我名字的方式，"约阿施，约阿施"，还有他是怎么落入夜色里的。有时候，他会出现在我的梦里，浑身是火。有时候，我们都在那里，我们一整队人，就像大家被带走之前那样，就像我被抓住之前那样。

　　亲爱的上帝，我知道你给了我慈悲，我知道这是我得到的恩赐。你能读懂我的心，你看见了我的灵魂。

　　我的主啊，现在拥有我的人，如果见到这个，是不会给我任何慈悲的。他很老了，我也老了很多，我们在这世界上剩下的日子不多了。是他把我从毁灭和暴力的生活中拉了出来。我残暴，凶猛，比野地里的狼和天上扑杀猎物的老鹰还要凶猛，我的判断和骄傲就是他们的法律。但是现在，我什么力量也没有了，就像海里的鱼，上帝我主用钩子把我拉了上来。

　　在我的日子终结之前，我想问一个我自己无力回答的问题。上帝什么时候才会行使他的权力，带给我们公正与和平的王国？上帝的国度什么时候才会降临？

最近发生的所有事又让我想起了纳达,这真奇怪。他和我们在一起的时间很短暂,但是,他是个预兆,我现在明白了,他预示着一切将要发生的事。有种力量穿透了他的身体。从某种意义上说,他是为了我们牺牲了自己。那天他在圣殿做的一切并没有放出任何囚犯。他没有带着天使的剑或是矛来进攻。他只是要说话,他奋力开路只是为了能够说话。或许除了我和弟弟约兰,没有人听到或者还记得那天纳达说的话。可是,我很确定,就是那些话改变了我们。我们把这一切告诉鲁本之后,甚至也改变了他,哪怕他是那么固执的一个人。纳达的话语改变了我的一切。

我觉得纳达充满正义,他死得很安宁。现在,什么都没有留下。那么多年了,不管是他还是拿撒勒的耶稣,都没有留下。可是,他的信徒的数量一直在上升,他们四处旅行。我见过他们中的一些人。他们一直讲耶稣是怎么从十字架上被人救下来,怎么被抬到一个洞穴。在那里,在那块冰冷的石头上,传说他重生,自己离开了那座坟墓。

那个时候一起把纳达救下十字架的人里,只有我还活在世上。现在我是唯一能对此一笑了之的人。我觉得就是那些故事,那些善永远不会消亡的故事将他的信徒团结在一起,也是因为那些故事,将我们大家都团结在一起。他们对彼此讲着主从亡者的国度回归的故事,有些人会很痛苦,拉扯自己的头发,撕开自己的衣服。有些人会沉默。还有些人会愤怒地号召大家去战斗。当然,还有很多很多不信奉耶稣的人,他们几乎没听说过他。可是,他们也和统治者抗争了很长很长的时间。他们也有自己的东西,是别的故事把他们团结在一起。

最近到处都出现了持刀谋杀的事件,甚至在圣殿里面也有。我年轻的时候，那时候纳达还在，我们见过两个要执行这种任务的年轻人。那时候我还不清楚他们是谁，无法理解他们脑子里在想什么。我不太明白我们的人民是怎么生活的，毕竟我就是毁灭一切的人。现在，一切都不同了。我理解了我那时见到的年轻人是一个预兆，预兆着将要发生的事情，预兆着我们国家的一切都会变糟。他们的想法、他们的主张、他们盲目的信仰，都在讲述着从那时开始增长的残暴和极端主义。我不知道纳达在那个时候是不是就看到了这一点。有某种力量穿透了他的身体。我们在耶路撒冷城外杀死那两个年轻男人的时候，那种力量拉扯着他。或许他是想要做点好事，做点他觉得耶稣会做的事情。也或许他只是受够了，受够了我们做的坏事。这一点我永远无法知道了。后来所有事情的结果，那一切都像煮沸的水一样翻滚，让我越来越多地思考纳达和耶稣是能看到这些警告的征兆的。他们想要提醒我们注意将要发生的一切。

现在，我听到有关耶稣的事迹的时候，我会很惊讶地发现那些故事永远不是完整的。它们的结尾会突然断裂，又突然开始，永不结束，可以一直一直讲下去。有时候我几乎不明白他们讲的故事。有时候他们会提到一个名字，有时候是好几个名字，但那些名字对我毫无意义。我只听说过纳达。我知道他一定听过很多很多这样的故事：他们如何分享一顿饭，如何聚集在一起，耶稣是如何将魔鬼赶走。他是如何重生，晚上的时候去到继续行走的他们中间。我试着把这些故事联系起来，让它们变得合理。我现在明白了，这些是不同的故事。这不是一个耶稣，而是好多个人的故事。我知道带头的信徒想要创造一个故事，可是他们很难把一切统一在一个故事里。他们非常努力地想依据这个世界曾经和现在被安排的方式,给我们看到一个清晰的模式。我已经很老了,我的时日不多了。故事太多,我已经看不出其中的任何规律。我不想去理解,我只想努力去看。我没有足够的知识能够把一切联系在一起。哪怕这种神奇的、虔诚的知识真的存在,世上的一切依旧还会流动,就像风中的沙漠一样。

让我给你讲讲纳达的事,让我告诉你我现在还记得的事情吧。我遇到他的时候,他是个罪犯,我们都是罪犯。他和我们生活在一起,我们杀人,我们偷窃,我们抢劫。我们的一切都诉诸暴力,我们是个强盗团伙,我们嘲弄那些相信更远大的理想,或是听命于他人的人。我们嘲弄着所有建好的城市,偷偷地进去,又偷偷地出来,躲过士兵和守卫,像一阵风刮过,然后跑掉。

纳达听过很多故事,关于耶稣的故事,他想用自己的方式和我们分享。我不理解,那时候的我无法理解,但我现在在努力尝试。纳达和我们一起去了耶路撒冷。我们在那里和他走散了。他去了圣殿,在那里大讲耶稣的事迹,造成了一场混乱。然后他就被抓,被杀死了。他曾是一个暴力的男人,但他为了信仰而死。他是为了比自身更大,比圣殿、圣地更大,比将这片土地依附于帝国的统治者更大的信仰死去的。这是他们无法消除的信仰。

虽然纳达已经不在了,但我说他还活着。

那么我呢,我又怎么样呢?我还活着,所有经历过一切的人肯定也看到了一切。那时,我把纳达从十字架上放了下来,我帮忙将他带到了山洞里。鲁本死去的时候,我在他身旁陪伴他。我的弟弟约兰被现在拥有我的男人的守卫杀死的时候,我就在现场。这个男人成了我的主人。我从我新主人嘴里听到的第一句话就是我那么多年来的生活，虽然很快也会终结："上帝我主会让你活下去，因为你要成为我的仆人。"

我被他们拖走，被踢被打，成了我的新主人手下的一个学徒。我自己学会了读写和算数。每一天我都在学习，跟随我的主人，观察他身边发生的所有事情。当夜晚来临的时候，我要向他报告我看到的一切，拥有我的男人会一边听一边点头。

不要觉得这是件很容易的事情；不要觉得这样的新的人生没有任何坏处！不，他们从没忘记我是从哪里来的，我曾经是什么人。虽然他们会给我食物，但任何人不会和我坐在一起。虽然他们给了我住的地方，但我晚上从来睡不好觉。别的仆人都不和我说话。主人的雇佣兵会在我进去的时候离开那个房间。没人想与一个曾经的杀人犯和强盗产生任何关联。哪怕这样，我还是教会了自己读书，教会了自己写字，教会了自己计算。我穿着很好的衣服，每天清洗自己。但是，我依旧是主人从野外抓回来的东西。

我要讲的不是我的故事，也不是纳达的故事。我想讲的故事是现在正在发生的事情，在正在我们这片土地上发酵的事情，是所有的弦都绷到最紧的事情。

我们的人民、我们的国家都经历了太多痛苦的日子。好像有一种疾病降临在我们身上，让我们开始吞噬彼此。我们经历了颗粒无收的旱灾，可统治者依旧要收税。我听说好多人没有任何吃的，孩子睡下去就再也醒不过来。我们的土地上出现了很多强盗团伙，比我年轻的时候多了许多。自称为先知的人像是雨后春笋般出现，很多人信仰他们。人们聚集起来抗议，在耶路撒冷，也在别的地方，在荒野中抗议。但是，每一次，他们都被守卫和士兵们镇压了下去，被迫害。那些代理人都是严苛的统治者，特别是库玛内斯和菲利克斯。去年这个时候，也有一场起义。牧师和富裕的家庭都支持当前的统治者，他们招募士兵帮自己收赋税，保卫自己的安全。

那些权贵们从没做过任何事情来改变这一切。现在已经为时过晚。一切都将要终结。

我告诉你这些，是因为我想努力去弄明白为什么残暴不断出现，为什么年轻人那么愤怒。他们就像是我们在很多年前杀死的那两个年轻人，我们当时被要求陪他们去耶路撒冷，他们被信仰蒙蔽了双眼。今天的很多年轻人有火一样的激情，他们想要传播混乱，有压抑不住毁灭一切的愿望，他们的信仰让他们不畏惧死亡。那些杀手，无论我们用什么名字称呼他们，都仅仅是一种症状：这是这种病态的统治带来的绝望和无情。当所有人看不到还能做什么，你所做的一切都被攻击，所有别的方式都已经用尽的时候，就到了绝望兴盛的时候了。

有一天，我和我的主人去了圣殿，我们亲眼看到了一起杀戮。我们一行人在一起走，我走在队伍最末尾。突然，我们听到了尖叫声。我跑上前去，因为我的主人希望我观察所有的事情。一个富人家的人被捅了，一把刀扎进了他的腋下。他已经死了，所有人都在大喊着四处奔跑。这就是他们的战术：他们会躲在人群中，偷偷接近叛徒，杀死他们，然后第一时间制造恐慌，消失。这种方式是为了展现没有任何有权有势或是有钱人是安全的。他们想要散播这种恐慌。

他们杀戮，他们散布恐惧。但是看看我们的国家，看看那些极少数人是如何从大多数人的苦难中获利,看看罗马帝国是如何将他们的神强加给我们。看看那些领导人,那些和他们合作的人,是如何压迫我们,亵渎上帝。

那些年轻的持刀杀人者是刺客,可如果是统治者把我们变成刺客的呢?那些牧师和那些有钱人,一只手伸向大众,一只手伸向统治者,如果是他们这些人造成了所有这些暴力呢?我想纳达在他听到的耶稣的故事里看到了这些,我想他是在他听到的那些只言片语中看到了永恒的真相,然后决定跟从他,一直到死。我觉得这些制造了这么多恐慌的年轻人们也在做同样的事情。耶稣讲的是和平以及和平的行动,这些人是用暴力和切实的行为来说话。耶稣让自己被抓,被杀,这些人选择反抗。

我很难去谴责他们,虽然我看到他们走的这条路会引领我们的国家走向迷失。

看看那些被杀死的人,看看那些不带武器、和平地为了在这浩瀚的黑暗中一点点的光亮祈祷的人们。他们现在在哪里?看看那些被压迫的、被追捕的、被杀死的人?还剩下什么,我要问你,还剩下什么?

在我最黑暗的时刻,我觉得纳达和耶稣都失败了。他们没有能制止我们现在面对的一切。他们没有能让我们看到事情会发展成什么样子。或许在一切都太迟了之前,我们人类注定不会停下,或许在所有的大喊和尖叫停息之前,我们永远看不到真相和邪恶。或许暴力和战争才是赋予我们意义和目的的力量。

不。我不可能知道。因为我还活着,我就不可能知道什么是死一样。可是,我确实知道伴随着邪恶生活是什么样。我住在这片被占领的土地,被黑暗的军队包围着。我曾是杀人越货的强盗。我曾跟那种和敌人合作的人手拉手地合作过。这使我成为什么？我是邪恶的吗？所有我触碰过的东西会变成邪恶的吗？还是我仍然能做点什么，如果不是主的工作，能帮助主的正义之光闪耀的事呢？

这是我能奉献的最后的火光。我想献出在这世界上我所剩下的一切。我不知道这会不会起到任何作用。或许这个世界不会注意到我，或许我所做的一切会在今年结束之前就被完全忘却。或许这世界就会继续这样下去，延续好几千年。或许人们依旧会坐在山上，衣衫褴褛，留着长胡子，手里拿着武器，和强大的力量抗争，和黑暗的军队抗争，没有任何在天国见到主的希望。今晚，明天，一千年，两千年。上帝的王国什么时候才会降临到我们身上？

纳达在等待。我的弟弟约兰在等待。还有鲁本。甚至是我杀死的人，我看着被杀死的人，他们都在等待。

但在我离开之前，在我被带到主的面前之前：看我说的话，一个老人的话语，是否会让你听到，或许会让你们所有人都听到，给你们一点勇气，就像纳达得到的勇气一样，给你们一点耶稣充满这个世界的力量。我告诉你们，不是所有人都能像我一样活到那么老，见到那么多事情。这是我要写下这些话的原因，这是我请求你们听一个老人的话的原因：走到一起，为力量祈祷。如果有人想让你们为了一个目标去杀人，如果有人想要你向一面旗帜或是圣殿下跪，请团结起来，举起你的双手，对着不公正怒吼。请走上街头，夺回耶路撒冷，夺回我们的国土。不要让那些有权有势的人这样继续下去，不要让残忍和暴力成为抵抗的唯一形式。不要让只有盲目信仰或是空有力气的人控制你们。为力量祈祷，对不公正怒吼。我主上帝与你们同在。我主上帝与你们同在。

我的主人看到这些不会对我有任何慈悲。但是，耶路撒冷——这个和平之城将要陷落。我的主人和那些像他一样的人在这个暴力和绝望的系统中扮演着自己的角色。他们制造了看不清现实的人，那些人会拿起武器为了我们的生活方式、我们的土地和我们的上帝斗争。我们所有人都变得比野外的狼群、天上捕猎的老鹰更加凶猛，我们的判断和骄傲成为他们的法则。我们会战斗，然后我们会倒下。如果大家不团结，所有人都无法抵抗魔鬼的工具：黑暗的军队，罗马军团。他们会征服我们，他们会让我们变得无力，就像海里的鱼一样，被一网打尽。之后，就什么都没有了。他们甚至可以将圣殿夷为平地。

亲爱的上帝，我不曾被给予任何慈悲，我被赐予了长长的一生作为恩赐。我什么都不是，甚至更糟，你读懂了我的心，你看见了我的灵魂。

所有的这些时光，我还在这里。我灰色的胡子，日益稀疏的头发。我的声音就像是大火中的一颗火星，我在黑暗中被点燃，我的火焰终将在一个夜晚被熄灭。

引用

"他说他为所有相爱的人点了盏明灯,"安德鲁继续说,"为所有兜兜转转、找不到出路的人。他说这盏明灯是为了所有被丢失的爱,照亮去应许之地的夜路。"

——第五章,黑鸟,这一段是基于奥瑟·玛利亚·奈瑟的诗歌《海之女神》的选段。

"……你知道那样的下雨天,就像整个天空都要塌下来的时候吗?下一次下雨的时候,如果我不在这里,如果我没有在你身边,那我就是轻轻落在你身上的雨水。如果你在雨里,我就是幸运地落在你鼻子上的雨滴。我会是你手中接到的水。我会是你睡梦中落在屋顶上的滴答声。我会是没有人会害怕的温柔的雨点。我会是滴在树冠上的雨,给孩子们留下小水洼。我会是轻柔地催你入眠的雨声。然后我会在梦里升起,就像是升起的阳光那般。"

——第五章,黑鸟,这一段是基于拉尔斯·索比·克里斯滕森的诗歌《我会是温柔的雨》的选段。

这为拔士巴七号打开了一个新的世界,这是她梦中的秘密。奇迹会发生,一定会发生,大卫,她的王,会打开,他的心会打开。有一天早晨,她会躺在他的手心,被拯救。

——第八章，消失的光，这一段是基于奥拉夫·豪格的诗歌《就是那个梦想》的选段。

哪怕我有所有的信仰，能移动山石，我依旧什么都不是。所有的一切都是支离破碎的。我只能理解很小的一部分。当安娜来到我身边的时候，我终于真正明白我是被上帝所知的。
——第九章，我们只有水，这一段是基于《新约》哥林多前书13章。

"……当你开始信奉你的主的时候，你相信你自己吗？要我说，怀疑和放弃是再自然不过的了。让我们单独待一会儿，我和你聊聊。我几乎从来不肯定什么，现在我依旧在怀疑。你能相信我吗？我向你保证。"
——第九章，我们只有水，这一段是基于詹姆斯·泰特的诗歌《谎言之书》的选段。第二章和第五章也有出现。

是他把我从毁灭和暴力的生活中拉了出来。我残暴，凶猛，比野地里的狼和天上扑杀猎物的老鹰还要凶猛，我的判断和骄傲就是他们的法律。但是现在，我什么力量也没有了，就像海里的鱼，上帝我主用钩子把我拉了上来。

以及

我们的一切都诉诸暴力，我们是个强盗团伙，我们嘲弄那些相信更远大的理想，或是听命于他人的人。我们嘲弄着所有建好的城市，偷偷地进去，又偷偷地出来，躲过士兵和守卫，像一阵风刮过，然后跑掉。

——第十三章，大火，这一段是基于《旧约》哈巴谷书 1：6-15 和哈巴谷书 1：9-11。

我的声音就像是大火中的一颗火星，我在黑暗中被点燃，我的火焰终将在一个夜晚被熄灭。

——第十三章，大火，这一段是基于奥拉夫·豪格的诗歌《今天和明天》的选段。

图书在版编目（CIP）数据

神之子/（挪）拉斯·彼得·斯维恩著；邹雯燕译.—北京：中国国际广播出版社，2020.9（2024.1重印）

（北欧文学译丛）

ISBN 978-7-5078-4726-0

Ⅰ.①神… Ⅱ.①拉…②邹… Ⅲ.①长篇小说－挪威－现代 Ⅳ.①I533.45

中国版本图书馆CIP数据核字（2020）第155441号

©2014, H. Aschehoug & Co.（W. Nygaard）AS. Published in agreement with Oslo Literary Agency.
Simplified Chinese Translation Copyright©2020 by China International Radio Press Co., Ltd
All rights reserved

This translation has been published with the financial support of NORLA.

NORLA

神之子

出 品 人	宇 清
总 策 划	田利平
策 划	张娟平 凭 林
著 者	[挪威] 拉斯·彼得·斯维恩
译 者	邹雯燕
责任编辑	筮学婧
装帧设计	Guangfu Design丨张 晖
校 对	张 娜

出版发行	中国国际广播出版社有限公司 [010-89508207（传真）]
社 址	北京市丰台区榴乡路88号石榴中心2号楼1701
	邮编：100079
印 刷	天津鑫恒彩印刷有限公司

开 本	880×1230 1/32
字 数	140千字
印 张	8.75
版 次	2020年9月 北京第一版
印 次	2024年1月 第四次印刷
定 价	56.00元

版权所有 盗版必究